懐　風　藻

全訳注　江口孝夫

講談社学術文庫

はじめに

懐風藻は日本最古の文学書、しかも漢詩集となると、そうとう難解な詩のように思われるでしょうが、実はそうではありません。万葉集と古今和歌集を比較した場合、古今和歌集の方が難解といえる一面があります。古今和歌集の時代には仮名書きが発達し、助詞・助動詞の表記など、感情のひだを微細に表現していますが、万葉集では文字表記が意のままに出来なかったので、骨太に大きなつかみ方で表記しているのです。その点では表記したものに見当がついたところで、だいたい理解されたといえるのです。

懐風藻にもそのことはいえます。漢詩といえば平安初期の勅撰漢詩集の凌雲集・文華秀麗集・経国集などの名を思い浮かべるでしょうが、これはあまり馴染まれていませんので、天神さまで親しまれている菅原道真の詩を引き合いに出しましょうか。道真は中国中唐の詩人白楽天、白居易といった人ですが、この詩人の影響を強く受け、よく消化しています。ですから白楽天や唐代の詩に馴染んでいると、自然同じような感覚で読んでいけます。ところが中国人の詩と日本人の漢詩と比較したり、道真の漢詩の特色を研究するとなると、よほど白楽天をはじめ漢詩に精通していませんと、その差違は把握しにくいのです。

懐風藻の詩人たちは、中国のどの詩人の影響というよりは、当時舶来された漢詩集(中国南北朝時代から初唐の詩人のものですが)の影響です。漢詩はどう作るかを、見よう見真似で作ったといっていいでしょう。漢詩の単なる模倣から作詩技法への道のりは、民謡から創作詩へという経過と同じと見ていいと思います。思想的に深い影響というわけにはいかないのです。表皮的ですから、理解に鹿爪らしく深刻に構えなくてもすむのです。ただむずかしいのは見なれない文字、きらびやかな修辞が登場しているということです。しかし、これはあれこれいろいろ過去の文化を消化した上での文字使用ではないのですから、いちおう解釈の語、わたしたちの日常の語に置き換える、ちょっとした作業でだいたい事がすんでしまいます。

こう申しますと内容の乏しい稚拙な詩集のように見えるかも知れませんが、そうではありません。物には物の存在理由、存在の意味合いがあります。懐風藻についていえば、外来文化に接した喜び、生活の中への取り入れなど、どう受け止め、発展させたか、その線上から考察する意味合いは大きいと思います。

日本文化を作りあげてきたのは、その時代その時代にどう外国の物を受けとめ日本化したかが、主軸に据えられています。これは歴史の教えるところです。仏教の流伝・受容にその典型的なものが見えますのでこれを例に説明します。

この世を苦の世界と認識し、悟りを求めたお釈迦さまの思想が、インドで生成発展し、大きな仏教となりました。これを中国で受け止めたとき、整美された中国文化圏内で道家、道教の近傍にある宗教と位置づけたのです。中国人の思考で、中国的な仏教を作りあげました。山岳仏教がいい例ですが、仏像、あの容貌も道家の像が原形といいます。日本は中国仏教をそのまま受け入れ（漢訳された仏典をそのまま読む）、いつのまにか日本人の土着の宗教・思考、行事の中に組み入れたのです。組み入れたというよりは、受け入れ、享受し、意義づけして生活身辺を飾って来ているのです。葬式仏教を見ればすぐおわかりと思います。現在、お釈迦さま、阿弥陀さま、観音さまの慈悲にすがる、これが仏教になっておりますが、これもともとはお釈迦さまが人間の苦の世界から脱け出るための悟りが、人びとを救う慈悲にまで生成発展したわけです。これと同じような歩みの原点を文学の世界で懐風藻に見ることは、あまりにも大袈裟、大上段に振り構えた嫌いはありますが、思考の原点、文学意識の原点、濫觴と位置づけ考えるには、まことに格好な作品といえるのです。

懐風藻は後世の文化的にも、教養的にも洗練されたものに比べたら、まだ見劣りするものも多いのですが、新しい文化に立ち向かう、創業と守成の、創業の部分での創造への意欲、これは十二分に読みとるべきでしょう。爛熟した文化に馴れきってしまった二十一世紀当初、創業への意欲に欠ける恨みを感じないわけにはいかないのですが、それでも個性開発とかいって新しい産業への挑戦など、それぞれの目標に向かっている人を数多く見受けます。この創業や創造的な生活への意欲を失ったら、人生は味気ないものになってしまいます。その点ではここに競《きお》い立《た》った六十余名の詩人たちの意欲には見るべきものがあります。それぞれの知性をフルに活用しての立ち向かい方、これは読者に何物かを与えてくれると思います。また読者はそれぞれの立場から、またまた異なった一面を発見しえたなら何よりのことと思います。

二〇〇〇年八月

江口孝夫

目次

凡　例

一、本書は懐風藻の本文に校訂を加え、訓読文、現代語訳、語釈、さらに解説を加えたものである。

一、本文は宝永二年刊本を底本としたが、文意不通の個所などは、天和本、寛政本を中心に、その他の写本をも参考にした。

一、目録には詩の通し番号をカッコにくくって入れた。なお序文は文体を知るうえに貴重なものなので、原文を記して訓読文と対応させた。

一、詩の前に置かれている伝記については、原文を省略し、訓読文、語釈、それに解説を加えた。

一、詩については算用数字で通し番号を付した。なお詩の前に作者の経歴を略記した。

一、語釈は煩瑣な考証はさけ、詩意を取るに足ることを念頭におき、簡潔を期した。

一、現代語訳は逐語訳をさけ、漢詩邦訳に心がけた。また、原詩と対応できるように行を改め、大意把握を要点に、明快を期した。

一、それぞれの詩に解説を加えたが、繁簡よろしきを得ていない。ご宥恕のほどをお願いしたい。

懐風藻

懐風藻序

逖《はる》かに前修《ぜんしう》を聴き、遐《とほ》く載籍《さいせき》を観るに、襲山《そのやま》に蹕《ひつ》を降す世、橿原《かしはら》に邦を建てしときに、天造草創《てんざうさうさう》、人文いまだ作《おこ》らず。神后坎《じんごうかん》を征し、品帝《ほんてい》乾に乗ずるに至りて、百済入朝《につてう》して竜編を馬厩《ばきう》に啓《ひら》き、高麗上表《かうらいじやうへう》して、烏冊《うさく》を鳥文に図しき。王仁《わに》始めて蒙を軽島に導き、辰爾《しんに》つひに教へを訳田《をさだ》に敷く。つひに俗をして洙泗《しゆし》の風に漸《すす》み、人をして斉魯《せいろ》の学に趨《おもむ》かしむ。

逖聴㆓前修㆒　遐観㆓載籍㆒
襲山降㆑蹕之世　橿原建㆑邦之時
天造草創　人文未㆑作
至㆓於　神后征㆑坎　品帝乗㆒㆑乾
百済入朝　啓㆓竜編於馬厩㆒
高麗上表　図㆓烏冊於鳥文㆒
王仁始導㆓蒙於軽島㆒　辰爾終敷㆓教於訳田㆒

遂使㆘俗漸㆓洙泗之風㆒人趨㆗斉魯之学㆖

〈現代語訳〉

はるか昔の聖人君子のことばを拝聴し、遠い昔の書物（記紀）をみると、瓊瓊杵尊《ににぎのみこと》が日向の高千穂にお降りなさったとき、神武天皇が大和の橿原に都を造られたころは、ようやく造化の神が万物を造り出されたばかりで、社会の文化・制度は作られていなかった。神功《じんぐう》皇后が朝鮮を征伐され、応神天皇が即位されるにおよび、百済は貢ぎ物を持って来朝し、書物を軽の宮の厩坂にひらかれ、高麗は上奏文を捧げて来朝し、書物に鳥の羽で文字を記してたてまつった。王仁は応神天皇の御代、都の軽島で知識にくらい者を教え導き、王辰爾は敏達天皇の御代、都の訳田で文字を教え広めた。その結果、社会に孔子の学風がひろまり、人びとは孔子の学問を学ぶようになった。

〈語釈〉

○邈か　邈・遐ともに遠い、遥かの意。○前修　昔の君子。先哲、先賢の人びと。○載籍　古い書物、ここでは古事記・日本書紀などをさす。○襲山　今の宮崎県。日向の襲の高千穂の峯を漢文流に記した。○蹕を降す　降りてくる。日本神話の天孫降臨の件をさす。蹕は車の先払いの意。○橿原　今の奈良県。人皇第一代とされる神武天皇が即位され都と定めた地。○天造　天。造化の神。○草創　開きはじめ。物事がはじまったばかり。○人文　人間世界、社会の制度や文化・文明・道徳。○神后　神功皇后のこと。人皇第十四代仲哀天皇の皇后。気長足姫尊《おきながたらしひめのみこと》が倭名で、神后は漢文流に記したもの。○坎　韓のこと。坎は暦では北方に当たる。韓は日本の北方にあり、音が同じであるために用いた。○品帝　人皇第十五代応神天皇のこと。神功皇后の御子で品陀和気命《ほんだわけのみこと》が倭名。漢文流に記したもの。○乾に乗ずる　天子の位につく。即位すること。乾は易では天や君をさした。○竜編　書物。経典。○馬厩　うまや。阿直岐が献上した馬を大和（奈良県）の軽の坂の上で飼った。その地をいう。○高麗上表　人皇三十代敏達天皇の御代に高麗の国からわが国に表をたてまつったこと。○鳥冊　鳥の羽根によって書いたもの。諸注いずれも鳥の羽に書いた本としているが、これでは不自然であり、謎が深まるばかりである。鳥冊は修辞、文飾があると思う。試みに前記のように訳した。○鳥文　文字のこと。文字は鳥の足跡を見習って作ったということによる。○王仁　応神天皇の御代、百済から論語・千字文を持ってきた学者。○軽島　今の奈良県。応神天皇が都とさだめた地。○辰爾　王辰爾のこと。高麗の上表文を王辰爾が巧みに読解した。○訳田　今の奈良県、敏達天皇が都とさだめた地。○洙泗　孔子の学風。○斉魯の学　孔子の学。洙泗の学と同じ。洙泗は魯の洙水・泗水をいい、孔子がこのほとりで教えを敷いたことにより、魯は孔子の故郷、斉はその隣国、孔子がそこにいたために学問が栄えたことによる。

聖徳太子に逮《およ》んで、爵を設け、官を分ち、肇《はじ》めて礼義を制す。然《しか》れども専《もつぱ》ら釈教《しやくけう》を崇《あが》めて、いまだ篇章に遑《いとま》あらず。淡海《たんかい》先帝の命を受くるに至るに及びや、帝業を恢開《くわいかい》し、皇猷《くわういう》を弘闡《こうせん》して、道乾坤《けんこん》に格《いた》り、功宇宙に光《て》れり。すでにしておもへらく、風《ふう》を調へ俗を化することは、文より尚《たふと》きはなく、徳に潤《うるほ》ひ身を光《て》らすことは、いづれか学より先ならんと。ここにすなはち庠序《しやうじよ》を建て、茂《ぼう》才《さい》を徴《め》し、五礼を定め、百度を興す。憲章法則、規模弘遠なること、夐古《けいこ》以来いまだこれ有らざるなり。

逮㆓乎聖徳太子㆒　設㆑爵分㆑官　肇制㆓礼義㆒
然而　専崇㆓釈教㆒　未㆑遑㆓篇章㆒
及㆑至㆓淡海先帝之受㆑命也
恢㆓開帝業㆒　弘㆓闡皇猷㆒
道格㆓乾坤㆒　功光㆓宇宙㆒
既而以為　調㆑風化㆑俗　莫㆑尚㆓於文㆒
潤㆑徳光㆑身　孰先㆓於学㆒
爰則　建㆓庠序㆒　徴㆓茂才㆒　定㆓五礼㆒　興㆓百度㆒
憲章法則　規模弘遠　夐古以来　未㆓之有㆒也

〈現代語訳〉

聖徳太子が摂政となられ、官位を十二階にさだめ、はじめて礼と義の法を制定された。しかし主力は仏教に注がれ、詩文を作られる暇はなかった。先帝の天智天皇が天子の位につかれて、ご事業を広め、はかりごとを開き拡げられた。天子の道は広くこの世に達し、ご功業は天地に輝いた。

　そこでお思いになることには、風俗を調え、人民を教化するには、学問よりまさるものはなく、徳を養い、身を立派にするには、学問より先に立つものはないと。そこで学校を建て、秀才を集めて、五つの礼儀や、もろもろの法度を定められた。法律規則のスケールの大きさ広さといったら遠い昔から現代にいたるまで見たことがない。

〈語釈〉

○爵を設け、官を分ち　冠位十二階を定めたこと。推古天皇の十一年（六〇三）十二月に作られた。○釈教　釈迦の教え、仏教。○篇章　詩文を作ること。○淡海先帝　天智天皇のこと。天皇は淡海（近江）の国に都を定められたことによる。青年時代は中大兄皇子として大化改新を進められた。○恢開　広め開く。○皇猷　天子のはかりごと。○弘闡　開きひろめる。恢開と同じ。対句として用いている。○乾坤に格り　天地に至り達する。広く四海に及んでいること。

○風を調へ俗を化す　風俗を教化し、秩序を調えること。○庠序　学校　○茂才　秀才。すぐれた才能のある若者。○五礼　祭祀・喪葬・賓客・軍旅・冠婚の五つの礼法。○百度　多くの法度。○憲章法則　法律。おきて。きまり。憲章、法則は同じ。法度のこと。○規模弘遠　法律のつつみこむ幅が広く大きいこと。○敻古　遠い昔、遥かな昔。

ここにおいて三階平煥《さんかいへいくわん》、四海殷昌《いんしやう》、旒纊無為《りうくわうぶゐ》にして、巌廊《がんらう》暇《いとま》多し。しばしば文学の士を招きて、よりより置醴《ちれい》の遊びを開く。この際に当りて、宸翰《しんかん》文を垂れ、賢臣頌《しよう》を献ず。雕章《てうしやう》麗筆、ただ百篇のみにあらず。ただし時、乱離を経て、ことごとく煨燼《わいじん》に従ふ。ここに湮滅《いんめつ》を念ひ、軫悼《しんたう》して懐ひを傷む。

これより以降、詞人間出《しじんかんしゆつ》す。竜潜《りゆうせん》の王子、雲鶴を風筆に翔《かけ》らし、鳳翥《ほうしよ》の天皇、月《げつ》舟《しう》を霧渚《むしよ》に泛ぶ。神納言《しんなごん》が白鬢《はくひん》を悲しみ、藤太政《とうたいせい》が玄造《げんざう》を詠ぜる、茂実《ぼうじつ》を前朝に騰《のぼ》せ、英声を後代に飛ばす。

於レ是　三階平煥　四海殷昌　旒纊無為　巌廊多レ暇
旋招二文学之士一　時開二置醴之遊一
当二此之際一　宸翰垂レ文　賢臣献レ頌
雕章麗筆　非二唯百篇一
但時経二乱離一　悉従二煨燼一
言念二湮滅一　軫悼傷レ懐

自㆑茲以降　詞人間出
竜潜王子　翔㆓雲鶴於風筆㆒
鳳翥天皇　泛㆓月舟於霧渚㆒
神納言之悲㆓白鬢㆒　藤太政之詠㆓玄造㆒
騰㆓茂実於前朝㆒　飛㆓英声於後代㆒

〈現代語訳〉

こうして壮大な宮殿を建てられ、国家は繁栄し、無為の状態でよく治まり、朝廷には暇も多くできた。しばしば文学愛好の士を招いて、時折り酒宴の遊びを開かれた。この時にあたり天子みずから文を作られ、賢士たちは讃美の詞をたてまつった。美しく飾った文章はたんに百篇と数えるだけではない。ただ時世に乱れがあって、詩文はことごとく焼けてしまった。そこで詩文の亡びなくなってしまうのに心を痛めていた。

さて、壬申の乱以降も文筆をとる者が間々輩出した。まだ帝位につかれない皇子としての大津皇子は雄大なスケールの詩を歌い、気品高い文武天皇は月の夜に霧の渚に舟を浮かべられた詩を歌い、大神中納言は白鬢を歎く詩を歌い、太政大臣の藤原不比等は造化の理にかなった治政を歌うなど、詩の名篇は前の時代よりも数多く、詩人の名声は後の時代に長く伝えた。

〈語釈〉

○三階平煥　宮殿が豪華で光り輝いている。○四海殷昌　国内は平和で人びとが栄えている。○旒纊無為　天子は何の手段も講じないですむ、天下がよく治まっていること。旒は冠の前後に垂らした玉、纊は冠に垂らし耳にあてる綿で、天子が用いた。直接に見、聞くことを防いだもの。○巌廊暇多し　天下がよく治まっているので、悩みの種がなく暇が多いこと。巌廊は高く険しい廊下のことで、宮殿をいったもの。○しばしば　旋の字があててあり、かなに改めた。旋は何回もめぐるさま、繰り返し行うさま。○よりより　しばしば、時どき。○置醴の遊び　酒宴のあそび。遊びは管絃の催しに用いることばなので、ここでは琴酒の宴を考えてよい。○宸翰　天子が詩文を作ること。後に宸翰は天子の手紙の意に用いられるようになった。○雕章麗筆　美しい文章。飾りたてたうるわしい詩文に用いる。○乱離　世の乱れ、ここでは壬申の乱をさす。○煨燼　もえかす。燃えてなくなること。○湮滅　滅亡すること。○軫悼　痛み嘆く。軫は心をいためること。

○詞人　詩人。文詞を探る人。○間出　時おり出ること。○竜潜　淵に潜む竜で、まだ帝位に即かない者のこと。皇太子。ここでは天武天皇の皇子、大津皇子をさす。○雲鶴を風筆に翔らし　懐風藻6の詩をさす。○鳳翥　鳳凰が飛び立つさまで品格高いこと。ここでは天皇の修辞とした。天皇は文武天皇をさす。○月舟を霧渚に泛ぶ　懐風藻15の詩をさす。○神納言が白鬢　神納言は大神朝臣高市麻呂のこと。懐風藻18の詩をさす。○藤太政が玄造を詠ぜ

る　藤太政は藤原不比等のこと、懐風藻の29の詩をさす。○茂実　盛んで美しいこと。ここでは詩の名篇が多く出たこと。

余、薄官《はくくわん》の餘間《よかん》を以《もつ》て、心を文囿《ぶんいう》に遊ばしむ。古人の遺跡を閲《けみ》し、風月の旧遊を想ふ。音塵眇焉《おんぢんべうえん》たりといへども餘翰ここにあり。芳題《はうだい》を撫して遥かに憶ひ、涙の泫《げん》然《ぜん》たるを覚えず。縟藻《じよくさう》を攀《よ》ぢて遐《とほ》く尋ね、風声の空しく墜ることを惜しむ。遂にすなはち魯壁《ろへき》の餘蠹《よと》を収め、秦灰《しんくわい》の逸文《いつぶん》を綜《す》ぶ。遠く淡海よりここに平都におよぶまで、およそ一百二十篇、勒《ろく》して一巻と成す。作者六十四人、具《つぶ》さに姓名を題し、并せて爵里《しやくり》を顕はして、篇首《へんしゆ》に冠《かうぶ》らしむ。余この文を撰する意《こころ》は、まさに先哲の遺風を忘れざらむとするがためなり。ゆゑに懐風を以《もつ》て、これに名づくといふことしかり。時に天平勝宝三年歳辛卯《ほししんばう》に在《やど》る冬十一月なり。

余以㆓薄官餘間㆒　遊㆓心文囿㆒
閲㆓古人之遺跡㆒　想㆓風月之旧遊㆒
雖㆓音塵眇焉㆒　而餘翰斯在
撫㆓芳題㆒而遥憶　不㆑覚㆓涙之泫然㆒
攀㆓縟藻㆒而遐尋　惜㆓風声之空墜㆒
遂乃　収㆓魯壁之餘蠹㆒　綜㆓秦灰之逸文㆒

遠自二淡海一　云暨二平都一
凡一百二十篇　勒成二一巻一
作者六十四人　具題二姓名一　幷顕二爵里一　冠二于篇首一
余撰二此文一意者　為レ将レ不レ忘二先哲遺風一
故以二懐風一名レ之云爾
于レ時天平勝宝三年歳在二辛卯一冬十一月也

〈現代語訳〉

わたしは官位が低く、官吏としての余暇を利用して、心を文学の庭に遊ばせていた。昔の人の遺した跡をみ、風月に昔の人たちの遊びを思いしのんだ。故人の消息ははるかに遠いが、しかし残った詩文がここにある。すぐれた詩文をおしいただいて遠い昔を思うと、涙がはらはらと流れ落ちる。美しい詩文をさがして遠くたずねまわり、故人の詠んだ詩文がむなしく散り去ってしまうのを惜しく思う。

そこで残った詩文を取りおさめ、逸文を集めた。遠く天智天皇の御代より平城京、奈良時代にいたるまでの百二十篇、収めて一巻とした。作者は六十四人、こまかに姓名を記し、出身地や官位を一篇のはじめに置いた。わたしが詩文を撰び集めた心は、先人賢十の残された教えを忘れないようにと思ったためである。そのようなわけで懐風と名をつけたのである。

時は天平勝宝三年（七五一）辛卯の冬十一月である。

〈語釈〉

○薄官　官位が低いこと。微官ともいう。○餘閒　間のあること。暇があること。○文囿　詩文の庭、詩文の世界。○風月の旧遊　清風明月を愛した昔の人たちの遊び、風雅な遊び。○音塵眇焉　故人の消息は遥かに遠くなっている。○餘翰　のこされた詩文。○芳題　立派な詩題。芳は他人の物などにつけた敬称。芳志などと。○泫然　涙の流れる形容。涙がはらはらと流れるさま。○縟藻　美しい詩文。縟は色どりをいう。○風声　風聞名声。詩人の文学的な名声をさす。

○魯壁の餘蠹　わずかに残った詩文の意。孔子の遺宅の壁の中から古文尚書が出たことと、しみの食い残しの意が原義。○秦灰の逸文　どうにか残った詩文。秦の始皇帝が書籍を焼いたが、まぬかれて残った文章の意が原義。○勒して　収めて、整えて。○爵里　官爵と郷里。出身地と官職のこと。○撰する　詩文をえらび集めること。○先哲　昔の賢者、哲人。先輩たち。○懐風　遺風を懐うことで、これを書名とした。

〈解説〉

序は四段にわけられる。第一段は天孫降臨から三韓征伐、孔子の学の渡来まで。第二段は聖徳太子の礼儀・法度の制定により文化の芽が生じ、文を尊び学校を建て文治の実があがっていった。以降第三段は、学問が栄え、多くの詩人が輩出した。しかし戦禍に見舞われ多くの詩を失うとともに時代も距たっていくところまで。古人の詩の失われるのを救い、先賢の面影を忘れまいと思う。その心がこう書き留めるのであると第四段で結んでいる。

文は四六騈儷体、均整がとれて美しく、口調もよい。対句仕立てであるので、時に煩瑣を感ずる人もいようが、深遠な思想をことば少なに語るのと違って、丁寧に説いてくれる。論理的とはいいにくいにしても、情に訴えてうなずかせてくれる。まさに文芸の世界に遊ぶ文体である。それに故事を用いることは既得の知識が大いに理解に役立ってくれる。

この序文の筆者は未詳である。詩はいずれも作者が判明しているのに、本書の編者と目される人が不明なのは残念のきわみである。何の理由によって名前が出なかったのか、また出さなかったのかが不明である。しかしこの筆力を持った人は集中の詩人に勝るとも劣らない、一級の筆者を想定しなければならない。

今一つ、収録詩は一百二十篇、作者六十四人という。作者の六十四人はよいとしても、詩は百十六篇である。105の柳樹を詠んだものを二篇に数えても三篇足らない。複数の詩を集録している詩人の約半数が絶句形式の詩を作っているが、詩作が流行すると短篇は余技、習作程度に扱われ、散佚してしまったというのだろうか。

懐風藻目録

ほぼ時代をもつて相ひ次ぐ、
尊卑をもつて等級せず。

従四位上治部卿境部王　二首（50 51）
大学頭従五位下山田史三方　三首（52 53 54）
従五位下息長真人臣足　一首（55）
従五位下出雲介吉智首　一首（56）
主税頭従五位下黄文連備　一首（57）
刑部少輔従五位下越智広江　一絶（58）
従五位下常陸介春日蔵老　一絶（59）
従五位下大学助背奈王行文　二首（60 61）
皇太子学士正六位調忌寸古麻呂　一首（62）
正六位上伊予掾刀利宣令　二首（63 64）
大学助従五位下下毛野朝臣虫麻呂　一首（65）
讃岐守外従五位下田中朝臣浄足　一首（66）
正二位左大臣長屋王　三首（67 68 69）
従三位中納言安倍朝臣広庭　二首（70 71）
正四位下大宰大弐紀朝臣男人　三首（72 73 74）
正六位上但馬守百済公和麻呂　三首（75 76 77）
正五位下大学博士守部連大隅　一首（78）

懐風藻目録終

懐風藻

一　淡海朝大友皇子　二首

大友皇子　六四八（大化四年）～六七二（弘文天皇元年）
天智天皇の皇子。六七一年（天智天皇の十年）正月に太政大臣に就任。天智天皇崩御後、叔父の大海人皇子と壬申の乱で争い、敗れて自殺した。日本書紀には立太子・即位の記事はなかったが、大日本史で大友天皇と本紀をたて、明治になって弘文天皇と追号され、第三十九代の天皇となった。

皇太子は淡海帝《あふみてい》の長子なり。魁岸奇偉《くわいがんきゐ》、風範弘深《ふうはんこうしん》、眼中精耀《せいえう》、顧眄煒燁《こべんゐえふ》。唐の使、劉徳高《りうとくかう》見て異なりとして曰く、「この皇子、風骨《ふうこつ》世間の人に似ず、実《まこと》にこの国の分にあらず」と。

かつて夜夢みらく、天中洞啓《てんちゅうとうけい》し、朱衣《しゅい》の老翁、日を捧げて至り、擎《かか》げて皇子に授く。忽《たちま》ち人あり、腋底《えきてい》より出で来て、すなはち奪ひ将《も》ち去ると。覚《さ》めて驚異し、具《つぶさ》に藤原内大臣に語る。歎じて曰く、「恐らくは聖朝万歳の後、巨猾《きょくわつ》の間釁《かんきん》あらむ。然《しか》れども、臣平生曰く、『あにかくのごとき事あらんや』と。臣聞く、天道親《しん》なし。ただ善をこれ輔《たす》くと。願はくは大王勤めて徳を修めよ。災異憂ふるに足らざるなり。臣に息女《そくぢょ》あり。願はくは後庭《こうてい》に納《い》れて、以《もっ》て箕帚《きさう》の妾に充《あ》てむ」と。遂《つひ》に姻戚を結んで以《もっ》てこれを親愛す。

年甫《はじ》めて弱冠《じゃくくわん》、太政大臣を拝す。百揆《ひゃくき》を総《す》べて以《もっ》てこれを試む。皇子博学多通、文武の材幹あり。始《はじ》めて万機に親しむ。群下畏れて粛然《しゅくぜん》たらざることなし。年二十三にして立ちて皇太子となる。広く学士沙宅紹明《さたくせうめい》、塔本春初《たふほしゅんしょ》、吉太尚《きったいしゃう》、許率母《きょそつも》、木《もく》素貴子《そきし》等を延《ひ》きて、以《もっ》て賓客《ひんかく》となす。太子天性明悟《めいご》、雅《もと》より博古《はくこ》を愛す。筆を下せば章と成り、言を出せば論となる。時に議する者その洪学《こうがく》を歎ず。いまだ幾《いく》ばくならずして文藻《ぶんさう》日に新たなり。壬申《じんしん》の年の乱に会ひて天命遂げず。時に年二十五。

〈現代語訳〉

大友皇子は天智天皇の第一皇子である。逞ましく立派な身体つきで、風格といい器量といい、ともに広く大きく、眼はあざやかに輝いて、振り返る目もとは美しかった。唐からの使者、劉徳高は一目見て、並外れた偉い人物と見てこういった。

「この皇子の風采・骨柄をみると世間並みの人ではない。日本の国などに生きる人ではない」と。

皇子はある夜夢をみた。天の中心ががらりと抜けて穴があき、朱い衣を着た老人が太陽を捧げもって、皇子に奉った。するとふとだれかが腋の下の方に現われて、すぐに太陽を横取りして行ってしまった。驚いて目をさまし、怪しさのあまりに内大臣の藤原鎌足公に事こまかに、この旨をお話しになった。内大臣は歎きながら、

「恐らく天智天皇崩御ののちに、悪賢い者が皇位の隙をねらうでしょう。しかしわたしは普段申し上げておりました。『どうしてこんな事が起りえましょう』と。わたしはこう聞いております。天の道は人に対して公平であり、善を行う者だけを助けるのです。どうか大王さま徳を積まれますようお努めください。災害変異などご心配に及びません。わたしに娘がおります。どうか後宮に召し入れて妻にし、身の廻りのお世話を命じて下さい」と申しあげた。そこで藤原氏と親戚関係を結び、親愛の仲になっていった。

皇子がようやく二十歳になられたとき、太政大臣の要職を拝命し、もろもろの政治を取り

はかられた。皇子は博学で、各種の方面に通じ、文芸武芸の才能にめぐまれていた。はじめて政治を自分で執り行うようになったとき、多くの臣下たちは恐れ服し、慎しみ畏まらない者はいなかった。年二十三のときに皇太子になられた。広く学者沙宅紹明、塔本春初、吉太尚、許率母、木素貴子などを招いて顧問の客員とした。皇子は生まれつき悟りが早く、元来ひろく古事に興味を持たれていた。筆を執れば文章となり、ことばを出すとすぐれた論となった。当時の議論の相手となった者は皇子の博学に感嘆していた。学問を始められてからまだ日が浅いのに、詩文の才能は日に日に新たにみがかれていった。壬申の乱にあい、天から与えられた運命を全うすることができないで、二十五歳の年齢でこの世を去られた。

〈語釈〉

○淡海帝　第三十八代の天智天皇。大化改新を敢行された中大兄皇子。小倉百人一首の第一首目に登載されている天皇。○魁岸奇偉　優れて大きく、立派な体格。○風範弘深　風采が広大で深遠なこと。魁岸奇偉の外面性に対し、内面性を述べた。○眼中精耀　ひとみがあざやかに輝いていること。○顧盼煒燁　振り返り見る目元が美しく輝くこと。○風骨　風采骨柄。風姿・風容などとも。

○天中洞啓　天の一角がからりと開け、かぐや姫の昇天や、仏の来迎図のように、天から下界にくだるような趣を表現した。古代人は「天つ風雲の通ひ路」などとも表現した。○腕底腋の下。「掖庭」の誤りとし、宮門のわきの小門ととる説もある。○藤原内大臣　藤原鎌足のこと。内大臣は令外の官で、左右大臣の上に置かれていた。○聖朝万歳　聖朝は天皇の朝廷。万歳は崩御のことを謹しんで、天子の御寿万歳と申した。
○巨猾の間釁　巨猾は大悪人。間釁の間はうかがう。釁はすき間。乗ずべき間隙を狙う意。
○天道親なし　天は人に対して親疎の差をつけない。えこひいきをしないの意。○後庭　後宮。奥御殿。女中の部屋。○箕帚の妾　箕はちりとり、帚はほうき。妾は妻に対する語であるが、女の召使いの意もある。ここでは妻の意をへりくだって妾と表現した。
○太政大臣　太政官の最高職、内閣総理大臣にあたる。ただし天皇の師範となり、国内の手本となる人で、その人がいなければ置かないこともあった。大友皇子は最初の太政大臣であった。○百揆を総べ　多くの官掌をはかりすべる。○博学多通　博学で色々な方面にも通じている。○文武の材幹　文芸武芸の才能。○万機　よろずの政治。○粛然たらざることなし　慎しみ改まらない者はいなかった。○沙宅紹明　百済から帰化した者。法律に長じており、大錦下の位をえた。○塔本春初　百済から帰化した者。兵法に長じ、大山下の位をえた。○吉太尚　百済から帰化した者。医学に長じ、小山上の位をえた。○許率母　五経に明らかであり、小山上の位をうけた。○木素貴子　百済から帰化した者。兵法に長じ、大山下の位をえた。○延きて　招いて。○明悟　さとりの早いこと。○博古　ひろく古典に通じていること。○洪学　博学と同じ。○文藻　詩文の才。○壬申の年の乱　天智天皇の死後、六七二年に、大友皇子と大海人皇子との間で争った戦。大海人皇子が勝って即位、四十代天武天皇となった。〇天命　天から与えられた運命。

1　宴に侍す

皇明《くわうめい》　日月と光《て》り
帝徳　天地に載《み》つ
三才　ならびに泰昌《たいしやう》
万国　臣義を表《あらは》す

五言　侍レ宴　一絶

皇明光二日月一
帝徳載二天地一
三才並泰昌
万国表二臣義一

〈現代語訳〉

天子の威光は日月の如く輝き
天子の聖徳は天地に満ち溢る
天・地・人ともに太平で栄え
四方の国は臣下の礼をつくす

〈語釈〉

〇皇明　天皇のご威光。天皇は父の天智天皇をさしている。〇帝徳　天皇のご聖徳。帝も天智天皇をさしている。○載　載は「みつ」と読み、満ちあふれるの意にとったが、「のす」と読み、おおいのせるの意にとることもできる。○三才　天地人の三つをいう。○泰昌　太平で栄えるの意。○臣義　臣下として仕える礼儀。

〈解説〉

伝は大友皇子の人物像をえがき見るための重要な資料となっている。はじめに文字ありきの華麗な文飾なので、人物像がどれくらい髣髴とするか。大意をつかんでおけばいいだろう。それにしても皇子の夢に対し、鎌足公が答えた。「臣に息女あり。願はくは後庭に納れ云々」は唐突、老獪な鎌足の口車のようにも感じられる。作りごとであり、また表現の未熟さがそうさせたのでもあろう。

天智天皇の崩御を「聖朝万歳」と表現し、つづいての「巨猾の間釁」が、その弟帝の天武天皇に当るわけだが、この辺の表現はどうなのだろうか。語の成立時期について興味がもたれるところである。また、漢文表記ではあるが、夢の精神史上でも一つの資料を提供している。

詩の韻は地・義。わが国に伝わっている漢詩の中で、もっとも古いもの。五言絶句で、天子の宴に侍したものであるから、主人公の天子の徳をたたえ、威光をのべ、隆昌を祝福している。しかもことばが宙に浮いてしまうようなところがなく、わずか二十語の漢字が、堂々として落ち着いている。父天皇の隆昌と、己れの門地に誇りと喜びが漲っていたろう。天子の隆昌と宴に侍した喜びが、すなおに伝わってくる作品である。

2　懐ひを述ぶ　　　　五言　述レ懐　一絶

道徳　天訓を承《う》け　　　　道徳承二天訓一
塩梅《えんばい》　真宰《しんさい》に寄す　　　　塩梅寄二真宰一
羞《は》づらくは監撫《かんぶ》の術なきことを　　　　羞無二監撫術一
安《いづく》んぞ能《よ》く四海に臨まん　　　　安能臨二四海一

〈現代語訳〉

天の教えをいただいてこの世の教えとし
天の教えに基づき正しく国家を運営する
恥ずかしい事だが私は大臣の器ではない
どのように天下に臨んだらよいのだろう

〈語釈〉

○道徳　人の守っていかなければならない理法。道。○天訓　天の訓え、天のさだめた法。○塩梅　「あんばい」とも読む。ほどよく加減する。塩かげん。適正な政治を行う。○真宰天の異称。○監撫の術　監国撫軍の略。太子が従軍するのを撫軍といい、本国に残って国を治めるのを監国という。ここでは太政大臣としての仕事。

〈解説〉

韻は宰・海。五言四句の短いものは一つづきの句意になりやすい。1などはその例ともいえるが、この詩は前半と後半にわかれる構成になっている。述懐は自分の心のうちを述べたものであり、その点1よりも作者の人間像が垣間見られる。太政大臣としての自分に、謙虚に心情を述べるとともに、政治への真摯な熱情のあふれた作品である。

なお、道徳・天訓・真宰などの語は老子・荘子の書に見える熟語である。儒教だけでなく道家思想の跡も見られる。

二　河島皇子　一首

河島皇子　六五七（斉明天皇三年）～六九一（持統天皇五年）

天智天皇の第二皇子。天武天皇の十年（六八一）に詔によって忍壁《おさかべ》親王らとともに、帝紀や上古の諸事を撰した。天武天皇の十四年に浄大参をおくられた。持統天皇の五年に没した。

皇子は淡海帝《あふみてい》の第二子なり。志懐温裕《しくわいをんゆう》、局量弘雅《きよくりやうこうが》、はじめ大津皇子と莫逆《ばくぎやく》の契りをなし、津の逆を謀るにおよびて、島すなはち変を告ぐ。朝廷その忠正を嘉《よみ》し、朋友その才情を薄《うす》んず。議者いまだ厚薄を詳《つまびら》かにせず。しかも余おもへらく、私好《しかう》を忘れて公に奉ずる者は忠臣の雅事《がじ》、君親に背《そむ》きて交を厚うする者は悖徳《はいとく》の流のみ。ただいまだ争友の益を尽さざるに、その塗炭《とたん》に陥《おとしい》るる者は余またこれを疑ふ。位浄《じやう》大参《だいさん》に終ふ。時に年三十五。

〈現代語訳〉

河島皇子は天智天皇の第二皇子である。気持のおだやかな人で、太っぱらであり、典雅な方であった。はじめ大津皇子と意気投合して交際を結んでいた。大津皇子が反逆を計画したとき、河島皇子はそれを密告した。朝廷では河島皇子の忠誠を賞したが、朋友たちは情誼の薄い者と見ている。論議はまだ河島皇子の行為の是非をはっきりさせていない。しかしながらわたしが思うには、私情をすてて公に仕えるのは、忠臣としてほめるべき正しい行いであり、君や親をすてて私情を守ることは、徳にそむいた者どもであるといいたい。しかし、また友に忠告することもしないで友人の大津皇子を水火の苦しみに追い込んだことに対しては、わたしとしても疑いが残る。位は浄大参、正五位上相当におわり、三十五歳で世を去った。

〈語釈〉

○志懐温裕　気持がおだやかでゆとりがある。○局量弘雅　心が広く高雅である。○莫逆の契り　お互いに心の違うことなく、意気のあった者同士。○津　大津皇子、漢文流の記し方。○島　河島皇子、これも漢文流の記し方。○忠正　忠誠、正は正しいであるが君に真心をつくしたことをいう。○私好　私ごとにおけるよしみ。私的生活における友誼。○雅事　つねになすべき正しいこと。○悖徳　人の践み行うべき徳義にそむいていること。○流　末流、末輩の意。○争友の益　友人として忠告して善に導くこと。○塗炭　泥水と炭火、水火の苦しみ。○浄大参　天武天皇の十四年に制定された冠位で、親王・諸王に与えられた。大宝令の正五位上相当である。

3　山斎

塵外《ぢんぐわい》年光満ち
林間　物候《ぶつこう》明かなり
風月　遊席《いうせき》に澄み

五言　山斎　一絶

塵外年光満
林間物候明
風月澄㆓遊席㆒

松桂　交情を期す

松桂期二交情一

〈現代語訳〉

浮世をはなれた山の中にも光は満ちみち
林の中は春の色どりが美しい
さわやかな風、澄んだ月の光が宴席に流れる
松や桂のように変らぬ交友をつづけたい

〈語釈〉

○山斎　山荘。山中の書斎。○塵外　浮世の外、俗塵の外にあることで、ここの山荘をいう。○年光　春の光。年月、光陰の意ではない。○物候　風物と気候。○遊席　遊びの席。酒宴の席。○松桂　松や桂で常にかわらぬ緑を保っているので、変らない意の比喩としている。○交情　交友の情。よしみ。

〈解説〉

詩の韻は明と情。題からすると山斎での悠々自適の心境を詠んだもののように見える。伝にもあるように皇子は天智帝の第二皇子。天智天皇の死後、嫡子の大友皇子は叔父の天武天皇に敗れ、天智の遺児は天武の主流から外される。しかし強力な天武政権のもとでも盟友と

して大津を戴いている間はまだよかったが、次期の持統の権力下になると、雲行きはあやしくなってくる。大津の言動が気にかかったのだろう。持統への密告は大津への裏切り行為になり、大津が理想化され悲劇の英雄に祭りあげられると、川島はいっそう分が悪くなってしまった。天智から天武へ。世の中がこのように変転していく中で、川島は風波立てずに生きることだった。それには詩園での生活は格好のものだった。文人的気分のあふれる作品である。

三　大津皇子　四首

大津皇子　六六三（天智天皇二年）〜六八六（朱鳥元年）
天武天皇の第三皇子。母は皇后（持統天皇）の姉、大田皇女であったが、早いころ死別した。少年時代に壬申の乱を体験している。文武にすぐれていたが、天武天皇崩御後、謀反の企てがあるとの陰謀によって死を賜わった。万葉集中の和歌にもすぐれたものがあり、姉の大伯皇女《おおくのひめみこ》とともに代表歌人になっている。

皇子は浄《きよみ》御原《はら》の帝の長子なり。状貌魁梧《じやうばうくわいご》、器宇峻遠《きうしゆんゑん》、幼年にして学を好み、博覧にしてよく文を属《しよく》す。壮なるにおよびて武を愛し、多力《たりよく》にしてよく剣を撃つ。性すこぶる放蕩《はうたう》にして、法度《はふど》に拘《かかは》らず、節を降して士を礼す。これによりて人多く附託《ふたく》す。時に新羅の僧行心《ぎやうしん》といふものあり、天文卜筮《ぼくぜい》を解す。皇子に詔《つ》げて曰く、「太子の骨法《こつぱふ》これ人臣の相にあらず、これをもつて久しく下位に在るは恐らくは身を全うせざらん」と。よりて逆謀《ぎやくぼう》を進む。この詿誤《くわいご》に迷ひて遂《つひ》に不軌を図《はか》る。嗚呼《ああ》惜しいかな。かの良才を蘊《つつ》みて忠孝を以《もつ》て身を保たず、この奸豎《かんじゆ》に近づきて、卒《つひ》に戮辱《りくじよく》を以《もつ》てみづから終る。古人交遊を慎しむの意、よりておもんみれば深きかな。時に年二十四。

〈現代語訳〉

大津皇子は天武天皇の第一皇子である。丈高くすぐれた容貌で、度量も秀でて広大である。幼年の時より学問を好み、知識が広く、詩や文をよく書かれた。成人すると武を好み、力にすぐれ、よく剣を操った。性格はのびのびとし、自由に振舞って規則などには縛られなかった。高貴な身分でありながら、よくへりくだり、人士を厚く待遇した。このために皇子につき従う者は多かった。当時、新羅の僧で行心という者がいた。天文や占いをよくした。僧は皇子につげてこういった。

「皇子の骨柄は人臣にとどまっていてよいという相ではございません。長く下位にとどまっておりますなら、恐らく身を全うすることはできないでしょう」と。この僧のまどわしに皇子は迷われ、とうとう謀反の行為に出られたのである。ああ惜しいことよ、立派な才能を心に抱きながらも、忠孝の道を守って身を保つことをしないで、この悪い小僧に近づいて死罪にあい、一生を終えられた。古人が友人との交際を慎しんだ心は、この一件によって考えてみると深い意味が読みとれる。亡くなられた時のお年は二十四歳であった。

〈語釈〉

○浄御原の帝　第四十代天武天皇。飛鳥の浄御原に都をさだめたことによる。○状貌魁梧　身体容貌ともにすぐれてたくましいこと。○器宇峻遠　度量がすぐれていること。人品、器量が人にまさっていること。○文を属す　詩文を作る。属はつづるともよむ。○放蕩　勝手にふるまう。○法度に拘らず　規則にしばられていない。○節を降して　自分の身分を低くして。○士を礼す　人士をあつくもてなす。○附託　つき従う。よりたのむ。○行心　新羅から渡って来た僧ということになるが、以前僧であった者か、形だけ僧であったのかは不明。大津皇子との謀反で飛驒の国に流された。○卜筮　うらない。○骨法　骨柄、人相。○逆謀　むほん。○詿誤　だまして行いを誤らせてしまうこと。○不軌を図る　規則によらない行動をするようにはかる。つまり謀反を計画する。○良才　立派な才能。○姧豎　わるがしこい小僧。○戮辱　死罪。

4　春苑ここに宴す

衿《えり》を開いて霊沼《れいせう》に臨み
目を遊ばせて金苑に歩《ほ》す
澄清《ちようせい》　苔水《たいすゐ》深く
晻曖《あんあい》　霞峰《かほう》遠し
驚波《きやうは》　絃とともに響き
哢鳥《ろうてう》　風とともに聞ゆ
群公　倒《さかしま》に載《の》せて帰る
彭沢《はうたく》の宴たれか論ぜん

五言　春苑言宴　一首

開レ衿臨二霊沼一
遊レ目歩二金苑一
澄清苔水深
晻曖霞峯遠
驚波共レ絃響
哢鳥与レ風聞
群公倒載帰
彭沢宴誰論

〈現代語訳〉

御所の池のほとりにくつろぎ
御苑を散歩し、景色を眺める
澄んだ池底に水草がゆらぎ

霞んだ連峯は薄墨色にたたずむ
さざ波は琴の音とともに
鳥の声は風に乗ってくる
酔った諸公をのせた船の帰るさ
淵明の宴をたれか論ぜんやさ

〈語釈〉
○ここに宴す　言宴と記されている。「言」を意味の軽い助辞とみたが、「宴を言《い》ふ」とも読まれる。○衿を開いて　くつろいださま。○霊沼　宮中の池。○目を遊ばせ　見た目を楽しませる。○金苑　宮中の庭。○晻曖　光がなく暗いようす。○驚波　立ちさわぐ波。○哢鳥　さえずる鳥。○倒に載せ　ひっくり返しに積みこむ。酔って正体のない者を物質を扱うように処理している。○彭沢　東晋の陶淵明のこと。陶淵明は彭沢県の県令となっていたことによる。

〈解説〉
大津皇子の伝も資料として重要視されている。しかし華麗な用語は読みなれないと修辞倒れがして、人物像を明快に描きにくくする。今、大友、大津、川島と並べると、
大友　魁岸奇偉　風範弘深。眼中精耀　顧盼煒燁。天性明悟　雅愛博古。

大津　状貌魁梧　器宇峻遠。性頗放蕩　不拘法度。博覧属文　多力撃剣。
川島　志懐温裕　局量弘雅。

で表現に酔わされる恐れがある。いちおう文字に従って理解しておくことにする。
詩の韻は苑・遠・聞・論で、聞・論は通韻である。八行詩であるが、二句一対の絶句のようなものと見てよい。豊富な語彙を二十字の中に盛りきれずに、四十字用いたという格好である。林古渓氏は、「この篇は全体として見て、結構でない、稽古中のもののやうな気がする」と述べている。それはともあれ、奔放な才能の感じられるものである。

5　遊猟

朝《あした》に三能《さんのう》の士を択び
暮《ゆふべ》に万騎の筵《えん》を開く
臠《れん》を喫《きつ》してともに豁《くわつ》たり
盞《さん》を傾けてともに陶然《たうぜん》たり
月弓《げつきゆう》谷裏《こくり》に輝き
雲旌《うんせい》嶺前《れいぜん》に張る
曦光《ぎくわう》すでに山に隠る
壮士《さうし》しばらく留連す

五言　遊猟　一首

朝択㆓三能士㆒
暮開㆓万騎筵㆒
喫㆑臠倶豁矣
傾㆑盞共陶然
月弓輝㆓谷裏㆒
雲旌張㆓嶺前㆒
曦光已隠㆑山
壮士且留連

〈現代語訳〉

朝に芸能の士を択んで狩りし
暮には万騎の勇士と酒宴を開く
肉を頬張り心のびのび朗らかに
盞を傾けてうっとりと酔うている
勇士の弓は谷間にきらりと光り
旗の幔幕は峯の前にひるがえる
日はすでに山の端にかくれたが
友はなお席上気炎をあげている

〈語釈〉

○三能　芸能に秀でた士。三台、三公の意に準じて用いたもの。○臠　切った肉。○豁　視界が広がっていること。支障となるものがなくほがらかなさま。○陶然　心地よく酔う。うっとりと酔ったさま。○月弓　弓のこと。月弓には月のごとき弓と、弓のごとき月との両様の用法があるが、ここでは弓をいった。○雲旌　旗が多くたなびいているさま。旌はは た。この語も月弓に準じた用法があり、万葉集の豊旗雲はこの逆で豊旗は雲の修辞。○曦光日の光。○壮士　勇気ある者、若者。○留連　とどまっていること。滞在する。

〈解説〉

韻は筵・然・前・連。この詩について杉本行夫氏は、「大津皇子の本領が遺憾なく発揮されている。……器宇峻遠にして武を好まれた性質は屢〻この詩に見るごとき豪放な遊猟の催となって発揮せられたのである」と述べ、林古渓氏は、「この詩頗る殺伐で皇子の作らしくもない。結句『武を愛して多力にして能く剣を撃つ』のご性質があらはれてをるやうである。『温柔敦厚、詩之教也』で、婉曲にして角張らぬを善しとし建前とする。露骨粗放、直情径行は詩ではない。学問真篤、人物高雅なのが詩の土台である」とし、正反対の意見を出している。

詩は二句一対の絶句のような構成。三・四句に勇壮を衒う面を感ずるが、壮士の詩として十分評価できるものではないだろうか。

6　志を述ぶ　　七言　述レ志　一首

天紙風筆　雲鶴《うんかく》を画《ゑが》き　　天紙風筆画二雲鶴一

山機《さんき》霜杼《さうちょ》　葉錦《えふきん》を織る　　山機霜杼織二葉錦一

後人の聯句

赤雀《せきじゃく》　書を含んで　時に至らず　　赤雀含レ書時不レ至

潜竜《せんりよう》用ゐることなく　いまだ安寝《あんしん》せず　潜竜勿レ用　未ニ安寝一

〈現代語訳〉

大空の紙に風の筆勢で雲翔ける鶴を描き
山姿の機に霜の飛び杼で紅葉の錦を織る
（このような壮大華麗な詩文を作りたいものだ）
書をくわえた赤雀は飛んでこない
潜竜は時をえず寝りにも就きえない

〈語釈〉

○天紙　大空を紙に見立てていったもの。○風筆　風の吹くように勢いのある筆力。○山機　美しい色彩につつまれた山を織機とみなした。○霜杼　木の葉を色づける霜を織機の杼と見たてた。○葉錦　紅葉した錦。○赤雀　瑞鳥。○書を含んで　本をくわえる。瑞応図に王の治政が天道にかなうと、赤雀が書を銜んでくるという。○潜竜　淵に潜んでいる竜。竜は天子の意で用いられ、潜竜は皇太子、まだ帝位につかない者にいう。

〈解説〉

韻は錦・寝。ただし寝は後人がつけたもの。秀句として鑑賞するだけでなく、作者大津皇子のスケールの大きさ、人物を考えたい。文筆だけに生命を托した人ではなく、天下国家を経綸する者の、その心情を表現したものである。雄大なスケールは前半によくその詩を捉えたが、後半まではつづかなかった。また詩を完成させるまでの時間、執着がもてなかった。しかしその壮を偲んで後人がつけざるをえなかったのではないだろうか。すぐれた前句について後世のわれはと思う者がいちように挑みかかる類のものではないか。それは永遠の謎とされるものにつぎつぎに挑みかかる人間と同じように。

このような類の句は一篇の秀詩とはなりにくく、たとえ名詩になったとしても、その対句の部分だけが愛誦されるのである。

7　臨終

金烏《きんう》　西舎《せいしゃ》に臨み
鼓声《こせい》　短命を催《うなが》す
泉路《せんろ》　賓主なし
この夕　誰が家にか向ふ

五言　臨終　一絶

金烏臨㆓西舎㆒
鼓声催㆓短命㆒
泉路無㆓賓主㆒
此夕誰家向

〈現代語訳〉
太陽は西に傾き

夕べの鐘に短い命が身にしみる
泉途《よみじ》を行くは一人の旅
夕暮れどこへ宿ろうとするのか

〈語釈〉
○臨終　死に臨んだ時に歌った詩。辞世の歌。○金烏　太陽。○西舎　西の建物。西方。○鼓声　夕べを告げる鐘の音。○短命を催す　短い命をいよいよ短く意識させる。～の思いを催促させる。○泉路　死地、黄泉、冥途。○賓主　主人と客人。主も客もなく自分一人という意に用いた。

〈解説〉
韻字は命と向であるが韻をふんでいない。皇子二十四歳の十月三日、死を賜わった時の詩である。同じく万葉集に、

百伝《ももづた》ふ磐余《いはれ》の池に鳴く鴨を　今日のみ見てや雲隠りなむ
（万葉集巻三―四一六）

というのがある。詩も和歌もともに第一級の作品である。和歌では死を悟った心境に映ったものは、日常卑近な景であり、平素は見過しがちにしているもので、天下国家を論ずるもの

ではない。自然の中に生活する一人の人間の姿が浮かびあがってくる。また詩の方は、他人の死については見ることがあっても、自分の死には観念的にしか考えられなかったもの、その死が今、目前にきている。恐れというか不安というか、そういうものを超越しなければならない境地であるのに、なお払拭しきれない影が読みとれる。悟ったもの、知りきったものには表現しえない人間性が読みとれる。

「大津皇子の屍《かばね》を葛城の二上山に移し葬《はふ》る時、姉の大来皇女《おほくのひめみこ》の哀《かな》しび傷《いた》む御作歌《みうた》二首」が万葉集に収められている。皇子のために献じておこう。

現身《うつそみ》の人なる吾や明日よりは　二上山を弟背《いろせ》と吾が見む

（万葉集巻二―一六五）

磯の上に生ふる馬酔木《あしび》を手折らめど　見すべき君がありといはなくに

（万葉集巻二―一六六）

さてこの詩には出典原拠があるという。江為の臨刑詩で、「衙鼓侵人急、西傾日欲斜　黄泉無旅店　今夜宿誰家」の詩である。江為は五代後周の人であるから大津皇子の方が古いのであるが、六朝ごろに先行する某人の臨刑詩があり、それを別々に伝承した、いわば兄弟関係にある詩だろうと、小島憲之博士は『上代日本文学と中国文学』下の中で述べている。

四　釈智蔵　二首

釈智蔵　天智天皇から持統天皇ごろの人。俗姓を禾田《あわた》氏といい、天智天皇のころに唐に渡り、呉の地方に留学。持統天皇の御代に帰朝し、法隆寺に住み、三蔵を伝えた。僧正となり七十三歳で没した。弟子には道慈・智光などがいる。

智蔵師は俗姓は禾田《あはた》氏、淡海帝の世、唐国に遣学《けんがく》す。時に呉越《ごゑつ》の間に高学の尼あり。法師尼について業を受く。六七年の中、学業穎秀《えいしう》し、同伴の僧らすこぶる忌害《きがい》の心あり。法師これを察して軀《み》を全くするの方を計《はか》り、遂《つひ》に髪を被《かぶ》りて陽《いつは》り狂し、道路に奔蕩《ほんたう》す。密《ひそ》かに三蔵の要義を写し、盛《い》るるに木筒《もくとう》を以《もつ》てし、漆を著けて秘封《ひふう》し、負担《ふたん》して遊行《ゆぎやう》す。同伴軽蔑して以《もつ》て鬼狂《ききやう》なりとなして、遂《つひ》に害をなさず。

太后《たいこう》天皇の世、師本朝に向ふ。同伴陸に登りて経書《きやうしよ》を曝涼《ばくりやう》す。法師襟を開きて風に対して曰く、「われもまた経典《きやうてん》の奥義《あうぎ》を曝涼す」と。衆みな嗤笑《しせう》して以《もつ》て妖言となす。業を試みらるるに臨みて、座に昇りて敷演《ふえん》す。辞義峻遠《じぎしゆんゑん》にして音詞雅麗《おんしがれい》、論蜂のごとくに起るといへども応対流るるがごとし。みな屈服して驚駭《きやうがい》せずといふことなし。帝これを嘉《よみ》して僧正に拝す。時に歳七十三。

〈現代語訳〉

智蔵師は出家する前の姓は禾田氏。天智天皇の御代に中国に留学した。当時、中国の呉・越の地方に学問にすぐれた尼がいた。智蔵は尼について学問を修業した。六、七年学ぶうちに学業は群を抜いた。同行した留学僧たちはそれが面白くなかったので、何かと危害を加えようとの心を抱いていた。智蔵はそれを察知して、身の安全をはかり、髪を振り乱して狂人のように振舞い、道路を駈け回るなどの乱行をした。そうする一方ではひそかに仏教の経・律・論の三蔵の要点を写し取り、木の箱に収め、漆をぬって密封し、背負ってあちこちと歩き回ったのであった。同行の僧は智蔵を軽蔑し、相当な気狂いと思って危害を加えなかった。

持統天皇の御代に智蔵師は日本に帰ってきた。同行の僧たちは上陸すると、持参した経文や典籍を日に曝した。智蔵は衿首を開いて風に向かい、いった。

「わたしも同じように経典の奥深い教えを日にさらすのだ」

人びとはあざけり笑っていいかげんなほらだとあなどっていた。学業を試してみる時になり、試験の壇上にのぼって、経義をくわしく述べた。ことばの意味・内容が深く大きく、音声は正しく麗わしく流れるようであった。異論は蜂の巣をつついたように起ったけれども、その応対はよどみなくほとばしり出た。人びとは智蔵師の言に従い、その学識の深さに驚かない者はいなかった。持統天皇は智蔵をおほめになり、僧正の位を与えられた。時に七十三歳であった。

〈語釈〉

○師　人を教え導く者。僧侶の敬称として用いる。○遣学　留学生として派遣される。○呉越　今の江蘇・浙江省の地方。○高学　学問のすぐれた。○穎秀　秀でる。抜きんでる。○忌害　いみそこなう、危害を与える。○軀を全くするの方　身体の安全をたもつ方法。○髪を被りて陽り狂し　髪をぼさぼさにして狂人のまねをする。○奔蕩　走り回って乱行する。○狂態を演ずる。○三蔵　仏教における経・律・論の三つをいう。経は仏教の聖典、律は仏教集団の戒律、論は後世の聖典を解釈した哲学書。一切の法義を包蔵している意。○秘封　密封する。○負担して遊行す　背負ってあちこちを歩くこと。○鬼狂　ものにつかれた気狂い。○太后天皇　持統天皇、かつては天武天皇の皇后であったことによる。○曝涼　虫干し。○襟を開き　衣服の襟もとをゆるめる。○奥義　奥深いむね。○嗤笑　あざわらう。嘲笑する。○妖言　根拠のないことば。○業を試み　学業の成果を試すこと。○敷演　意味を広く敷きのばして詳しく説くこと。○辞義峻遠　ことばの意味内容が深く大きいこと。○音詞雅麗　音声は正しくうるわしい。○論蜂のごとく　議論、異論がさかんに起ること。○驚駭　驚きびっくりする。○嘉し　おほめになる。○僧正　僧官の最上位。最初は一名であったが大僧正、僧正、権《ごん》僧正の三つに分けられ、それぞれ大納言・中納言・参議に準じて待遇された。

8　花鶯を翫ぶ

桑門《さうもん》　言語《げんご》寡《すくな》し
杖を策《つ》いて迎逢《げいほう》を事とす
この芳春の節をもつて
たちまち竹林の風に値《あ》ふ
友を求めて鶯樹に嫣《わら》ひ
香を含んで花叢に笑《ゑ》む
遨遊《がういう》の志を喜ぶといへども
還《かへ》つて媿《は》づ雕虫《てうちゆう》の乏しきを

五言　翫二花鶯一　一首
桑門寡二言語一
策レ杖事二迎逢一
以二此芳春節一
忽値二竹林風一
求レ友鶯嫣レ樹
含レ香花笑レ叢
雖レ喜二遨遊志一
還媿乏二雕虫一

〈現代語訳〉

僧の住いに訪れる友は少なく
いつも杖つき山野を眺め歩いている
春もいい時節
竹林のさわやかな風が頬をなでる
鶯は木々の間を友をもとめて鳴き
花は葉の間に芳香を放っている
山歩きは好きなのだが
それにしても詞才のないのが恥ずかしい

〈語釈〉

○桑門　沙門と同じ、僧侶。○言晤　親しく語る。○迎逢　出あるくこと。○遨遊　出遊。遨も遊もあそぶ。自然の景色を外に出て見る。○還つて　それにしても却ってなどの意を表す助字。○雕虫　字句を飾りたてて詩文を作ること。

〈解説〉

韻は逢・風・叢・虫。権力におごった貴族がこれ見よがしにする風流ではなく、みずから世を避けている僧が日常生活を歌っただけに、その心情がよく描かれている。「たちまち竹林の風に値ふ」などは先人の用例（梁呉均『戦城南』）を見るものの、詩の中によく生かされ、実感が伝わってくる。二句を対にした絶句のような構成である。

9　秋日志を言ふ　　五言　秋日言レ志　一首

性を得るところを知らんとほつし
来つて仁智の情を尋ぬ
気爽《さはや》かにして山川麗しく
風高うして物候《ぶつこう》芳《かんば》し
燕巣《えんさう》夏色《かしよく》を辞し
雁渚《がんしよ》秋声を聴く
これによりて竹林の友
栄辱《えいじよく》相驚くことなかれ

欲レ知二得レ性所一
来尋二仁智情一
気爽山川麗
風高物候芳
燕巣辞二夏色一
雁渚聴二秋声一
因レ茲竹林友
栄辱莫二相驚一

〈現代語訳〉
本性に叶った地を願って
山川の風情を尋ねてやって来た
大気はさわやかに、山や川は美しい

風は天高く吹き、風物もすがすがしい
雛の巣立った燕の巣には夏の面影も消え
渚の雁のなく声に秋の訪れを知る
この自然の変化を前に、わが竹林の友よ
栄誉恥辱などに心を乱すことのないように

〈語釈〉

○性　人間の本性。○仁智　山川の景。論語の雍也篇の「知者は水を楽しみ、仁者は山を楽しむ」により、水を知とし山を仁といった。○燕巣　つばめの巣。つばめは秋になると南に去るので、秋冬はからの巣になる。○雁渚　雁のいる水辺。雁は秋から冬にかけて北方から渡ってくる。○竹林の友　竹林の七賢のこと。阮籍・嵆康・山濤・劉伶・阮咸・向秀・王戎の七人をいう。俗事から離れて超然と世を送った中国晋時代の隠士たち。また一説には竹林精舎とともに仏門の者とする説もある。○栄辱　栄誉と恥辱。寵辱ともいう。

〈解説〉

韻は情・芳・声・驚。これも二句一対の形式によっている。平明なことばでわかり易く、口調がよい。自然の中で生活を堪能しているさまがうかがえ、生活の心情、境地がにじみ出ている。借り物でないところに読者は安心してついていける。僧が竹林の七賢に心をよせていることに疑問をもち、林古渓氏は竹林は竹林精舎とするが、しかし伝に記した生活態度を読んだら、作者の韜晦的な態度もうなずけるだろう。

五　葛野王　二首

葛野王　六六九（天智天皇八年）〜七〇五（慶雲二年）
父は大友皇子、母は十市皇女。天智・天武の両帝の孫。十市皇女は額田王を母とするから万葉の著名な三歌人を祖にいただく。王は淡海三船の祖父であり、位は正四位上にのぼった。

王子は淡海帝《あふみてい》の孫、大友太子の長子なり。母は浄御原《きよみはら》の帝の長女十市《とをちの》内親王なり。器範宏邈《きはんくわうばく》、風鑑秀遠、材棟幹《とうかん》に称《かな》ひ、地帝戚《ていせき》を兼《か》ぬ。少《わか》くして学を好み、博く経史《けいし》に渉《わた》る。すこぶる文を属《しよく》することを愛し、兼ねて書画を能くす。浄御原の帝の嫡孫《ちやくそん》にして浄太肆《じやうだいし》を授けられ、治部卿《ぢぶきやう》に拝せられる。高市皇子薨じて後、皇太后、王公《わうこう》卿士《けいし》を禁中に引きて、日嗣《ひつぎ》を立てんことを謀る。時に群臣おのおの私好《しかう》を挟《さしはさ》んで衆議紛紜《ふんうん》たり。王子進奏して曰く、「わが国家の法たるや、神代よりこの典を以《もつ》て仰いで天心を論ず。誰かよく敢《あ》へて測らん。しかも人事を以《もつ》てこれを推さば、従来子孫相承《さうしよう》して以《もつ》て天位を襲《つ》ぐ。もし兄弟相及ぼさば、すなはち乱れん。聖嗣《せいし》自然に定まれり。この外たれか敢《あ》へて間然《かんぜん》せんや」と。弓削《ゆげ》皇子座に在り。言ふことあらんとほつす。王子これを叱してすなはち止む。皇太后その一言にて国を定むることを嘉《よみ》して、特閲《とくえつ》して正四位を授け、式部卿《しきぶきやう》に拝す。時に年三十七。

〈現代語訳〉

王子は天智天皇の御孫、大友皇子の第一子である。母は天武天皇の第一皇女の十市内親王である。度量や振舞いは広く大きく、風采や識見が優れて秀でていた。才能は国家主要な職務にあたるのに十分であり、門地は天子の親族、皇族であられる。幼年のころより学問を好み、経書・史書などに博く通じておられた。詩文を作ることもたいへんお好きで、それに書や画にも堪能であられた。天智天皇の正嫡になる方の長男ということでもあり、浄大四の位を授けられ、治部省の長官を拝命されていた。

天武天皇の御子で太政大臣に任じられた高市皇子が薨去された後、持統天皇は皇族諸王百官の者を宮中に召され、次の皇太子のことについて相談された。その時群臣たちはそれぞれ私情をもたれ、議論は紛糾した。王子は進み出て申しあげた。

「わが国のきまりでは神代より今日まで、子孫が相続して皇位をつぐことになっています。もし兄弟の順を追って相続されるなら擾乱はここから起こるでしょう。仰ぎ見ましても天の心を論じ、だれが測ることができましょうか。ですから人間社会の秩序を考えますと、天皇の後嗣は自然定まっております。この方以外に後継になる方はなく、それに対してたれがとやかく申せましょう」

その時、天武天皇の皇子、高市皇子の弟にあたる弓削皇子は座におられ、一言申したいようであった。すると葛野王が弓削皇子を叱りつけ、抑えてしまった。持統天皇はその一言で皇嗣が定まったことをおほめになり、特別に抜擢されて式部省の長官に任じられたのである。その時の年齢は三十七歳であった。

〈語釈〉

○十市内親王　天武天皇と額田王との間に生まれた皇女。○器範宏邈　器量・法度が広遠なこと。○風鑑秀遠　風采・鑑識がすぐれ秀でていること。○材棟幹に称ひ　才能は根幹となるものにたえる。国家の重任にたえうるもの。○地帝戚を兼ぬ　地は門地。門地家柄は天皇の親戚となっている。○経史　経書と史書。中国の儒教の本と歴史の本。○嫡孫　嫡子の本妻の子、正系の孫。○浄太肆　天武天皇の十四年に制定された親王諸王の官位のうちの一つ。大宝令の従五位上にあたる。○治部卿　治部省の長官、治部省は八省のうちの一つで、雅楽・僧尼・山陵・外交などをつかさどった役所。○高市皇子　天武天皇の皇子。壬申の乱に功を立て、太政大臣になった。持統天皇の十年に没した。○薨　三位以上、大臣の死去についていう。○皇太后　皇太后は持統天皇。天武天皇の后であり、皇太子草壁皇子の母。○王公卿士　皇族諸公百官、高位高官の人びと。○私好　自分の好むところ、私情。○天心　天の意。天の心。○人事を以てこれを推さば　人間関係から考えてみると。○子孫相承して　正嫡の子孫が相続して皇位をつぐこと。○兄弟相及ぼさば　兄弟が年齢の順に皇位をつぐとなると。○間然　批難する。○弓削皇子　天武天皇の御子、高市皇子の弟にあたる人。○国を定むる　皇嗣を決定する。○嘉して　おほめになる。○特閲　特別にみそなわす。特別に抜擢する。○式部卿　式部省の長官。式部省は八省のうちの一つで、礼式や文官の考課・選叙をつかさどった役所。

10　春日鶯梅を翫ぶ
いささか休假《きうか》の景に乗じて
苑に入つて青陽《せいやう》を望む
素梅《そばい》素靨《そえふ》を開き
嬌鶯《けうあう》嬌声《けうせい》を弄《ろう》す
これに対して懐抱《くわいはう》を開く
優に愁情を暢《の》ぶるにたる
五言　春日翫㆓鶯梅㆒　一首

聊乗㆓休假景㆒
入㆑苑望㆓青陽㆒
素梅開㆓素靨㆒
嬌鶯弄㆓嬌声㆒
対㆑此開㆓懐抱㆒
優足㆑暢㆓愁情㆒

老のまさに至らんとするを知らず　　不レ知ニ老将レ至
ただ春觴《しゅんしゃう》を酌《く》むを事とす　　但事レ酌ニ春觴一

〈現代語訳〉

ちょっと休暇の日をかりて
園に入って春の景色を眺めた
白梅は白く咲きほころび
鶯はあでやかに囀っている
うららかな景に心もほどけ
愁いもいつか消えていく
老のことなどすっかり忘れ
盃を手に春の興にひたるばかりだ

〈語釈〉

○休假　休暇と同じ。○青陽　春の日。○懐抱　胸の思い、胸中にもつ意見。○春觴　春興によせてのむ酒盃。

〈解説〉

韻は陽・觴・声・情。ただし陽と觴が同韻、声と情が同韻である。八句の詩であるが、古詩の作法によっている。少々ポーズをとるところがある。「素梅素靨」「嬌鶯嬌声」など遊びの気分が色こい。漢語はもともと単音節、日本では音読していたのではないから、単なる模倣は遊びの域を出ない。この詩の場合音読みするから少々救われるものの、それでも単純さはまぬかれない。同字畳用、つまり双擬対といわれるものは本書中、10・27・30・32・59・98などに見られる。

11　竜門山に遊ぶ　　　五言　遊二竜門山一　一首

駕《が》を命じて山水に遊び　　　命レ駕　遊二山　水一
長く冠冕《くわんべん》の情を忘る　　　長　忘二冠　冕　情一
いづくんぞ王喬《わうけう》が道を得て　　　安　得二王　喬　道一
鶴を控きて蓬瀛《ほうえい》に入らむ　　　控レ鶴　入二蓬　瀛一

〈現代語訳〉

車を用意させて山水の景に遊び
永年の官務の煩からのがれえた

なんとか王喬仙人の道を体得し
鶴に乗り仙山に入りたいものだ

〈語釈〉
○竜門山　吉野の東北十キロメートルの地点にある竜門岳のこと。○冠冕　かんむりのこと。冠も冕もかんむり。冕は大夫以上の者がかぶった。○王喬が道　仙人の道。王喬は仙人の名。鶴に乗って飛来したと伝えられる。○蓬瀛　仙人の住むといわれた海中にある仙山。蓬萊山と瀛洲。

〈解説〉

韻は情・瀛。静養日を思う存分に羽をのばした感じ。王子喬といい、蓬瀛などというのは大げさであるが、中国の教養を得意げに振りまわす、そこに若気、稚気が見えるのがよい。完成した詩よりも、みずみずしく、若々しい。ここに日本最古の漢詩集の意義があるといえる。

六　大納言直大二中臣朝臣大島　二首

これより以降の諸人、いまだ伝記をえず。

中臣大島　生没年未詳

天武・持統朝の廷臣。天武天皇の十年に川島皇子・忍壁皇子らと帝紀や上古の諸事を筆録し、持統天皇四年に神祇伯として即位式の天神寿詞を読んだ。後年大納言にのぼった。

五言　詠二孤松一　一首

隴上孤松翠
凌雲心本明
餘根堅二厚地一
貞質指二高天一
弱枝異二蓂草一
茂葉同二桂栄一

12　孤松を詠ず

隴上《ろうじやう》　孤松翠《みどり》に
凌雲《りようううん》　心もと明らかなり
餘根《よこん》　厚地《こうち》を堅め
貞質　高天を指《ゆびさ》す
弱枝《じやくし》　蓂草《めいさう》に異にし
茂葉《もえふ》　桂栄《けいえい》に同じ

孫楚《そんそ》　貞節を高うし
隠居　笠の軽きを悦ぶ

孫楚高㆓貞節㆒
隠居悦㆓笠軽㆒

〈現代語訳〉

丘の上の松の一樹は緑あざやかに
高く秀でた姿は高潔である
根は大地をがっしと抑え
節操はひとり高く天を目指している
枝は細くても蓂草とは異り
葉の茂りは桂樹の栄えそのもの
孫楚は松の貞節だが
隠棲する身に破笠の趣が気に入りだ

〈語釈〉

○隴上　丘の上。○凌雲　雲をしのぐ。雲をしのいで聳えているさま。○餘根　はびこった根。幾つにもわかれた根。○貞質　節操正しい性質。○弱枝　細い枝、末端の枝。○蓂草　底本「高草」大野注に従う。太平の瑞相として生ずる草。一ヵ月を一期として短命な草という。〇桂栄　来歴志本に従う。蓂草と対で用い、葉の茂り栄えた桂の木。〇孫楚　中国、晋時代の人、高潔をもって名が高く、流枕、漱石の成語で知られている。〇悦　底本は「脱」、諸本に従う。悦はよろこぶの意。

〈解説〉

韻は明・天・栄・軽であるが、天は誤用である。中国六朝時代に「物」を詠ずることが流行した。この作品もその流れにのったものである。この詩にはその物に托して自己の心情を述べることを忘れていない。だが心情は七・八句に述べているが、文意がわかりにくく、訴えが弱くなっているのが残念である。「笠を脱して軽し」が何のことか理解に苦しむのである。また、「脱」が「悦」になり、「笠の軽きを悦ぶ」と古典大系本では読んでいる。これに従った。五・六句の表現も弱い。観念的な捉え方が具象性を持たせず、この詩の印象をうすくしてしまうのである。詠物は詠志とちがって、感情の抑えはきくものの、よまれる対象の性質を、詩的にするどく表現することが重要、だが日本人は不馴れのようである。高踏的というか知識によって詠っている。

13　山斎

五言　山斎　一首

宴飲《えんいん》山斎《さんさい》に遊び　　宴飲遊㆓山斎㆒
遨遊《がういう》野池に臨む　　遨遊臨㆓野池㆒

雲岸　寒猨《かんゑん》嘯《うそぶ》き
霧浦《むほ》　柂声《だせい》悲し
葉落ちて山いよいよ静かに
風涼しうして琴ますます微なり
おのおの朝野の趣きをえたり
攀桂《はんけい》の期《き》を論ずることなかれ

〈現代語訳〉
山荘に遊んで酒宴を開き
山の沼池をほしいままに観賞する
雲流れる水際の崖に物悲しく猿が鳴き
霧深い水辺に楫の音が悲しくひびく
木の葉が散り山はいよいよ静かに
風はひんやり琴の音はますます冴える
それぞれに隠棲自然の風趣に満ちたりた
いまさら仙人隠者の境をいう要はない

雲岸寒猨嘯
霧浦柂声悲
葉落山逾静
風涼琴益微
各得㆓朝野趣㆒
莫㆑論㆓攀桂期㆒

〈語釈〉
○宴飲　酒盛り。○山斎　別荘。山中の書斎。○遨遊　出遊、遨も遊もあそぶ。○雲岸　雲のかかっている断崖。○寒猨　飢えた猿、秋末の猿の意にも用いる。○栫声　栫は柁に同じ。楫の音。○朝野　朝廷と民間。公と私であるが、自然のよさを強調している。○攀桂　俗世間を避けて隠者の生活をすること。「ここに遊べば一切の趣きを尽しているのでさらに山中に入って桂の枝をよじて遊ぶ必要はない」（大系本）という。「攀桂」は「折桂」と同意語で、すなおに読みとっていいだろう。

〈解説〉
韻は池・悲・微・期、漢詩的な世界になりきっている。林古渓氏は、「前詩よりはずつとよい。丸で別人の感がする」と評し、さらに、「但し最後の二句は大いに諷刺がある。秋だから寒・悲・葉落・風涼、而して桂と脈絡通ずるのである。しかしこの諷刺が前首と通ずるらしく、これはよろしくなかつた」と。最後に結ぶことばいかんによって、詩は生きもすれば死にもする。詩人の力量によるもので、一時の陶酔が安直な悟りや教訓めいたことばにしてしまうのである。

この詩に対しては「清麗絶倫」「漢土の詩人たちの与《あづか》り知らざる妙境」の評があるが、また「王籍などの詩の応用の事実を忘れてはなるまい」の指摘もある。

七　正三位大納言紀朝臣麻呂　一首　年四十七

紀麻呂　～七〇五（慶雲二年）

本集作者の紀男人（72・73・74）の父であり、弟に古麻呂がいる。古麻呂も本集作者の一人で、（22・23）がある。麻呂は大宝元年（七〇一）正三位、大納言に進み、慶雲二年に没した。

14　春日　詔に応ず

恵気《けいき》四望に浮かび
重光《ちようくわう》一園に春めく
式宴《しきえん》仁智により
優遊詩人を催す
崑山《こんざん》珠玉盛んに
瑤水《えうすゐ》花藻《くわさう》陳《つら》なる

五言　春日　応詔　一首

恵気四望浮
重光一園春
式宴依二仁智一
優遊催二詩人一
崑山珠玉盛
瑤水花藻陳

階梅《かいばい》素蝶《そてふ》を闘はし
塘柳《たうりう》芳塵《はうぢん》を掃ふ
天徳　尭舜《げうしゆん》を十にし
皇恩　万民を霑《うるほ》す

階梅闘二素蝶一
塘柳掃二芳塵一
天徳十二尭舜一
皇恩霑二万民一

〈現代語訳〉

春の温和な気が四方に満ち
天子の明徳も重なり満ちている
仁智の御心によって宴会が開かれ
詩人を招いてゆうゆうと遊ばれる
会する詩人は崑崙山の珠玉のように多く
瑶池に開く水草のように華やかである
階の梅に白い蝶が舞い乱れ
堤の柳は落花を吹き掃っている
天子の聖徳は尭舜に十倍し
万民はひとしく恩沢に浴している

〈語釈〉

○恵気　春の温和な気。○四望　四方の見はらし。○重光　天子の明徳。春の恵みに天子の徳が重なりあっている。○式宴　宴楽、御宴の意。式は助字で「もって」と解したり、発辞として「ここに」と読む説もある。○崑山　崑崙山の略。崑崙山は珠玉でできており、石のかけらと思うものもみな玉だという。詩人たちを珠玉の数多いことに喩えている。○瑤水　穆天子が西王母に会ったといわれる池。○花藻　文藻・詩篇を喩えている。美しい詩文の多いこと。○芳塵　落花を塵埃に見たてた表現。芳埃とも。

〈解説〉

韻は春・人・陳・塵・民。応詔は詔をうけたまわり、仰せに従って読むことで、応制ともいう。応詔の詩は五言排律で、荘重によみ、皇恩をたたえて結びとする。形式は唐初以来決ってきた。この詩は十句でできており、排律の形である。一句が二字と三字に切れ、読みやすい詩であるが、駢儷体のような散文と並べてみた時、この詩にどれだけ詩情、詩心がわくだろうか。

八　文武天皇　三首

年二十三

文武天皇　六八三（天武天皇十二年）〜七〇七（慶雲四年）天武天皇の御孫。草壁皇子の御子。持統十一年（六九七）十五歳で即位。大宝律令を制定し、遣唐使を復活させた。天武天皇の直系として持統天皇の保護もあつく、文治の面ではみるべきものがあった。慶雲四年崩御、年二十五歳。
15　月を詠ず

月舟《げつしう》霧《む》渚《しよ》に移り
楓楫《ふうしふ》霞《か》浜《ひん》に泛《うか》ぶ
台上　澄み流るる耀《ひか》り
酒中　沈み去るの輪
水下りて　斜陰《しやいん》砕け
樹落ちて　秋光新たなり
五言　詠ㇾ月　一首

月舟移㆓霧渚㆒
楓楫泛㆓霞浜㆒
台上澄流耀
酒中沈去輪
水下斜陰砕
樹落秋光新

ひとり星間《せいかん》の鏡をもつて
また雲漢《うんかん》の津《しん》に浮かぶ

独以₂星間鏡₁
還浮₂雲漢津₁

〈現代語訳〉

月の舟は霧のたなびく渚にかかり
桂の楫は霞のおおう浜辺に浮かんでいる
宴台の上を月光が照らし
盃の中に月影が沈んでいる
流れの上の月の光はちぢに
木の葉も散りすいていちだんと秋らしい
夜空の月は星の間にあって鏡のようであり
それがまた天の川原の渡しに浮かんでいる

〈語釈〉

○月舟　月。月を舟に見たてていった。○楓檝　楓の樹で作った楫。舟をさしている。楓は桂と同じ。○輪　月輪。月のこと。○斜陰　斜めに傾いた月の光。○樹落ちて　木の葉が散りすいたこと。○雲漢　天の川。天河なども。○津　渡し場。

〈解説〉

韻は浜・輪・新・津。詠物の詩である。詠物は他に17詠雪、22望雪、116月夜坐河浜などがある。表現・比喩などの観念性が少ないと見るむきもあるが、いかがなものだろうか。わたしにはどうもイメージが結びにくい。月舟・楓檝ともに月のこととするも、霧渚・霞浜と春・秋の季物の語を並列して語っている。台上・酒中の名月と第一連との関連、第二連以下は秋の月であるが、「独以星間鏡」云々も美句をもてあそんだ感じがする。

別の機会に得た第一連の句を、秋の月を詠むにあたって結びつけた。あるいは第一連の名句を捨てきれずに、第二連以下の句を綴った。そのような感じがする。若き天皇の習作の域のものではなかろうか。

16　懐ひを述ぶ　　五言　述レ懐　一首

年　冕《べん》を戴くにたるといへども　　年雖レ足レ戴レ冕
智　敢へて裳を垂れず　　智不ニ敢垂一レ裳
朕《われ》つねに夙夜《しゅくや》に念ふ　　朕常夙夜念
なにをもつてか拙心《せっしん》を匡《ただ》さん　　何以拙心匡
なほ往古《わうこ》を師とせずんば　　猶不レ師ニ往古一
なんぞ元首《げんしゅ》の望みを救はむ　　何救ニ元首望一

しかも三絶《さんぜつ》の務なし
しばらく短章《たんしやう》に臨まんとほつす

然毋二三絶務一
且欲レ臨二短章一

〈現代語訳〉

年齢は冠を戴くのに十分であるけれども
能力は官服を飾るにあたいしない
わたしはいつも夜遅くまで考え込んでいる
どうしたら未熟な心を正していけるだろうかと
過ぎた昔の人を師としなかったならば
なんで君王としての理想の政治ができようか
それなのに学に技芸に励むことをしていない
ともあれ五言の詩をもって心情を表わそう

〈語釈〉

○冕を戴く　成人になる。冕は冠と同じ、冕は大夫以上の者が着用した。○裳を垂れ　善政のさま。敢えて手を下すことなくよく治まっているさま。拱手垂裳などという。○拙心　未熟な心。○元首　君主。○三絶　三種類の技芸。画・詩・書の三つをいう。○短章　短い歌、文章。ここでは五言の詩にあたる。

〈解説〉

韻は裳・匡・望・章。年若い帝が重要な任にあたり、自己を真摯に反省している姿がうかがえ、好感の持てる詩である。倫理的なものに終始しているが、詩の世界に遊ぶ老成者の境地をまねてよしとするようなものでないのがいい。結句に、一日の余暇を詩文で過ごすのも結構な姿勢と申したい。

しかし詩は一読、朗誦してみるに、詩というには平板、論理的な叙述で散文的。詩的昇華度を考えてみるべきものかも知れない。

17　雪を詠ず

雲羅《うんら》　珠を嚢《つつ》みて起り
雪花　彩《さい》を含んで新たなり
林中　柳絮《りうじよ》のごとく
梁上　歌塵《かぢん》に似たり
火に代りて霄篆《せうてん》に輝き
風を逐うて洛浜《らくひん》に廻《めぐ》る
園裏《ゑんり》　花李《くわり》を看れば

五言　詠レ雪　一首
雲羅嚢レ珠起
雪花含レ彩新
林中若ニ柳絮一
梁上似ニ歌塵一
代レ火輝ニ霄篆一
逐レ風廻ニ洛浜一
園裏看ニ花李一

冬条　尚　帯レ春

冬条《とうでう》　なほ春を帯ぶ

〈現代語訳〉

薄絹のような雲は雪を包んで空にひろがり
花のような雪は色どりも新鮮な感じ
林に降る雪は柳の綿が飛ぶかのように
梁に乱れ散る雪は歌に舞う塵のようである
雪は太陽に代わって夜の書物の燈りとなり
風に流れるさまは洛水神女そのままの艶
庭のすももの木を見ると
冬枯れの枝に積った雪は春の花そのものだ

〈語釈〉

○雲羅　羅をひろげたような雲。雲の美称。○珠を嚢みて　雪を含みもって、雪を珠と表現した。○雪花　白い花びらのような雪。雪の美称。○柳絮　柳が種となってひらいたもの。○梁上　建物のはり。ここでは家々の屋根と見るべきであろう。虞公の故事で、歌声の絶妙さに梁の上の塵が舞いあがったことを踏まえている。『梁塵秘抄』の梁塵もこれによる。○

霄篆　夜の書物。霄は宵の通用か異体字。篆は図に対する文字。したがって夜の書とみる。
○洛浜　洛水のほとり。『洛神賦』によるもので、風に乱れ舞う雪に洛水のほとりの神女の面影を見たもの。○冬条　冬枯れした木の枝。

〈解説〉

韻は新・塵・浜・春。15の詠月と同じく詠物の詩である。第一句の「雲羅珠を嚢みて」第二句の「雪花彩を含んで」の「珠」「彩」など表現が過ぎていないだろうか。やや誇張しすぎたきらいがあり、イメージが重なり合わない。三・四句の表現はすぐれて妙である。しかし五句目の「火に代りて」が少々なじめない。蛍の光、窓の雪と燈火として親しまれているものの、むき出しの火の語感が頂けない。詩語への昇華が足りないのか。しかし語意になれば、一読平明、なじみ易い詩である。日本人の漢詩鑑賞の姿勢が和漢朗詠集にみられるような、秀句の対を楽しむあり方からすれば、この三・四句は愛唱に堪えるものである。

九　従三位中納言大神朝臣高市麻呂　一首　年五十

大神高市麻呂　六五七（斉明天皇三年）〜七〇六（慶雲三年）

大三輪、三輪とも。壬申の乱の功臣で、天武天皇十二年に大神の姓を賜わった。万葉集巻九に三首、歌経標式に旋頭歌一首、また日本霊異記上二十五にも名がみえ、本集の「過神納言墟」95・96は彼の旧居を詠ったものである。従三位は死後追贈された。

18　駕に従ふ　詔に応ず

病に臥してすでに白髪
意《こころ》に謂《おも》ふ　黄塵《くわうぢん》に入らんと
期せずして恩詔《おんせう》を逐《お》ひ
駕に従ふ　上林《しやうりん》の春
松巌《しようがん》　鳴泉《めいせん》落ち
竹浦《ちくほ》　笑花《せうくわ》新たなり
臣はこれ先進の輩
濫《みだ》りに陪《ばい》す　後車《こうしや》の賓

五言　従レ駕　応詔　一首

臥レ病已白髪
意謂入二黄塵一
不レ期逐二恩詔一
従レ駕上林春
松巌鳴泉落
竹浦笑花新
臣是先進輩
濫陪後車賓

〈現代語訳〉

病に寝込んでいるうちに白髪になってしまい
あの世からのお召しを思わないでもなかった
それなのにありがたい天子のお招きのままに
車につき従って春の上林の景をめでた
松の聳える巌より滝が流れて響きをたて
竹薮つづきの水辺には花が咲きほころんでいる
臣は古参の老いぼれ
かしこくも陪乗の栄に浴して

〈語釈〉

○黄塵　土ほこり。死、黄泉。黄塵を俗世間とする解もある。○上林　宮中の庭園。○松巌　松のそそり立った巌。岩上に松の木が茂っているさま。○鳴泉　鳴りひびく滝。○竹浦　竹やぶがつづいている水辺。○笑花　咲いている花。○先進の輩　先輩。○後車　添え車で、天子の車のあとにつき従っていく侍従の車。

〈解説〉

韻は塵・春・新・賓。皇恩に浴した感激をすなおに述べた詩である。論理に従って述べていき、整然とまとめあげている。五・六句に詩心のひらめき、詩に点睛を見せるしころだが、その点でも充分答えてくれている。松巌・鳴泉は一幅の名画の景があるし、竹浦・笑花には南画の暖かみがあるだろう。先進・後車とことばの面白味を狙ったところもあるが、ごく自然に読みとれるところがいい。しかし現代語訳にはその趣きが表現できなかった。

一〇　大宰大弐従四位上巨勢朝臣多益須《こせのあそみたやす》　二首　年四十八

巨勢多益須　六六三（天智天皇二年）～七一〇（和銅三年）

武内宿禰の子孫。朱鳥元年に大津皇子の叛に連坐して捕えられ、のち赦された。復職後、慶雲三年式部卿に任じ、和銅元年に大宰大弐、同三年に没した。

五言　春日　応詔　二首

玉管吐㆓陽気㆒
春色啓㆓禁園㆒

19　春日　詔に応ず

玉管《ぎょくくわん》　陽気を吐き
春色　禁園を啓《ひら》く

山を望んで智趣広く
水に臨んで仁懐敦《あつ》し
松風　雅曲《がきよく》を催《うなが》し
鶯哢《あうろう》　談論を添ふ
今日まことに徳に酔ふ
たれかいはむ湛露《たんろ》の恩と

〈現代語訳〉

玉の笛は陽気に朗らかになり
春の気は御苑に満ちている
山を望みみると智者の情趣で広々と
水を見下すと仁者の感懐ひときわ
松吹く風は高雅な曲をかなで
囀るうぐいすは談論の興を添える
今日天子の高徳に酔うた深い感激を
なんで月並みなことばで讃ええよう

望レ山智趣広
臨レ水仁懐敦
松風催ニ雅曲一
鶯哢添ニ談論一
今日良酔レ徳
誰言湛露恩

〈語釈〉

○玉管　玉製の笛。○陽気　明るく浮きたつような気配。○禁園　宮中の庭園、御苑。○山を望んで智趣広く　論語の雍也篇の「知者は水を楽しみ、仁者は山を楽しむ」によった句。山を望みみていると、おのずと知者としての意識もおこり、情趣も一だんと満足されるのを感ずる。○湛露　深い恩。しげくおいた露のように一面におよび、満ちあふれるさまをいう。

〈解説〉

韻は園・敦・論・恩。懐風藻には山川を仁智と表現した論語のことばを多く用いているが、これらは観念的であまりよくない。聖人賢士の跡にならい、浩然の気を養うのはよい。しかしそれを衒っている面がある。この詩、全体によくまとまっているが、三・四句は、山水の景を思い描けるだろうか。山水を仁智と表現したものは、14・19・20・21・32・36・39・45・46・48・73・83・98など数多い。応詔、従駕の詩に用いられているとはいえ、単調さが気にかかってくる。

20　春日　詔に応ず　　五言　春日　応詔

姑射《こや》に太賓《たいひん》遁《のが》れ　　姑射遁二太賓一
崆巌《こうがん》　神仙を索《もと》む　　崆巌索二神仙一

あにしかんや聴覧《ちやうらん》の隙《いとま》
仁智　山川に寓するに
神衿《しんきん》　春色を弄《ろう》し
清蹕《せいひつ》　林泉を歴《ふ》
登つて繍翼《しうよく》の径《みち》を望み
降つて錦鱗《きんりん》の淵に臨む
糸竹　時に盤桓《ばんくわん》し
文酒たちまち留連す
薫風　琴台《きんだい》に入り
蓂日《めいじつ》　歌筵《かえん》を照らす
岫室《しうしつ》　明鏡《めいきやう》を開き
松殿《しようでん》　翠烟《すゐえん》を浮かぶ
幸ひに陪す瀛洲《えいしう》の趣き
たれか論ぜん　上林《じやうりん》の篇《へん》

〈現代語訳〉

藐姑射の山に賓客として招かれ

豈若聴覧隙
仁智寓二山川一
神衿弄二春色一
清蹕歴二林泉一
登望二繍翼径一
降臨二錦鱗淵一
糸竹時盤桓
文酒乍留連
薫風入二琴台一
蓂日照二歌筵一
岫室開二明鏡一
松殿浮二翠烟一
幸陪瀛洲趣
誰論上林篇

険しい山中に神仙の趣を索めた
思うに人としての見聞の楽しみ
山川を逍遥するにまさるものはない
天子はのどかに春の景色を賞美し
驥尾に付して野山を歴《へ》めぐる
山に分け入って鳥の飛ぶ道を眺め
谷間に下りては魚の遊泳をみる
楽器を奏でてはここを行きめぐり
詩酒を友としてもこの地は去りがたい
東風が琴の台に吹き
日光は歌舞の席を照らしている
山の洞穴は月の光がさしこみ鏡のようで
松に囲まれたご殿は緑のもやに包まれる
さいわいに仙境の地に陪従しえたいま
なんで上林の篇など論ずる要があろうか

〈語釈〉

○姑射　藐姑射の山の略。仙人の住むとされている山。○太賓　身分の高い人が客人となること。○崆巌　険しい岩のそば立つ山。○聴覧　見たり聞いたりする。○仁智　山を愛する者を仁者とし、川を愛する者を知者とした論語、雍也篇のことば。○神衿　天子の胸のうち。神襟。叡慮。○清蹕　清遊の行幸。○纁翼　鳥の美称。○錦鱗　魚の美称。○糸竹　管絃の催し、音楽。糸は絃楽器、竹は管楽器。○盤桓　行きつ戻りつする。徘徊する。○文酒　詩文の雅宴。○薫風　南風。この詩の季節は春であるから誤用か、東風と訳した。○琴台　孔子の弟子宓子賤が琴をひき、世がよく治まったという故事がある。琴を弾じている場とみたい。○蓂日　日。蓂は一日に一葉生じ、十五日でとまり、以下一日に一葉ずつ落ちるといわれる瑞草で、中国太古の世、一と月の日にちをこれによって数えたという。○岫室　山の巌穴にできた室。空間。○松殿　松の木に囲まれたご殿。○翠烟　緑色のもや。翠嵐の意。○瀛洲　海上にある仙山で、仙人の住むといわれる山。蓬莱山などと並べられる。○上林　宮中の庭園、漢の司馬相如が上林賦を作ったことにより、この語が用いられた。

〈解説〉

韻は仙・川・泉・淵・連・筵・烟・篇。詩型は排律、十六句四節である。神仙の世界に憧れるよりも政務にはげみ、余暇に山川を遊覧する方がよいといい（一句〜四句）、次に出駕し、魚鳥に目を楽しませる（五句〜八句）。つづいて琴・詩・酒の楽しみをのべ（九句〜十二句）、最後にこの地こそまさに仙境であると讃えあげる（十三句～十六句）。平仄は整っていないが、対句について気を配り、すぐれた作といえる。第一節はやや観念的、第四節の「岫室明鏡を開き」を「月の光がさしこみ」と解したが修辞に適正を欠いた感じ。表現が的確であるか疑いたい。この時代の詩、とかくすると表現面に腐心し、季節を超越した修辞になったり、観念や知識が先行し、実感を薄めてしまう恐れがある。

一一　正四位下治部卿犬上王　一首

犬上王　～七〇九（和銅二年）
大宝二年の持統天皇の崩御にあたっては殯宮を造る司に。慶雲四年の文武天皇の崩御には殯宮に供奉して御装司などを歴任。和銅元年に宮内卿に任ぜられ、また平城宮造営の奉幣使として伊勢に使し、和銅二年に没した。

21　山水を遊覧す

五言　遊二覧山水一　一首

暫《しばら》く三餘の暇をもつて

暫以二三餘暇一

遊息す　瑶池《えうち》の浜
吹台《すゐだい》　哢鶯《ろうあう》始め
桂庭　舞蝶《ぶてふ》新たなり
沐凫《もくふ》　双んで岸を廻り
窺鷺《きろ》　ひとり鱗を銜《ふく》む
雲罍《うんらい》　烟霞《えんか》を酌《く》み
花藻　英俊を誦す
留連す　仁智の間
縦賞《しょうしゃう》　倫《ともがら》と談ずるがごとし
林池の楽みを尽すといへども
いまだこの芳春を翫ばず

〈現代語訳〉
たまたま休暇の時をえて
御苑のほとりを遊覧した
楼台には鶯がさえずり
桂花の下、蝶がひらひらと舞っている

遊息瑶池浜
吹台哢鶯始
桂庭舞蝶新
沐凫双廻レ岸
窺鷺独銜レ鱗
雲罍酌二烟霞一
花藻誦二英俊一
留連仁智間
縦賞如レ談レ倫
雖レ尽二林池楽一
未レ翫二此芳春一

水に潜く鳬はつがいで岸辺を泳ぎ
魚をねらう鷺は口に獲物をくわえている
雷文模様の酒樽から春の趣きを酌み
花・水草のあでやかな詩文を口ずさむ
山川の間に足をとどめ
思う存分鑑賞し議論をしあう
林池の自然美に楽しみを尽すものの
まだまだ賞美しつくせるものではない

〈語釈〉

○蹔　暫と同じ。ちょっとの間。○三餘　暇、学問をするには冬、夜、陰雨の時をあてた。「冬は歳の餘り、夜は日の餘り、陰雨は時の餘り」といったことによる。○遊息　遊覧して身の労を休ませる。○瑶池　宮中の池にたとえていった。瑶池は穆天子が西王母と会った崑崙山中の池。○吹台　仙人の集まる台名。ここでは宮中の楼台をいう。○桂庭　宮中の庭、桂の花の咲きにおう庭。○沐鳬　水あびする鳬。鳬はかも、けり、かいつぶりなどをさして用いた。○鱗　うろこ、魚のこと。○雲罍　雲・雷を彫刻した酒樽。○烟霞　春霞のことだが、ここでは春の趣きほどの意か。○花藻　美しい詩文。○仁智　山川。○縦賞　ほしいままに観賞する。○倫と談ず　晋の清談をかわした一派の人たち、竹林の七賢たちのように論談する。

〈解説〉

韻は浜・新・鱗・俊・倫・春。この詩に対しての林古渓氏の評は手きびしい。「この詩は結構でない。一体に手がみだれてをる。十二句になつてをるが、十二句でなければならぬ必要も無ささうに見える。綺麗さうなことばを列べただけでは詩の事に関係せず」と。二字による熟語が二句から十句まで九個並んでいるのは、口誦しやすくてよいが、幾何学的な敷き瓦、敷き石の感じがしないでもない。これが七言の詩になると複文にもなりうるが、五言の場合は構成の単純さがいっそう目についてしまう。構成に意を注がなければならない。

宮殿の華美を讃美するにしても、瑶池、吹台、さらには桂花などつぎはぎだらけの感がする。中国古代の伝説の中の華麗、華美さを単独で讃えるわけでもなく、宮殿の華麗さを讃えるにしては個別性、独立性が乏しくなる。両者を二重に絡みあわせた効果をねらったものとしても、空中の楼閣のように、イメージは安定しにくい。

一二　正五位上紀朝臣古麻呂　一首　年五十九

紀古麻呂　生没年未詳　享年五十九歳

大納言紀大人《うし》の子。慶雲二年、騎兵大将軍となった。位階は正五位上とあるが、また一説には正五位下ともあって定かでない。兄に麻呂がおり、本集に一首（14）収録されている。文才は古麻呂の方が上のようである。

22　雪を望む

無為の聖徳寸陰を重んじ
有道《いうだう》の神功《しんこう》球琳《きうりん》を軽んず
垂拱《すゐきよう》端坐して歳暮を惜しみ
軒《けん》を披《ひら》き簾を褰《かか》げて遥岑《えうしん》を望む
浮雲靉靆《あいたい》として巌岫《がんしう》を縈《めぐ》り
驚飆《きやうへう》蕭瑟《せうしつ》として庭林に響く
落雪霏霏《ひひ》として一嶺白く
斜日《しやじつ》黯黯《あんあん》として半山金なり
柳絮《りうじよ》いまだ飛ばず蝶まづ舞ひ
梅芳《ばいはう》なほ遅く花早く臨む

七言　望㆑雪　一首

無為聖徳重㆓寸陰㆒
有道神功軽㆓球琳㆒
垂拱端坐惜㆓歳暮㆒
披㆑軒褰㆑簾望㆓遥岑㆒
浮雲靉靆縈㆓巌岫㆒
驚飆蕭瑟響㆓庭林㆒
落雪霏霏一嶺白
斜日黯黯半山金
柳絮未㆑飛蝶先舞
梅芳猶遅花早臨

夢裏《むり》の鈞天《きんてん》なほ涌《わ》き易く
松下の清風信《まこと》に斟《く》みがたし

夢裏鈞天尚易レ涌
松下清風信難レ斟

〈現代語訳〉

無為自然の政治をなさる盛徳の君は時を惜まれ
道を守り功業多い賢君は美玉など目にもとめない
ゆったりと過ごし歳月の暮れゆくのを惜しみ
窓を開き、簾をまきあげて、遥かな峯を眺める
浮き雲は霧りたなびいて、巌のほら穴を取りまき
冬の突風は物さびしく、庭の林にとよもしている
降りしきる雪に山はすっかり白くなり
夕日はかげり、峯の片側は金色に輝く
柳の綿はまだ飛ばないが、まず雪が舞い
梅の香りはないものの、枯木に雪が開いた
夢での天上の楽も想像にかたくはないが
松に雪での清風はそうそう逢えるものではない

〈語釈〉

○無為　何も手を加えないこと、人工を加えず天然自然のままに任せること。○寸陰　ごくわずかな時間。○有道　道をたもっている。道義をわきまえて行う。○球琳　美玉、宝玉。○垂拱　衣を垂れ、腕組みする。あくせくすることなくゆったりと構えている。○軒　のき。また長廊の窓。室内から外を見はるかすことのできる所。○岑　山の峰。○巌岫　山腹にできている穴。古くは雲は朝にここから出、夕べにはここに帰るなどと詩文に歌われた。○驚飈　烈しい風、突風。飈は一般には飇の字を用いる。○蕭瑟　もの淋しい。もの悲しい趣きのある。○霏霏　雪の飛び散るさま。○黯黯　くらいさま。○柳絮　柳の綿。柳の種子が飛びちるときに、綿状のものをつけて散るのをいう。○蝶　雪を蝶に見たてた。雪のこと。○花早く臨む　梅の花に対し雪を花に見立てて、一足早く咲いたと表現した。○夢裏　夢の中、趙簡子が病中、夢で楽をきいたという故事をふまえたもの。○鈞天　天の中央の意だが、ここでは天上の音楽をいう。○涌き易く　雲や雪ができ易いことから、音楽を聞きやすい、つづいて聞かれるの意に用いた。○清風　清らかな風であるが、ここでは隠士たちの賞美する清風ともいうべき風であろう。

〈解説〉

　韻は陰・琳・岑・林・金・臨・斟。最初に出てきた七言の詩である。排律の型をしっているが、排律ではない。出だしは畏まりすぎて裃を着けたような感じ。全体に前置きが長く、中心とする雪の景が展開しない。斜日黯黯もぴんとこない。それにつづく「柳絮いまだ飛ばず」「花早く臨む」も常套的な見方で、春の景に移り変わってしまった感じ。七言の詩はさすがに修辞など重厚である。五言詩では故事伝説などの語がとかく語る内容を不鮮明、誤解を招きやすくするが、七言の句となると晦渋・難解な語も、漢詩らしく生きてくる。しかし用語の不習熟か、焦点の見えにくい詩にしてしまっている。

23　秋宴

五言　秋宴　得㆓声清驚情四字㆒
一首

明離照㆓昊天㆒
重震啓㆓秋声㆒
気爽烟霧発
時泰風雲清
玄燕翔已帰
寒蟬嘯且驚
忽逢㆓文雅席㆒
還愧㆓七歩情㆒

明離《めいり》　昊天《かうてん》を照らし
重震《ちようしん》　秋声を啓《ひら》く
気爽《さはや》かにして烟霧発し
時泰《やすら》かにして風雲清し
玄燕《げんえん》　翔《かけ》つてすでに帰り
寒蟬《かんぜん》　嘯《うそぶ》いてかつ驚く
たちまち文雅の席に逢ひ
また七歩の情に愧《は》づ

〈現代語訳〉

太陽は大空に照り輝き
雷が鳴り、ようやく秋を迎えた
大気は爽快、遠く霧がたちこめ
時世は泰平、風や雲もすがすがしい
燕はすでに南の国に帰ってしまい
ひぐらしのけたたましさに、はっと驚く
はからずも風雅の士の宴席に参列したが
七歩の詩の詩才がないのが恥ずかしい

〈語釈〉

○明離　明らかな日、太陽。○昊天　大空、天。○重震　鳴り重なっている雷。○玄燕　つばめ、玄鳥とも書く。○寒蟬　ひぐらしのこと。○文雅の席　風雅な詩文の人たちの宴席。○七歩の情　即席に詠む詩。魏の文帝が弟の曹植に詩を作らせた時、曹植は七歩あゆむうちに作ったという故事による。ただし、曹植の作品集『曹子建集』には収められていない。

〈解説〉

韻は声・清・驚・情。広い宇宙自然から歌いおこし、中・遠距離の秋の風景、さらに身近に嘱目の景に目を転じ、詩作の才のなきを恥じて詩をむすぶ。一篇よくまとまった詩である。淡々とした叙景詩で愛唱するに足るものである。七歩の詩を書きくだし文で紹介しておく。「豆を煮てもつて羹《あつもの》を作り　菽《まめ》を漉《こ》してもつて汁となす　萁《き》は釜下にありて燃え　豆は釜中にありて泣く　もと同根より生ず　相煎《に》るなんぞ太《はなは》だ急なる」

一三　大学博士従五位下美努連浄麻呂　一首

美努浄麻呂　生没年未詳

慶雲三年、遣新羅大使になり、同四年学問僧義法らとともに帰朝。和銅元年、遠江守に任ぜられた。大学博士の任命年月は明らかでない。天川田奈命の裔ともいう。

五言　春日　応詔　一首

玉 燭 凝二紫 宮一

淑 気 潤二芳 春一

曲 浦 戯二嬌 鴛一

24　春日　詔に応ず

玉燭《ぎよくしよく》紫宮《しきゆう》に凝《こ》り

淑気《しゆくき》芳春《はうしゆん》に潤《うるほ》ふ

曲浦《きよくほ》嬌鴛《けうゑん》戯れ

瑶池《えうち》　潜鱗《せんりん》躍る
階前　桃花映じ
塘上《たうじやう》　柳条《りうでう》新たなり
軽煙　松心《しようしん》に入り
囀鳥《てんてう》　葉裏《えふり》に陳《つらな》る
糸竹　広楽《くわうがく》を遏《とど》め
率舞《そつぶ》　往塵《わうぢん》洽《あまね》し
この時　たれか楽しまざらん
普天《ふてん》　厚仁《こうじん》を蒙《かうぶ》る

〈現代語訳〉
天子の聖徳は玉や燭のように宮中に凝り
和気は新春とともにひときわ盛んである
弧を描いた入江に鴛鴦が遊び
御所の池には魚の鱗がきらめく
階段の前には桃の花が照りはえ
土堤の柳の新芽もほころんだ

瑶池躍㆓潜鱗㆒
階前桃花映
塘上柳条新
軽煙松心入
囀鳥葉裡陳
糸竹遏㆓広楽㆒
率舞洽㆓往塵㆒
此時誰不㆑楽
普天蒙㆓厚仁㆒

一抹の霞が松林の中に流れ入り
鳥は葉かげに並んで囀っている
管絃の調べは天上界の楽のようで
どの舞踊も昔のおもむきそのまま
この御代だれが楽しまない者がいようか
天下の臣民はみな皇恩を蒙っているのだ

〈語釈〉

○玉燭　宝玉の輝きと燭火の輝き。ともに天子の盛徳の輝きにたとえたもの。○紫宮　天子の宮殿。○淑気　温和な気。○曲浦　カーブをえがいている浜辺、水辺。波打ち際をいった。○嬌鶯　美しい鶯鶯。嬌はあでやか。なまめかしいの意がある。○瑶池　宮中の池。穆天子が西王母と会ったという崑崙山にある池であるが、宮中の池の意として用いた。○軽煙　うすくかかった霞。麓に流れ入った霞であり、訳文では一抹としたが、ひと流れほどの霞と解したい。○松心　松林の中。○広楽　天上界での音楽。ここでは宮中での管絃の遊びをいった。○率舞　すべての舞踊。その日の出しものの舞の全部をいった。○往塵　古えの事蹟。むかし演じたところの舞踊。○普天　地上。国内のものすべて。津々浦々に至るまで。

〈解説〉

韻は春・鱗・新・陳・塵・仁。五言十二句でよくまとまっているが、描写は少々平凡。「階前桃花映じ、塘上柳条新たなり」などはどこにでも見る句であろう。「嬌鶯戯れ」の「嬌」はどう解釈すべきだろうか。嬌鶯《おう》は愛らしいうぐいす。嬌鴉《あ》はうつくしい鳥。嬌鳥はなまめかしい鳥の意である。鴛鴦はいつもつがいでいるからあでやかといったのだろうが、嬌と戯れがつづくイメージはいかがなものだろう。戯は仲よく並んで水面に浮いている図をいっただけなのか。この詩、二字の熟語のアラベスク。

一四　判事紀末茂　一首　年三十一

紀末茂　生没年未詳　享年三十一歳

生没年が未詳であるだけでなく、伝記についても不明である。類聚国史六十六に紀長田麻呂を「中判事正六位上末茂の孫」としているが、本書の目録には「判事従七位下」と記されている。

25　水に臨みて魚を観る

宇《う》を結ぶ　南林の側《かたはら》
釣を垂る　北池の潯《ほとり》
人来れば戯《ぎ》鳥《てう》没し
船渡れば緑萍《りよくひやう》沈む
苔揺《ゆら》いで魚の在るを識り
緡《いと》尽きて潭《ふち》の深きを覚ゆ
空しく嗟《なげ》く　芳餌《はうじ》の下
独《ひと》り貪心《どんしん》あるをみる

〈現代語訳〉

南の林の傍らに家を建て
北の池の辺りで釣りをする
人が来ると水鳥たちは水にかくれ
船が渡ると浮き草は水に姿を沈める
藻の揺らぎをみて魚のいるのを知り

五言　臨レ水観レ魚　一首

結レ宇南林側
垂レ釣北池潯
人来戯鳥没
船渡緑萍沈
苔揺識二魚在一
緡尽覚二潭深一
空嗟芳餌下
独見レ有二貪心一

釣糸を出しつくして淵の深さを感ずる
餌に集まる魚に嘆いてみるものの
人の心もこれと変りはないものだ

〈語釈〉

○宇を結ぶ　家を構える。○釣を垂る　魚釣りの糸をたらす。○潯　水の深い所。ここでは畔、岸の意。○緡　釣り糸。○潭　淵。○芳餌　うまい餌。○貪心　貪欲な心。現代語訳では人間の心に置いてみた。

〈解説〉

韻は潯・沈・深・心。八句一韻。律の形をとっている。平仄は整っていないが、平易によく情景を描き出している。三・四句、五・六句の描写は妙というべきである。ただ最後の二句、やや道学的になってしまったのが惜しまれる。この詩について釈清潭は、「孟浩然の宗流に逼る、頗る出色の作とす」と懐風藻新釈で述べている。しかし、この詩は陳の張正見の楽府「釣竿篇」の盗作であると、大野保氏によって指摘されてもいる。「懐風藻と六朝初唐の詩」（国文学研究、第十二年二号、昭19）。試みに二篇を対応させると、

結レ宇長江側　　結レ宇南林側

垂㆑釣広川潯
竹竿横㆓翡翠㆒
桂髄擲㆓黄金㆒
人来水鳥没
檝度岸花沈
蓮揺見㆓魚近㆒
綸尽覚㆓潭深㆒
渭水終須㆑卜
滄浪徒自吟
空嗟芳餌下
独見㆑有㆓貪心㆒

垂㆑釣北池潯
人来戯鳥没
船渡緑萍沈
苔揺識㆓魚在㆒
緡尽覚㆓潭深㆒
空嗟芳餌下
独見㆑有㆓貪心㆒

模倣、習作としてのものが収められたのか、詩の構成法として考えてみるのもよい。

一五　釈弁正　二首

釈弁正　生没年未詳

俗姓は秦氏。年若い時出家し、文武天皇の大宝年間に唐に渡って学問を学んだ。囲碁が上手だったので玄宗皇帝に愛され殊遇をうけ、唐土で没した。

弁正法師は俗姓は秦氏、性滑稽《こつけい》にして談論によし。少年にして出家、すこぶる玄《げん》学《がく》を洪《おほい》にす。太宝《たいほう》年中、唐国に遣学す。時に李隆基《りりゆうき》竜潜《りゆうせん》の日に遇ふ。囲碁《ゐき》を善くするをもつて、しばしば賞遇せらる。子に朝慶《てうけい》・朝元《てうげん》あり。法師および慶、唐に在りて死す。元《げん》本朝に帰りて、仕へて大夫《たいふ》に至る。天平《てんぴやう》年中、入唐判官《につたうはんぐわん》に拝せらる。大唐に到りて天子に見ゆ。天子その父をもつてのゆゑに特に優詔《いうせう》して厚く賞賜す。本朝に還《かへ》し至す。尋《つ》いで卒《しゆつ》す。

〈現代語訳〉

弁正法師は出家する前の姓を秦氏といった。性格に滑稽味があり、議論もよどみなく口をついて出た。少年の時に出家し、かなり仏教の学に通じていた。文武天皇の大宝年中に中国に渡って学問をした。その当時は後に玄宗皇帝になられた李隆基がまだ帝位についていない時であった。弁正は囲碁がうまかったので時折り、李隆基よりお招きをうけ、よい知遇をえていた。

弁正の子には朝慶・朝元の二人がいた。弁正と朝慶は唐の地で死んだ。朝元は日本に帰り、朝廷に仕えて五位の大夫にまでなった。聖武天皇の天平年中に遣唐使の第三等官に任じられた。唐に渡って皇帝に拝謁した。皇帝は朝元が弁正を父としていることを知り、手厚くもてなし、厚くほめて沢山の贈物を下さった。日本に帰ってから後、死去した。

〈語釈〉

○滑稽　ことばが滑らかに出、知恵がよくまわる。○玄学　奥深い哲理を述べた学問。老荘の学や、仏教などにいう。○太宝年中　文武天皇の晩年期で、七〇一〜七〇四年まで。○遣学　留学。留学生として中国に渡ること。○李隆基　唐王朝は李が姓で、隆基は玄宗の名。○竜潜　竜がまだ池に潜んでいることで、まだ天子にならないでいる間のこと。○囲碁　囲碁のこと。○賞遇　よい待遇をうける。○本朝　日本、当時の人々の世界観は三国で、天竺（インド）、震旦（中国）、本朝（日本）と分けていた。○大夫　五位相当の官職。○天平年中　聖武天皇の治政期で、七二九〜七四九年まで。○入唐判官　遣唐使の第三等官。○大唐　唐のこと。○優詔　天子よりの手厚いもてなし。○卒す　死去する。五位以上の者の死についていう。

26　朝主人に与ふ　五言　与二朝主人一　一首

鐘鼓　城闉《じやういん》に沸き
戎蕃《じゆうばん》　国親に預る
神明　今の漢主
柔遠《じうゑん》　胡塵《こぢん》を静む
琴歌《きんか》　馬上の怨《ゑん》
楊柳　曲中《きよくちゆう》の春
ただ関山《くわんざん》の月のみあつて
偏《ひと》へに北塞《ほくさい》の人を迎ふ

〈現代語訳〉

出勤の鐘の音が城内に鳴り渡り
蛮夷もみな和親の待遇をうけている
天子の盛徳は漢の皇帝よろしく
遠国胡国の者までも服従させている
胡国といえば馬上で琴歌を歌った怨情や
楊柳を折って別れを惜しんだものだった
ただ今は関山に照る月ばかりが

鐘鼓沸㆓城闉㆒
戎蕃預㆓国親㆒
神明今漢主
柔遠静㆓胡塵㆒
琴歌馬上怨
楊柳曲中春
唯有㆓関山月㆒
偏迎㆓北塞人㆒

北辺の地に来る人を迎えるだけだ

〈語釈〉

○鐘鼓　出勤をしらせる朝の鐘。○城闉　城内、闉は城内の重門。○国親に預る　国と親交をえている。○神明　神のような明徳。○柔遠　遠方の国々を手なずけ服従させている。○琴歌　琴にあわせて歌う歌。○楊柳曲　折楊柳の曲のこと。遠征するにあたっての離別の歌。○関山　国境の四囲をとりへだてる山々。また関山月は折楊柳と同じく横吹曲の一つである。折楊柳と呼応させて用いたのであろうが、国境の山にかかる月の景として訳した。二句構成で七・八句とかかっているからである。○北塞の人　北方辺塞の地にすむ人。

〈解説〉

韻は闉・親・塵・春・人。措辞は適切。わかりにくいところがない。「神明今の漢主」も表敬のためにうわつきやすくなるのであるが、ここでは異国にあって異朝の皇帝（作者は十分にその餘沢をうけている）を歌ったためか、わざとらしく鼻をつくものがない。前半、唐王朝の国際都市の殷盛ぶりを歌い、後半、わびしい北辺の地の旅情を秘めた句と解釈した。

27　唐に在りて本郷を憶ふ　　五言　在レ唐憶ニ本郷一　一絶

日辺《にっぺん》　日本を瞻《み》　　日 辺 瞻ニ日 本一

雲裏《うんり》雲端《うんたん》を望む
遠遊《ゑんいう》遠国に労し
長恨《ちやうこん》長安に苦しむ

雲裏望雲端
遠遊労遠国
長恨苦長安

〈現代語訳〉

太陽ののぼるあたりに故郷日本を見
拡がる雲の果てに思いをよせて仰ぐ
遠く異国に留学し異国で苦労を重ね
尽きぬ長い恨みを長安で抱いている

〈語釈〉

○日辺　太陽の出るあたり。○雲端　雲の端。雲の塊の中で一番遠くに距たっているところ。○長恨　長くつづいて尽きない恨み。

〈解説〉

韻は端・安。同音畳用の遊戯。軽い気持での創作であるから、くつろぎ、風趣を見出せば十分である。同音畳用の詩は10・30・32などにもあるが、四句に持つものはこれだけである。ややもすればことばの軽妙さは軽薄さにおちいりかねないが、この詩ではことば遊びの楽しみを楽しんでいる、作者の心に同調し楽しめばよい。

一六　正五位下大学頭調忌寸老人《つきのいみきおきな》　一首

調老人　生没年未詳

帰化人系。持統天皇の三年に撰善言司になり、大宝元年に律令撰定の功によって正五位上を贈られた。また大宝三年にはその子に田十町、封百戸を賜わっている。正五位上が追贈であるところよりみれば大宝元年ごろの死か。

28　三月三日　詔に応ず

玄覧《げんらん》春節《しゅんせつ》に動き
宸駕《しんが》離宮を出づ
勝境《しょうきやう》すでに寂絶《せきぜつ》
雅趣《がしゅ》また窮《きはま》りなし

五言　三月三日　応詔

一首

玄 覧 動㆓春 節㆒
宸 駕 出㆓離 宮㆒
勝 境 既 寂 絶
雅 趣 亦 無㆑窮

花を折る　梅苑の側
醴《れい》を酌《く》む　碧瀾《へきらん》の中
神仙　意を存するにあらず
広済《くわうさい》これ同じうするところ
鼓腹《こふく》　太平の日
ともに詠ず　太平の風《ふう》

〈現代語訳〉

天子は春の時節に風景に心を寄せられ
お車は離宮をお出になられた
景勝の地は寂しく静かで
高雅な趣きに満ち満ちている
梅園にたたずみ　花を手折って賞し
青い流れに盃を浮かべ酒を酌みかわす
神仙の境地を望むのではない
心はただ人民を救済するところにある
腹つづみを打って太平の日を謳歌し

折レ花梅苑側
酌レ醴碧瀾中
神仙非レ存レ意
広済是攸レ同
鼓腹太平日
共詠太平風

ともに太平の趣きを歌うのである

〈語釈〉

○玄覧　天子の遊覧。○宸駕　天子の乗物。○寂絶　静寂この上もないこと。○醴　あまざけと読んだり釈かれたりしている。一夜で作った濃い酒ともいう。今日いわれている甘酒とは異なる。美酒ぐらいにとるのがよいか。○神仙　神や仙人。神仙に化すること。○広済　広く一般の人びとを救うこと。○鼓腹　腹つづみ。上古、太平の世を謳歌して腹つづみを打って生活を楽しんだ故事による。○風　風趣、趣。

〈解説〉

韻は宮・窮・中・同・風。一・二句の天子の出遊から、三・四句の場所と情趣、五・六句は花と酒、七・八句が政治の理念、九・十句が御代の万歳で、詩は順序を追って構成している。五句から八句目まで、春の景と感懐であるが、「広済是攸同」がちょっと違う。貴顕たちが豪遊し、神仙の妙境に入った面持ちになるのは、まさしく然りであるが、為政者として「広済」このようなことばに真実味があるだろうか。聖徳、徳義的なことばを述べると一般受けはするものの、形式的なことばで、詩に実感を求めるかぎり、真摯に受けとめにくいものになってしまう。

一七　贈正一位太政大臣藤原朝臣史《ふひと》　五首　　年六十三

藤原史　六五八（斉明天皇四年）〜七二〇（養老四年）鎌足の第二子、不比等とも書く。文武天皇の命をうけ大宝律令（七〇一年完成）を制定し、養老律令（七一八年成立・大宝律令の修正）の完成にもつとめた。子の武智麻呂・房前・宇合・麻呂などいずれも栄え、藤原四家を形成した。

29　元日　詔に応ず

正朝《せいてう》　万国を観
元日　兆民《てうみん》に臨む
政を斉《ととの》へて玄造《げんざう》を敷き
機を撫《ぶ》して紫宸に御《ぎよ》す
年華《ねんくわ》　すでに故《ふる》きにあらず

五言　元日　応詔　一首

正朝観㆓万国㆒
元日臨㆓兆民㆒
斉㆑政敷㆓玄造㆒
撫㆑機御㆓紫宸㆒
年華已非㆑故

淑気《しゆくき》またこれ新たなり
鮮雲《せんうん》五彩秀で
麗景《れいけい》三春耀《かがや》く
済々《せいせい》たる周行《しうかう》の士
穆々《ぼくぼく》たるわが朝の人
徳に感じて天沢《てんたく》に遊び
和を飲んで聖塵《せいぢん》を惟《おも》ふ

〈現代語訳〉

元朝天子は万国の民をみそなわし
元日億兆の民の朝賀をうけられる
天道にのっとった政治を行なわれ
政務を紫宸殿でおとりになられる
年号も新しい年月にあらたまり
春の温和な気が満ち満ちている
あざやかに五色の雲が立ちこめ
うららかな春景色を包んでいる

淑気亦惟新
鮮雲秀二五彩一
麗景耀二三春一
済々周行士
穆々我朝人
感レ徳遊二天沢一
飲レ和惟二聖塵一

周の朝廷には賢臣が多かったが
わが朝廷にも良臣に事かかない
天子の恩沢のままに御宴にのぞみ
ご慈愛に一段の聖徳を覚えている

〈語釈〉

○正朝　元旦、正旦など。一月一日のこと。○政を斉へ　大系本により有政を斉政に改む。斉政は天皇の政治。政は七政（天文）を整えることによる。○玄造　自然のままである人倫の道。○機を撫し　これも天皇の政治。機（北斗星）を手に取り持つということによる。○紫宸　天子が政務をとられるところ。○年華　年月、歳月。○淑気　春の和気。○五彩　五つの色、五色と同じ。青・黄・赤・白・黒をいう。○済々　衆多くさかんなさま。○周行の士　周王朝の臣たち。○穆々　和らぎ敬う様子。○天沢　天子の恩沢。○和を飲んで　人を愛撫し和らげる。いつくしみを受けての意。○聖塵　仁愛、天子の仁愛。

〈解説〉

韻は民・宸・新・春・人・塵。元日、天皇は朝賀を受けられ（一・二句）、紫宸殿で政務をとられる（三・四句）、宮中には新春の気が満ち（五・六句）、瑞兆があふれている（七・八句）。世に賢臣が多く（九・十句）、天子の徳を悦び仰いでいる（十一・十二句）という。

こうなると詩を盛り立てるところは五・六・七・八句であろうか。ここに新春慶賀、今日をよき日と大いに礼賛している。自分の心を率直に伝えるというよりは、できる限りの美辞麗句をもって綴る、とかく「詔に応ず」などの詩はそれになりがちである。時代が変ると、とかく不協和感がともなうゆえんである。

30　春日宴に侍す　詔に応ず

淑気《しゅくき》　天下に光《て》り
薫風　海浜に扇《あふ》ぐ
春日　春を歓ぶの鳥
蘭生　蘭を折るの人
塩梅《えんばい》　道なほ故《ふ》り
文酒《ぶんしゅ》　事なほ新たなり
隠逸《いんいつ》　幽藪《いうそう》を去り
没賢《ぼっけん》　紫宸に陪す

五言　春日侍㆑宴　応詔
一首

淑気光㆓天下㆒
薫風扇㆓海浜㆒
春日歓㆑春鳥
蘭生折㆑蘭人
塩梅道尚故
文酒事猶新
隠逸去㆓幽藪㆒
没賢陪㆓紫宸㆒

〈現代語訳〉

温和な気が天下にみなぎり
爽やかな風が海辺を吹いている
うららかな春を鳥は鳴きかわし
芳しい蘭を高雅な士が手折っている
調和のとれた政治は古くからのこと
詩を作り酒を酌む御宴は新たな感懐である
世をさけたわたしも竹林の幽居を出て仕え
ふつつかながら皇居に参内している

〈語釈〉

○淑気　春のなごやかな気。○薫風　初夏の風、緑の風。この薫風も春の風の意に用いていよう。○扇ぐ　煽ぐ。扇を動詞として用いている。○文酒　詩文を作り、酒を酌むこと。○隠逸　世をのがれた者。世間の俗事から離れて生活している者。○没賢　賢でない者。

〈解説〉

韻は浜・人・新・宸。よくできている詩である。三句と四句の同字畳用はいわゆる双擬対というもので、10・27にみた。この後32にもある。この詩の「春日春を歓ぶの鳥」はよいが、「蘭生蘭を折るの人」は、措辞が日本語的であり、いただけない。大系本では「蘭生《らんふ》」と読み、「春日」と対になるから、「蓬生」のように名詞と述べている。日本語では「浅茅生」「蓬生」「葎生」などあるが、漢語の場合ではどうなのか。「蘭生《らんせい》」の語があるから「蘭生」ととるのはいいが、古語を引きあいにして「らんふ」と読むのはどんなものだろう。そういえば塩梅の語にも抵抗を感ずるが、これはわたしだけだろうか。一句は二字と三字で作られている単文であるが、八句の詩のためか、さほど気にならない。

31　吉野に遊ぶ　　五言　遊㆓吉野㆒　二首

文を飛ばす　山水の地
爵《しやく》を命ず　薜蘿《へいら》の中
漆姫《しつき》　鶴を控《ひ》いて挙《あが》り
柘媛《しやゑん》　魚に接して通ず
煙光《えんくわう》　巌上に翠《みどり》に
日影《にちえい》　潯前《しんぜん》に紅《くれなゐ》なり
翻《かへ》つて知る　玄圃《げんぽ》の近きを
対翫《たいぐわん》す　松に入る風

飛㆑文山水地
命㆑爵薜蘿中
漆姫控㆑鶴挙
柘媛接㆑魚通
煙光巌上翠
日影潯前紅
翻知玄圃近
対翫入㆑松風

〈現代語訳〉

吉野のこの絶勝の景を賞でて文をつづり
蔦かずらの茂みの中で酒宴を用意させる
昔この地で漆姫が鶴に乗って天上に去り
柘枝姫《つげひめ》は魚と化し男に近づき情を通じた
岩の上にもやが立ちこめ、翠はおぼろに
岸のあたりは日がさして紅に映えている
ここはむしろ天帝のおられる崑崙に近く
松に吹く風を心ゆくばかり鑑賞している

〈語釈〉

○文を飛ばす　文章を書くこと。○爵を命ず　酒宴の用意をさせること。爵は杯。○薜蘿つたかずら。○漆姫　大和の国に伝わる伝説で、漆部《うるしべ》の里の女が仙草を摘み、天に飛んでいったという話。日本霊異記、上の十三に記されている。○柘媛　大和の国に伝わる伝説で、漁師美稲《うましね》のかけた梁《やな》に柘の枝がかかり、美稲が拾いあげると柘の枝はたちまち仙女にかわり、契りを結んだものの女は仙境に消えていったという話。万葉集に断片的に残っている。○魚に接して　底本接莫を大系本に従う。○潰前　潰は水際、なぎさ。水際の前あたり。○玄圃　崑崙山にあって仙人がいるという所。

〈解説〉

韻は中・通・紅・風。「文を飛ばす」「爵を命ず」など、大上段にふりかぶったきらいがあるが、その後は淡々と進めて穏やかである。それは三・四句と五・六句の配置によるためであろうか。三・四句と五・六句を置き換えたらどうであろうか。

漆姫は日本霊異記、上の十三に、「女人の風声《みさを》なる行《わざ》を好みて仙草を食《くら》ひ、現身を以て天を飛びし縁」と同じ話。大和の国、漆部の里に風流な女がおり、貧乏ではあったが、いつも風雅に生きていた。ある年、草を摘み、その草を食べていると、急に体が空に浮かび、天に飛んでいったという。

柘媛は吉野に伝わる伝説である。昔、吉野の川に梁を設けて魚を取っている男がいた。ある日、梁に柘《つみ》（ぐみ）の枝がひっかかったので、男が拾いあげると、枝はたちまち美女に変った。男（名を美稲《うましね》という）は美女をつれて家に帰り、それからというものは楽しい毎日であった。それから何年たったか、女（柘媛と名乗った）に何の咎《とが》があったのか、男を残して天に飛び帰ってしまったという話である。古事記の丹塗矢に変じた乙女のようでもあり、また羽衣の天人女房のような構想でもある。漆姫も柘姫も吉野に伝わる伝説として、古くよりなじまれていた。

32　吉野に遊ぶ

夏身《なつみ》　夏色《かしよく》古り
秋津《あきつ》　秋気新たなり
昔　汾后《ふんこう》に同じく
今　吉賓《きつひん》を見る
霊仙　鶴に駕して去り
星客《せいかく》　査《いかだ》に乗りて逡《かへ》る
清性《せいせい》　流水を挹《く》み
素心《そしん》　静仁《せいじん》を開く

〈現代語訳〉

夏身の地は夏景色も深まり
秋津の辺りは秋の気配が立っている
昔、尭皇帝が汾の地に籠られたように
今、そのような地によき人と迎えている
鶴に乗ってこの地から去った人や

五言　遊二吉野一
夏身夏色古
秋津秋気新
昔者同二汾后一
今之見二吉賓一
霊仙駕レ鶴去
星客乗レ査逡
清性挹二流水一
素心開二静仁一

筏に乗って星に行った人も帰ってくるだろう
清を好む性格は清らかな水を汲み
まじり気のない心性は山の情趣に浸っている

〈語訳〉

○夏身　地名。夏実、菜摘などと書く。吉野の菜摘みの里。○秋津　地名。蜻蛉、飽津などと書く。吉野の地。○汾后　尭皇帝。后は君の意。尭は舜に譲位した後、汾水のほとりに住んだ。それによって汾后ともいった。○吉賓　よい客人。○星客　星の世界へ行った者。張騫の故事をさしている。○逡る　返る。行ったものが帰ってくる。○清性　清らかな性情。底本は渚とあるが、意味不足で諸と改めて考察しているが、同じく意味は不足。杉本氏の清性に従う。○挹み　汲むこと。○素心　まじり気のない心。心の潔白なこと。○静仁　静かに落ち着いた心。山を愛する者を仁者といい、仁者は静を愛することよりできた熟語。

〈解説〉

韻は新・賓・逡・仁。夏身・夏色、秋津・秋気と、同字畳用によっている。文字の並列による視覚上のものはともかくとしても、訓読する漢詩では音韻上の効果は少ないと思う。万葉集の巻一の「よき人のよしとよく見てよしといひし　吉野よく見よよき人よく見つ」などに比べてみても、その諧謔性は雲泥である。一首中、張騫の故事が出ているが、これは荆楚歳時記に見える。「張騫が筏に乗って河源を尋ねていった。一ヵ月も溯って行くと州府のような所にたどりついた。室内に一人の織女がおり、また一人の男は牛を曳いて河辺で水を飲ませていた。騫がここはどこなのかと問うと、厳君平に聞くがよいという。織女は支機石を騫に与えたので、それを貰って帰った。さて後日、蜀の厳君平に聞いたところ、君平は、某月某日、客星が見えて牛女を犯した。支機石については東方朔がよく知っていると答えたのであった」と。支機石は機を支える石の意。

なお同字畳用法、いわゆる双擬対を用いたものは、10・27・30などにもみた。この詩は七句目に底本の乱れがあるが、平明で、よくまとまっている。

33　七夕

雲衣《うんい》　両《ふた》たび夕を観
月鏡《げつきやう》　一たび秋に逢ふ
機を下るは　曾の故《ゆゑ》にあらず
梭《ひ》を息《や》むるは　これ威猷《ゐいう》
鳳蓋《ほうがい》　風に随ひて転じ
鵲影《しやくえい》　波を逐うて浮かぶ
面前《めんぜん》　短楽《たんらく》を開き
五言　七夕　一首

雲衣両観レ夕
月鏡一逢レ秋
機下非ニ曾故一
梭息是威猷
鳳蓋随レ風転
鵲影逐レ波浮
面前開ニ短楽一

別後《べつご》　長愁を悲しむ　　別後悲㆓長愁㆒

〈現代語訳〉

雲なびく再会の七月七日
月白くめぐり会う秋の一夜
機をおりるは曾子のことではなく
機の手をやめたは威猷の思いそのもの
織女の車の飾りが風のまにまに翻る
鵲のかけた橋は波にゆられて浮いている
二人はつかの間の逢瀬を楽しむものの
一夜の別れから再び長い嘆きにとざされる

〈語釈〉

○雲衣　雲。うすくたなびいた雲を羅のように見立てた。○月鏡　月のこと。鏡のように輝く月。○曾の故　曾子が人殺しをしたとのことで、最後に母も機を織る手をやめたということ。曾子は孔子門弟の曾子とは別人。曾故《そうこ》とよんで、以前、昨日の意ととる説もある。○梭を息む　おさを動かすことをやめる。機織りの手をやすめる。○威猷　未詳。人名かと見る説もあれば、畏れ慮る、またためらう。ちゅうちょするさまに解する説もある。ここでは人名ととった。小島憲之博士は89に見える戴猷のあやまりではないかという。○鳳蓋　天子の乗り物。ここでは織女の乗っていく乗り物。○鵲影　鵲が天の川に渡した鵲橋のかげ。○面前　わずかな時間。○短楽　短い逢い曳きの時間。一年一夜のことをさす。

〈解説〉

韻は秋・猷・浮・愁。前半の四句、意味がとりにくい。措辞の難点を指摘しておきたい。三・四句の故事も難解で、解釈が定まらない。「梭息」は宝永刊本も寛永刊本も「援息」であり、「畏れ慮る面持ちで手を支へて息うてゐる」「歎息して躊躇してゐる」などと訳している。今、大系本の小島説によって訳してみたが、疑問がないわけではない。故事によるとはいえ、故事は著名なものか、または当時流行していたようなものならばまだしも、特殊なもの専門的なものは一人よがりで一般性がないからである。

「両たび」も七月七日の二つの七ではなく、牽星・織女の二星と見る説もある。後半の四句は遠望の景としても、またそれに思いを寄せる心としても、ともに秀逸である。七夕の詩については、33・53・56・74・76・85の六首を収めている。「曽故」「威猷」についてはいく説明がなされていない。試みに威猷については推測をたくましくしたもので、牽牛と同じく女性に思いを寄せられている青年とした。機下と梭息の対句と、曽子と威猷と相反するような人物を並べたと解してみた。

一八　正六位上左大史荊助仁《けいじよじん》　一首　年三十七

荊助仁　生没年未詳

帰化人系の人。大宝四年ころ大宰少典（正八位上くらいの官位）と記しているので、その後の昇進で正六位上になったものか。三十七歳で没している。

34　美人を詠ず

巫山《ふざん》　行雨《かうう》下《くだ》り
洛浦《らくほ》　廻雪《くわいせつ》霏《と》ぶ
月は泛ぶ　眉間《みけん》の魄《はく》
雲は開く　髻上《けいじやう》の暉《き》
腰は楚王の細を逐ひ
体は漢帝の飛に随ふ
たれか知らん交甫《かうほ》の珮《はい》

五言　詠㆓美人㆒　一首

巫山行雨下
洛浦廻雪霏
月泛眉間魄
雲開髻上暉
腰逐㆓楚王細㆒
体随㆓漢帝飛㆒
誰知交甫珮

客を留めて帰るを忘れしむ　　留レ客　令レ忘レ帰

〈現代語訳〉

楚の襄王は巫山で神女の楽しみをつくし
魏の曹植は洛水の神女の舞を歌った
目もとは月の光のように美しく
結い上げた髪は雲がたなびくよう
腰は楚の霊王を悩殺したほそやかさ
身のこなしは漢の成帝好みの軽やかさ
だれが知ろう交甫が珠を手にしたときめきを
男心は帰ることなど忘れてしまうものなのだ

〈語釈〉

○巫山　楚の襄王が巫山の神女と契りあったという故事。巫山は山の名。○洛浦　魏の曹植が洛神賦に詠んだ故事。洛浦は洛水、川の名。○廻雪　風にひるがえって舞い散る雪。○月　美人の眉目の清しさをいった。○雲　女性の髪のふさふさとしたさま。○楚王の細　昔、楚の霊王が細腰を好んだこと。○漢帝の飛　漢の成帝の愛した趙飛燕。細身で飛ぶ燕のように軽やかであったという。○交甫　曹植の洛神賦に登場する男。神女より玉を貰い、喜んでついて行ったが、そのうち玉もなくなり、神女も消えてしまった話を残している。

〈解説〉

韻は霏・暉・飛・帰。古来の美女の並列で、画にかいた美人を詠ったようで、詩人の気持ちや心酔するものが表われていない。美辞・麗句を並べたてたものの、迫真性にかけるのである。最初の二句は故事によるものであるが、これには詩の世界へひきこむ情景としてのものが感じられる。三・四句の月・雲の比喩はよいとしても、魄・暉の措辞はどうだろうか。訓読する漢詩であるから音調にも十分注意したはずである。岩波大系本ではともに「ひかり」と読んでいる。

美人もただ讃辞を呈するだけでは個性も乏しく面白くない。ここにも頭だけで作った詩の弊が出てしまっているといってよいだろう。

一九　大学博士従五位下刀利康嗣　一首　年八十一

刀利康嗣　生没年未詳　享年八十一歳

帰化人系の人。慶雲二年に大学助藤原武智麻呂が釈奠を復興したとき、その請により釈奠の文を作った。和銅三年には従五位下に昇進したと記されているが、大学博士になったのはその後であろう。

35　宴に侍す

嘉辰《かしん》　光華《くわうくわ》の節
淑景《しゆくけい》　風日の春
金堤《きんてい》　弱柳《じやくりう》を払ひ
玉沼《ぎよくせう》　軽鱗《けいりん》泛《うか》ぶ
ここに降る　豊宮《ほうきゆう》の宴
広く垂る　柏梁《はくりやう》の仁
八音《はちいん》　寥亮《れうりやう》として奏し
百味《ひやくみ》　馨香《けいかう》陳《つらな》る
日落ちて　松影闇《くら》く
風和にして　花気《くわき》新たなり
俯仰《ふぎやう》す　一人の徳
ただ寿《ことほ》ぐ　万歳の真《しん》

五言　侍レ宴　一首

嘉辰光華節
淑景風日春
金堤払二弱柳一
玉沼泛二軽鱗一
爰降豊宮宴
広垂柏梁仁
八音寥亮奏
百味馨香陳
日落松影闇
風和花気新
俯仰一人徳
唯寿万歳真

〈現代語訳〉

日が光り輝やく今日のよき日
のどやかな日射しに春はらんまん
土堤の柳は地を払い
池には魚が軽やかに泳ぐ
豊楽殿での詩文の宴は
柏梁台で行われた雅会のよう
八種の楽音はほがらかに鳴り
お膳には美味珍味が並んでいる
日は沈み松影もおぼろに霞むが
風は和らかで花の香りも新しい
伏して天子の高徳を仰ぎ
ただ聖寿の万歳をお祝い申しあげる

〈語釈〉

○嘉辰　よき日。よき時。佳辰とも書く。○光華　日の光輝く春の時節。○淑景　春景色になるが、他本はいずれも「淑気」和気、新春の気と解した。○風日　風と日。春らんまんと訳した。○金堤　土堤。美的に表現して金とつけた。○玉沼　沼、池。玉も美称として用い、金堤と対にした。○豊宮　宮殿、豊楽殿のこと。○柏梁　柏梁台のこと。漢の武帝が柏梁台で行なった宴を指している。○八音　八種の楽器とその音色。金・石・糸・竹・匏・土・革・木の八種を材として作った楽器。○寥亮　静かでほがらかなこと。○百味　いろいろな食べ物。美味なもの。○花気　花の香り。底本「風気」を大系本により改めた。○一人　天子をさす。○万歳　天子の寿命の万年なること。天子の寿命が長いようにと祈ったこと。○真　真実とか真実の道と訳されているが、おさまりが悪い。真はまこと、心と解したい。

〈解説〉

韻は春・鱗・仁・陳・新・真。嘉辰・淑景・金堤・玉沼・豊宮・柏梁・一人の徳・万歳の真など、お目出たいことばを並べて君恩をほめたたえている。それだけことばの遊びになってしまった。宴に侍すの題名であるから仕方がないのかも知れないが、漢詩は学殖をひけらかす材として、心情、所懐を単的に表わさないのが惜しまれる。

二〇 皇太子学士従五位下伊与部馬養 一首 年四十五

伊与部馬養 生没年未詳

伊預部、また伊余部とも書く。文武天皇の命により律令撰定に参画、大宝元年、律令完成によって禄をうけ、従五位下に昇進。大宝三年には律令撰定の功としてその子に封戸を賜わっているから、それ以前の没とみられる。丹後風土記の「水江浦嶋子」の説話は馬養の作という。
36 駕に従ふ 詔に応ず

帝尭《ていげう》 仁智に叶ひ
仙蹕《せんひつ》 山川を玩《もてあそ》ぶ
畳嶺《でふれい》 杳《えう》として極《きは》まらず
驚波《きやうは》 断えてまた連《つら》なる
雨晴れて 雲羅《ら》を巻き
五言 従レ駕 応詔 一首

帝 尭 叶二仁 智一
仙 蹕 玩二山 川一
畳 嶺 杳 不レ極
驚 波 断 復 連
雨 晴 雲 巻レ羅

霧尽きて　峯蓮《はちす》を舒《の》ぶ
庭に舞うて　夏槿《かきん》を落し
林に歌うて　秋蟬《しうせん》を驚かす
仙槎《せんさ》　栄光を泛《うか》べ
鳳笙《ほうしやう》　祥煙《しやうえん》を帯ぶ
あにひとり瑶池《えうち》の上のみならんや
まさに唱ふ　白雲の天
霧尽峯舒レ蓮
舞レ庭落二夏槿一
歌レ林驚二秋蟬一
仙槎泛二栄光一
鳳笙帯二祥煙一
豈独瑶池上
方唱白雲天
〈現代語訳〉

天子の仁智は尭皇帝のようであり
お車を召されて山川の勝景を遊覧される
重なる山の峯は遥かにつづき
荒波は流れたと思うとまた襲いくる
雨はやみ雲は羅《うすもの》を巻くように消え
霧はれて峯々は蓮の花が開いたよう
庭には槿の花が舞い落ち
林では秋の蟬の声で驚かされる

天子の船は瑞光につつまれ
笙の音はめでたく吹きなびく
瑶池での御宴もすばらしかったろう
だがそれにも勝る白雲の歌を歌おう

〈語釈〉
○帝尭　中国上古の理想の皇帝尭。陶唐氏という。○仁智　仁と智であるが、また山と川にも用いる。ここでは仁智の徳と山川の景勝を愛する心をもさしている。○仙蹕　行幸用のお車。○畳嶺　幾重にも重なりあった山。○驚波　荒波。○雲羅を巻き　薄く立ちこめていた雲がはれていくさまを表現した。○峯蓮を舒ぶ　雨がはれて山々がつぎつぎに現われ出るさまを表現した。○夏槿　槿はむくげの花。夏は次の秋蟬に対して用いた。○仙槎　仙人の乗る筏。ここでは天子の船をいった。○鳳笙　笙のこと。鳳は美称。天子のことなので瑞祥のことばを用いた。○白雲の天　再来を願う思い。周の穆王が西王母を訪れた時、別れにのぞんで西王母が穆王に贈った詩の一節。再会を期したい心を述べた。

〈解説〉

韻は川・連・蓮・蟬・煙・天。十二句、よく構成されている。一・二句は天子の出遊、三句から六句目までは遠大な景。七句から十句目までは近くに目を移した描写。ともにすぐれており、また結句も仰山なものでなく、駕に従って満ち足りた思いの人たちの心が十分に伝わってくる。

末尾の「白雲の天」は流布している版本には「篇」となっている。「篇」としても典拠は同じであるが、解釈は、「白雲篇の立派な詩とか、白雲篇にもくらべられるようなよい詩」のようになる。

二一　従四位下播磨守大石王　一首　年五十七

大石王　生没年未詳　享年五十七歳

文武天皇三年の弓削皇子の死去にあたっては、喪儀をとりしきり、山科山陵修造使となった。河内守、弾正尹、摂政大夫などを歴任、養老七年に従四位上。天平十一年には正四位下に昇進している。

37　宴に侍す　詔に応ず

五言　侍レ宴　応詔　一首

淑気《しゆくき》　高閣に浮び

淑 気 浮二高 閣一

梅花 景春《けいしゅん》に灼《かがや》く
叡瞻《えいけん》 金堤《きんてい》に留まり
神沢《しんたく》 群臣に施す
琴瑟《きんしつ》 仙籞《せんぎょ》を設け
文酒《ぶんしゅ》 水浜《すゐひん》に啓《ひら》く
叨《みだ》りに無限の寿《じゅ》を奉り
ともに皇恩の均しきを頌《しょう》す

梅花灼㆓景春㆒
叡瞻留㆓金堤㆒
神沢施㆓群臣㆒
琴瑟設㆓仙籞㆒
文酒啓㆓水浜㆒
叨奉㆓無限寿㆒
倶頌㆓皇恩均㆒

〈現代語訳〉
春の和やかな大気は高閣をとりまき
梅の花はこのよき春に咲き匂っている
天子は御苑の堤にお立ちになり
お恵みを群臣に与えなさっている
御苑の囲みの中で琴や瑟をかなで
水辺に出られて詩文の宴を開かれる
われわれ臣下は恐れ多くも無限の寿を祝い
ともに天子の恩情の広いことを頌し申しあげる

〈語釈〉
○淑気　温和な気。○景春に灼く　よい春に輝いている。○叡睠　天子がご覧になること。叡慮、叡見とも。○金堤　土堤のことで、金は美称。○神沢　神のような恩沢。○琴瑟　ともに弦楽器、琴は七絃、瑟はおおごとで二十五絃の楽器。○仙籥　宮庭に籬を設けし俗人の往来を禁じたもの。○文酒　詩文を作ることを伴なった酒宴。詩文の雅宴。○叨りに　恐れ多くも。身分の低い者がこのようにみだりがわしくもの意に用いたもので、謙辞。

〈解説〉

韻は春・臣・浜・均。事実を佶屈な漢字・漢語を並べて述べたところに、現代の人は反発を感ずる。古典時代のもの、文化の流行・このみなど宿命であるから、いたしかたない。個性に乏しいうらみがあるが、一篇はよくまとまっている。

二二　大学博士田辺史百枝　一首

田辺百枝　生没年未詳

帰化人系の人。文武天皇の四年に刑部親王・藤原不比等などとともに律令撰定に預る。時に位階は追大壱（大宝令の正八位上相当）。本書の目録には「大学博士従六位上」とあるがその叙任の年月は未詳。

38　春苑　詔に応ず

聖情　汎愛《はんあい》敦く
神功《しんこう》　また陳べがたし
唐鳳《たうほう》　台下に翔《かけ》り
周魚《しうぎょ》　水浜に躍る
松風　韻詠《えい》を添へ
梅花　薫《くん》身に帯ぶ
琴酒《きんしゅ》　芳苑《はうゑん》に開き
丹墨《たんぼく》　英人《えいじん》点ず
たまたま上林《しゃうりん》の会に遇うて
かたじけなくも万年の春を寿《ことほ》ぐ

五言　春苑　応詔　一首

聖情敦㆓汎愛㆒
神功亦難㆑陳
唐鳳翔㆓台下㆒
周魚躍㆓水浜㆒
松風韻添㆑詠
梅花薫帯㆑身
琴酒開㆓芳苑㆒
丹墨点㆓英人㆒
適遇㆓上林会㆒
忝寿㆓万年春㆒

〈現代語訳〉

天子の慈愛は広く人民に及び
神のような大きな業はいいつくしがたい
鳳凰は台下を飛び翔り
魚は聖徳を喜んで水辺で跳ね躍る
松の清らかな響きは歌を添え
梅の香ぐわしい匂いを身に帯びる
琴と酒の雅宴を花咲く御苑の庭に開き
英才の人たちの詩書また絵を天覧に供している
思いがけなくも天子の御宴にお仕えいたし
うやうやしく天子万歳の春を寿ぎ申しあげる

〈語釈〉

○汎愛　あまねく愛情を施すこと。○陳べがたし　陳述するのはむつかしい。言いつくしがたい。○唐鳳　唐は陶唐氏で尭皇帝のこと。中国古代の帝尭の時代、理想的な治世であったので鳳凰があらわれ出たという故事。○周魚　周の文王の盛徳は魚虫にまで及んだとする故事。○丹墨　丹は赤でえのぐ、絵のこと。墨は黒で筆墨、詩文をいう。○上林の会　天子の御苑での会合。

〈解説〉

韻は陳・浜・身・人・春。この詩も平凡な情景描きに終っているが、前の詩に対してさほど観念臭を感じない。唐鳳・周魚にしても一応情景は描けるし、松風・梅花とつづけて景の点出に力を注いだのは、イメージも描きやすく、成功といってよい。

二三　従四位下兵部卿大神朝臣安麻呂　一首　年五十二

大神安麻呂　六六三（天智天皇二年）〜七一四（和銅七年）享年五十二歳

大三輪とも三輪ともいう。高市麻呂（本書18）の弟。慶雲四年、兄高市麻呂の卒後氏長になる。和銅元年に摂政大夫正五位上、和銅七年に従四位上、兵部卿として死去。

39　山斎志を言ふ　　五言　山斎言レ志　一首

間居《かんきよ》の趣きを知らんとほつし　　欲レ知二間居趣一

来りて山水の幽《いう》を尋ぬ
浮沈す　烟雲《えんうん》の外《ほか》
攀翫《はんぐわん》す　野花《やくわ》の秋
稲葉《たうえふ》　霜を負ひて落ち
蟬声　吹《かぜ》を逐うて流る
ただ仁智の賞をなす
なんぞ朝市《てうし》の遊《いう》を論ぜん

来尋㆓山水幽㆒
浮沈烟雲外
攀翫野花秋
稲葉負㆑霜落
蟬声逐㆑吹流
祇為㆓仁智賞㆒
何論㆓朝市遊㆒

〈現代語訳〉

山家住まいの静かな趣きを味わおうと
山水の奥深くにやって来た
時に霞や雲のたなびく山野に出で
散策のままに秋草を手折って観賞する
霜のかかった稲の葉は低くたれさがり
蟬の鳴き声を風がはこんでくれる
ただ山水の美に見ほれているだけ
なんで遊楽に公私の貴賎を必要としよう

〈語釈〉
○間居　のどかな住居、山家の住居をいった。○浮沈　出たり入ったり。つまり時折り戸外に出る。○攀翫す　物によりすがってもてあそぶ。賞翫する。○仁智の賞　山水の美を観賞すること。○朝市　朝廷と市井。公と民間。広く人間社会をさした。

〈解説〉

韻は幽・秋・流・遊。悠々自適、山野の景趣に身を托している詩境である。林古渓氏は第三・四句の山に上り野に遊ぶの句を面白いといい、第五・六句のうち稲葉の二字に疑問をはさみ、「稲」は「桕」（はぜ）の誤りではないかと述べている。三句目の浮沈はどうであろうか。これが詩的表現というものか。疑問をさしはさみたい。いちじるしく和臭を感ずるのである。「稲葉」も場を描くのにやや難点があるが、題材として新鮮味がただよう。

二四　従三位左大弁石川朝臣石足　一首　年六十三

石川石足　六六七（天智天皇六年）～七二九（天平元年）
武内宿禰の子孫。安麻呂の子。和銅元年に河内守に任ぜられ、以後、左大弁・大宰大弐を歴任。天平元年、長屋王の変にさいし、権参議になった。同年八月に薨じた。時に左大弁従三位に叙せられていた。

五言　春苑　応詔　一首

聖衿愛㆓良節㆒
仁趣動㆓芳春㆒
素庭満㆓英才㆒
紫閣引㆓雅人㆒
水清瑶池深
花開禁苑新
戯鳥随㆑波散
仙舟逐㆑石巡
舞袖留㆓翔鶴㆒
歌声落㆓梁塵㆒
今日足㆑忘㆑徳
勿㆑言唐帝民

40　春苑　詔に応ず

聖衿《せいきん》　良節を愛し
仁趣《じんしゆ》　芳春に動かす
素庭《そてい》　英才満ち
紫閣　雅人《がじん》を引く
水清くして瑶池《えうち》深く
花開いて禁苑《きんゑん》新たなり
戯鳥《ぎてう》　波に随うて散じ
仙舟《せんしう》　石を逐うて巡る
舞袖《ぶしう》　翔鶴《しやうかく》を留め
歌声　梁塵《りやうぢん》を落す
今日　徳を忘るるに足れり
言ふことなかれ唐帝《たうてい》の民と

〈現代語訳〉

天子は春のよい時候を愛され
仁慈のみ心で宴をお開きになった
御苑には俊英な士たちが集まり
宮殿には風雅な士を召されている
水は清く苑池は深い
花はほころび禁地の緑はみずみずしい
戯れていた鳥は波のまにまに飛び去り
天子の船はゆるやかに水際の石にそって巡る
舞の手振りは空飛ぶ鶴の一瞬の姿そのまま
うるわしい歌声には梁の塵も舞いあがる
堯帝の徳もはや意識の外である
堯帝の民など同一に論ぜられるものではない

〈語釈〉

○聖衿　天子の御心。宸襟。○素庭　御所の庭をいう。素は紫闇の紫に対したもの。○紫閣宮中の建物。〇雅人　風雅の士。高尚な心を持った人。〇仙舟　仙人の乗る舟。ここでは天子の舟。〇舞袖　舞にひろがる袖。手振りによって拡がる衣裳。〇翔鶴を留め　空を飛ぶ鶴の姿の一瞬をとどめたような美しい姿。軽やかな姿。〇歌声　上の舞袖と対にして用い、美しい舞、美しい歌をいった。〇徳を忘るるに足れり　昔、中国の理想の皇帝尭の時代、世の中がよく治まり、人びとは天子がいるのかいないのかを知らなかったという故事。太平無事の理想的な生活をいう。

〈解説〉

韻は春・人・新・巡・塵・民。応詔の詩としてよくまとまっている。五句目より十句まで情景をよく描いているので、この詩を引き立てている。語句も平易で抵抗なく読める。ことばのけばけばしさがないこと、まずもって賞すべきだろう。

二五　従四位下刑部卿山前王《やまくま》　一首

山前王　～七二三（養老七年）

天武天皇の孫。忍壁皇子の子。茅原王の父になる。慶雲二年に従四位下に叙せられ、また刑部卿に任ぜられたともいう。慶雲七年に卒したがこの際は散位であった。万葉集には長歌一、短歌三首を残している。

五言　侍レ宴　一首

至徳洽二乾坤一
清化朗二嘉辰一
四海既無為
九域正清淳
元首寿二千歳一
股肱頌二三春一
優々沐レ恩者
誰不レ仰二芳塵一

41　宴に侍す

至徳　乾坤《けんこん》に洽《あまね》く
清化　嘉辰《かしん》に朗かなり
四海　すでに無為
九域《きうゐき》　正に清淳《せいじゆん》
元首《げんしゆ》　千歳《せんざい》を寿《じゆ》し
股肱《ここう》　三春《さんしゆん》を頌《しよう》す
優々《いういう》　恩に沐《もく》する者
たれか芳塵《はうぢん》を仰がざらん

〈現代語訳〉
天子の高徳は天地に広くゆきわたり
清らかな徳化をうけ今日の日清朗である
国内は無為にしておさまり

天下はこの上もなく清純そのもの
元首、天子の千年の齢をことほぎ
股肱の臣下たちは三春を祝いたてまつる
和らぎ楽しんで君のお恵みに浴し
だれが皇恩を仰ぎ見ない者があろうか

〈語釈〉
○清化　清らかな徳化。○無為　天子の徳が大きく人民を無為自然のうちに感化し、世を治めていること。○九域　国土、天下。○清淳　まじり気がなく清らかなこと。清純。○元首　皇帝、天子。皇帝の位置を人身にたとえると、もっとも重要とするもので頭首の部分にあてた。○優々　和楽のさま。○芳塵　香りのよい塵で、皇恩をさしていう。芳埃ともいう。

〈解説〉

韻は辰・淳・春・塵。美辞麗句の限りをつくした、仰々しい讃えぶりが気にかかる。頭一ぱいの讃辞を呈するのもよいことであろうが、胸一ぱいの実感を書くことを忘れてはならない。詩は平明でわかり易いが、個の誠意、真情、それに詩心、詩情のほしいところである。

二六　正五位上近江守采女朝臣比良夫　一首　年五十

采女比良夫　生没年未詳　享年五十歳

比良夫は枚夫とも書く。慶雲元年、従五位下に叙せられ、慶雲四年、文武天皇の葬儀に御装司をつとめた。和銅三年、近江守に任じられ、正五位上はその後に叙せられたらしい。

42　春日宴に侍す　詔に応ず

道を論ずれば唐と儕《ひと》しく
徳を語れば虞《ぐ》と隣《なら》ぶ
周の尸《かばね》を埋む愛に冠《くわん》し
殷《いん》の網を解く仁に駕《が》す
淑景《しゅくけい》　蒼天《さうてん》麗《うる》はしく
嘉気《かき》　碧空《へきくう》に陳《つら》なる

五言　春日侍レ宴　応詔　一首

論レ道　与レ唐儕
語レ徳　共レ虞隣
冠ニ周　埋レ尸　愛一
駕ニ殷　解レ網　仁一
淑景　蒼天麗
嘉気　碧空陳

葉は緑なり　園柳《ゑんりう》の月
花は紅なり　山桜《さんあう》の春
雲間《うんかん》　皇沢《くわうたく》を頌《しよう》し
日下《じつか》　芳塵《はうぢん》に沐す
宜《よろ》しく南山の寿《じゆ》を献《けん》じて
千秋《せんしう》　北辰《ほくしん》を衛《まも》るべし

〈現代語訳〉
政道について論ずると唐尭にひとしく
人徳について語ると舜帝と肩を並べる
周の文王が尸体を葬った愛をも越えて輝き
殷の湯王が網目を解かせた仁をも凌駕する
春の和気があふれて大空は麗わしく
めでたき気は大気に満ち満ちている
月にうたれた庭の柳は緑あざやかに
日に映えた山の桜は咲き匂っている
おそばに仕えて皇恩を寿ぎ奉り

葉緑園柳月
花紅山桜春
雲間頌㆓皇沢㆒
日下沐㆓芳塵㆒
宜献㆓南山寿㆒
千秋衛㆓北辰㆒

天子の膝下で広大な聖恩に浴している
聖寿の万歳をお祝い申し
永久に天子をお守りいたすべきである

〈語釈〉

○唐　陶唐氏。尭皇帝のこと。中国古代の理想的な聖天子とされた。○虞　有虞氏。舜皇帝のこと。尭皇帝の禅譲をうけて帝位についた尭皇帝とならぶ聖天子。○周　周の文王のこと。地を掘ると尸をえたので厚く埋葬した故事。○殷　殷の湯王のこと。猟師が四面に網を張っているのをみ、三面を解いて鳥獣の逃げ場を与えてやった故事。○淑景　温和な景。○嘉気　おめでたいよい気。春気。○日下　天子の咫尺をいう。天子にそば近く仕える。○南山の寿　長寿を祝うことば。○北辰　天子のこと。北極星を中心に星座が動くとみることにより、北辰を天子にたとえた。

〈解説〉

韻は隣・仁・陳・春・塵・辰。よくまとまっている詩であるが、一句目から四句までの帝徳の讃美は、やや頭でっかちの感である。次の四句は眼前の春の景、つづいて皇恩を頌して結んでいる。型通りの結びである。どうも日本人の漢詩漢文は故事・典拠をならべる文字遊戯の感をぬぐい去れない。しかしこの詩はそれほど仰々しくもなく、素直に表現しているところがよい。

　韻の拘束もあったろうが、「葉緑園柳月　花紅山桜春」は、春日の宴であれば「園柳月」は位置を換えて然るべきである。一幅の紙面に「四季山水図」や「四季花卉図」が描かれ、妍を競うものがあるが、同じ感覚であるとはいえ、詩文の方は観念性が強いだけ、鑑賞には分が悪くなる。

二七　正四位下兵部卿安倍朝臣首名《おびとな》　一首　年六十四

安倍首名　六六四（天智天皇三年）〜七二七（神亀四年）
享年六十四歳
阿倍とも書く。慶雲元年、従五位下に叙せられ、慶雲三年、大宰大弐、霊亀元年に兵部卿となり、養老五年に諸府の衛士の任を三年ごとに交替させることを奏上、勅許された。神亀四年に死去。

43　春日　詔に応ず

世　隆平《りゆうへい》の徳を頌《しよう》し
時　交泰《かうたい》の春を謡《うた》ふ
舞衣《ぶい》　樹影《じゆえい》を揺《ゆら》かし
歌扇　梁塵《りやうぢん》を動かす
湛露《たんろ》　仁智に重く
流霞《りうか》　松筠《しようゐん》に軽し
凝麾《ぎようき》　賞して倦《う》むことなし
花は月とともに新たなり

〈現代語訳〉

世は栄え平和の聖徳をたたえ
時節は改り繁栄する春を歌う
舞い姿は樹の枝をゆり動かし
歌声は梁の塵をも舞いたたせる
皇恩あつき天子は山川の景を愛され

五言　春日　応詔　一首

世頌㆓隆平徳㆒
時謡㆓交泰春㆒
舞衣揺㆓樹影㆒
歌扇動㆓梁塵㆒
湛露重㆓仁智㆒
流霞軽㆓松筠㆒
凝麾賞無㆑倦
花将㆑月共新

たなびく霞の中に松や竹はあわく漂う
　威儀を正した百官たちと遊覧し飽くことなく
　花も月もいちだんと新鮮である

〈語釈〉
○隆平　隆昌平和。○交泰　天地相交わって物大いに通ずること。世が改まり、新しく踏み出すこと。○舞衣　舞姿、舞う衣の袖。○歌扇　歌と拍子をとる扇。舞衣に対して用いている。○湛露　君恩の広く及ぶこと。また厚いこと。一面にしたたる露の意から転用した語。○流霞　たなびく霞。○松筠　松と竹。○凝麾　威儀を正すこと。百官が威儀を正し、列をなしているさまと見たい。

〈解説〉

韻は春・塵・筠・新。少々かたい詩である。三・四句の対はよいとしても、五・六句はどんなものであろう。湛露・流霞と対置したものの、意味する内容は全然違う。仁智を山川の景と解釈したが、文字通り「仁や智の人に重くかかり（仁智の人を重んじ給い）」とも解釈されている。しかしこれでは仁智・松筠の対置にも疑問をはさみたい。また五句より六句につながりを考えても、論理的にも詩的展開にも賛意を表わせない。

二八　従二位大納言大伴宿禰旅人　一首　　年六十七

大伴旅人　六六五（天智天皇四年）～七三一（天平三年）
享年六十七歳

大納言安麻呂の子。家持の父である。和銅三年に左将軍、正五位上、霊亀元年、中務卿、養老二年、中納言、神亀五年ごろ大宰帥として筑紫に下向し、天平二年、大納言となって帰京、天平三年薨去。万葉集に長歌一、短歌約七十ほど残し、万葉集第三期の代表歌人でもある。

44　初春宴に侍す

政を寛《ゆるや》かにして　情すでに遠く
古に迪《よ》つて　道これ新たなり
穆々《ぼくぼく》たり　四門《しもん》の客
済々《せいせい》たり　三徳《さんとく》の人

五言　初春侍レ宴　一首

寛レ政情既遠
迪レ古道惟新
穆々四門客
済々三徳人

梅雪　残岸《ざんがん》に乱れ
煙霞《えんか》　早春に接す
ともに遊ぶ　聖主の沢《たく》
同じく賀す　撃壌《げきじやう》の仁

梅雪乱㆓残岸㆒
煙霞接㆓早春㆒
共遊聖主沢
同賀撃壌仁

〈現代語訳〉

政刑の寛大なご治世は遠い昔からつづき
古道に基づかれるご政道は日々新たである
四方の門より参内する高雅な群臣たち
智仁勇を備えた人びとも数多くいる
梅の花にまがう雪は岸辺に乱れ降り
霞やもやは早春の空にたなびいている
聖天子の恩沢をいただいてともに遊宴し
天下太平を謳歌し天子の仁徳を賀し奉る

〈語釈〉

○穆々　慎しみ恭しい。うるわしく威儀のあるさま。○四門　宮中四方の門。○済々　数多いさま。特に人材などの多いさま。○三徳　智・仁・勇をさす。○梅雪　梅の花に降りかかった雪。○残岸　崩れている岸辺のさま。○撃壌の仁　天下を太平に治めている仁徳。撃壌は鼓腹撃壌の略。太平に治まっているさま。

〈解説〉

韻は新・人・春・仁。一・二句は聖主の仁政、三・四句は賢者たち、五・六句で早春の景を叙し、七・八句で帝徳を謝し、万歳を賀している。力むことなく、なだらかに詠んでいる。歌人大伴旅人の詩と思うからではないが、措辞も型にはまったものでなく自由さがある。

わが園に梅の花散るひさかたの　天《あめ》より雪の流れくるかも　（万葉集巻五―八二二）

は特に親しまれている。なお、旅人の梅と雪をからませた和歌を二三掲げておく。

残りたる雪にまじれる梅の花　早くな散りそ雪は消ぬとも　（万葉集巻五―八四九）
雪の色を奪ひて咲ける梅の花　今盛りなり見む人もがな　（万葉集巻五―八五〇）
わが岳《をか》に盛りに咲ける梅の花　残れる雪をまがへつるかも　（万葉集巻八―一六四〇）

漢詩の「梅花乱残岸」など具象的で印象も鮮明である。均整美のある詩といえよう。

二九　従四位下左中弁兼神祇伯中臣朝臣人足　二首　年五十

中臣人足　生没年未詳　享年五十歳

慶雲四年に従五位下に叙せられ、和銅元年、造平城京司の次官。霊亀二年、神祇大副の任にあった時、出雲国造、出雲臣果安の神賀事を奏聞した。養老元年、正五位上、従四位下左中弁兼神祇伯はその後の累進である。尊卑分脈・中臣氏系図・大中臣系図など小異がある。

五言　遊吉野宮　二首

惟山且惟水
能智亦能仁
万代無埃所
一朝逢柘民
風波転入曲

45　吉野宮に遊ぶ

これ山にしてかつこれ水
よく智にしてまたよく仁なり
万代《ばんだい》　埃のなき所にして
一朝　柘《しゃ》に逢ひし民あり
風波　うたた曲《きょく》に入り

魚鳥　ともに倫《りん》を成す
この地　すなはち方丈《はうぢやう》
たれか説かん桃源の賓

魚鳥共成レ倫
此地即方丈
誰説桃源賓

〈現代語訳〉

山といえば吉野　川といえば吉野の川
山水は智者と仁者の求め友とするもの
吉野の地は古来ちり汚れのないところ
はからずも美稲が柘姫にあったところ
波や風はそのままが音曲
魚も鳥も友と群れて遊ぶ
この地はまさに方丈の山
今さらなんで桃源の賓か

〈語釈〉

○埃　塵や埃。○一朝　たまたま。ある時。はからずも。万代と対にして用いた。○うたたいよいよ。ますます。○曲　音楽、音曲。調べを作る。○倫　たぐい、友。○方丈　海中にある山で、神仙のすんでいるといわれる山。○桃源　桃源郷。桃の花さく理想的な別天地。陶淵明の『桃花源の記』によったもの。○賓　客、桃源郷へ客として行くこと。

〈解説〉

韻は仁・民・倫・賓。智・仁を単に山水の形容にしなかったのはよいが、それにしても観念的で気にかかるところである。吉野宮に遊んだ満足さ、みち足りた思いは素直によみとれるものであるが。第四句目は原本では「拓民」。また「招民」としている本もあり、「天子が臣民を召し集める」の意に解している。原文の校訂ができないと何ともいえないのであるが、結句の方丈、桃源の思想に呼応させ、「拓」を「柘」に改めて訳を施した。詩31に見る「柘枝伝説」によったもの。

46　吉野宮に遊ぶ

仁山　鳳閣《ほうかく》に狎《な》れ
智水　竜楼《りゅうろう》に啓《ひら》く
花鳥　沈翫《ちんぐわん》するに堪へたり
何人か淹留《えんりう》せざらん

五言　遊二吉野宮一

仁山狎二鳳閣一
智水啓二竜楼一
花鳥堪二沈翫一
何人不二淹留一

〈現代語訳〉

仁者の楽しむ山は離宮とよくうつりあい
智者の楽しむ川は宮殿のほとりを流れる
花鳥ともに観賞には申しぶんない
だれがここに留まり賞美しない者がいよう

〈語釈〉

○仁山　山は仁者が楽しむといわれた。○鳳閣　立派な御殿、離宮のこと。○狎れ　馴れ親しむの意から接近していること。○智水　川は智者が楽しむといわれた。仁山とともに論語、雍也篇にみえる。○竜楼　鳳閣と同じく宮殿をいう。○啓く　開ける、風景など展望がきくこと。ここでは近くに見おろせる景。○沈翫する　深く観賞する。○淹留　留まる。滞在すること。

〈解説〉

韻は楼・留。鳳閣・竜楼と語彙の限りをつくして対句に意を用いている。ややもすれば語彙だけに遊び内容空疎。仁山・智水も観念化しており、作者の満足しきった心境を見るものの、訴え共感させるところが乏しい。短詩形の詩になると、気のきいた構成などが問われるところである。

三〇　大伴王《おほとものおほきみ》　二首

大伴王　生没年未詳
伝記も不明。和銅七年に無位より従五位下に叙せられたことを続日本紀にみるだけである。

47　駕に吉野宮に従ふ　詔に応ず

張騫《ちやうけん》が跡を尋ねんと欲して
幸に河源《かげん》の風を逐ふ
朝雲《てううん》　南北を指し
夕霧《せきむ》　西東を正す
嶺峻《しゆん》にして糸響《しきやう》急に
谿曠《むな》しうして竹鳴《ちくめい》融《とほ》る
まさに造化《ざうくわ》の趣きを歌はんとして
素《そ》を握《と》つて不工《ふこう》を愧《は》づ

五言　従二駕吉野宮一　応詔　二首

欲レ尋二張騫跡一
幸逐二河源風一
朝雲指二南北一
夕霧正二西東一
嶺峻糸響急
谿曠竹鳴融
将歌二造化趣一
握レ素愧二不工一

〈現代語訳〉

張騫が河源を溯った故事にならい
風に帆をあげ河原の離宮にきた
朝の雲は南北を指さしてたなびき
夕の霧は西東に位置して定まる
嶺はけわしく琴の音は急をかなで
谷は広く笛の音はゆったりと鳴りひびく
天地創造の妙趣を歌おうとして
詩箋を手に才の拙いのを愧ずるばかりだ

〈語釈〉

○張騫　漢時代の人。筏に乗って河源を尋ねた故事による。○河源　河は中国、漢文では黄河をいい、黄河の源。今ここではそれを吉野川にあてた。○糸響　弦楽器による音色。○竹鳴　管楽器による音声。○融る　朗らかに澄みとおる。○素　白い絹の詩箋。○不工　うまくないこと。

〈解説〉

韻は風・東・融・工。一篇の構成はよくまとまっている。嶺が峻であるのに対して急調子の音楽を配し、谿の曠なるのに対して融を配している。「素を握つて不工を愧づ」は、いかにも文人意識の人らしく、また張騫の跡とか、次の48の詩の「神仙の迹」など、作者の老荘、神仙思想への興味の感じられるものである。

48　駕に吉野宮に従ふ　詔に応ず

五言　従₂駕吉野宮₁　応詔

山幽仁趣遠
川浄智懐深
欲ㇾ訪₂神仙迹₁
追従吉野濤

山　幽《かす》かにして仁趣遠く
川　浄《きよ》うして智懐深し
神仙の迹を訪ねんと欲して
追従す　吉野の濤《ほとり》

〈現代語訳〉
山は奥深く仁者の趣きは宏大
川は清らに智者の面影が横溢
神仙術者の旧跡を尋ねようと
吉野の離宮までおつき申した

〈語釈〉
○仁趣　仁者としての趣き、山を仁者にたとえた。○智懐　智者としての懐い。川を智者にたとえた。ともに論語の雍也篇による。○追従　つき従う。天子の車の後につき従っていく。

〈解説〉

韻は深・潯。詩は平明。一・二句はなじみきった表現で、またかという感じもするが、よく均整がとれている。四句まで意味は明快にとれるが、さてと振り返ってみると平板、散文的な感がないでもない。唐代の絶句構成のように、第三句目の転句に想を凝らすと、すばらしい物になったと思う。こういう句を見ると、自己を主張するとか、個性の閃きで詩の勝負をする、そういう気負いは乏しかったらしい。教養上の瑕瑾のない、温厚な詩が求められたのか。その点では作者たちはいずれもりっぱな紳士であった。

三一　正五位下肥後守道公首名《みちのきみおびとな》　一首　年五十六

道公首名　～七一八（養老二年）　享年五十六歳
道君とも書く。文武天皇の四年、刑部親王、藤原不比等などとともに律令撰定に預る。和銅五年、遣新羅大使になり翌年帰朝。筑後守となり大いに治績をあげた。養老二年没した。死後百五十年の後の貞観七年に従四位下を追贈された。

49　秋宴

望苑《ばうゑん》　商気《しやうき》艶《つや》やかに
鳳池《ほうち》　秋水清し
晩燕《ばんえん》　風に吟じて還り
新雁《しんがん》　露を払うて驚く
昔は濠梁《がうりやう》の論を聞き
今は遊魚《いうぎよ》の情を弁ず
芳筵《はうえん》　この僚友《れういう》
節を追うて雅声《がせい》を結ぶ

五言　秋宴　一首

望苑商気艶
鳳池秋水清
晩燕吟レ風還
新雁払レ露驚
昔聞二濠梁論一
今弁二遊魚情一
芳筵此僚友
追レ節結二雅声一

〈現代語訳〉

望苑の苑地に秋の気は麗わしく
鳳凰の池には秋の水が澄みとおっている
帰りおくれた燕は秋風の中を鳴いて帰り
新来の雁は露の深さに眠りをさます
昔、荘子が橋の上で遊魚の楽しみを論じたが
今わたしは鳳池で魚の心情を味わっている
文雅の席上で同好の友たちと
楽の調べのままに歌声をあげている

〈語釈〉

○望苑　昔、漢の武帝が博望苑を作ったことにより、離宮の苑をそれに擬えていった。○商気　秋の気配、商は秋。○濠梁　濠川に架けた橋。昔、荘子と恵子が濠川の橋の上で、魚の楽しみを論じたこと。荘子の秋水篇による。○芳筵　立派な宴席。○節を追う　音楽の調子にあわせる。節はふし、リズム。

〈解説〉

韻は清・驚・情・声。わかりよく、まとまった詩である。しかし詩を作るより対句を択ぶ

ことに相変らず熱心である。五・六句の対はよいとしても、三・四句の中の四句の露はもう少し語を吟味してもよかったのではないか。こういう語句の構成に、外国語としての漢詩の習熟度やむつかしさが見えるといえる。名詩の詩句、詩語の愛誦性と、新語、新造語といわれたものの時代を経た後に見る難解性、それらは今まで読んできた詩篇の中にも幾篇か指摘できよう。

三二　従四位上治部卿境部王　二首　　年二十五

境部王　生没年未詳　享年二十五歳
坂合部王とも書く。天武天皇の孫、穂積皇子の子。養老元年、無位より従四位下に叙せられ、養老五年、治部卿に任ぜられた。従四位上に叙せられた年月は不明。万葉集に短歌一首を残している。

50　長王宅に宴す

新年　寒気尽き

五言　宴二長王宅一　一首

新年寒気尽

上月《じやうげつ》　淑光《しゆくくわう》軽し
雪を送つて梅花笑《ゑ》み
霞を含んで竹葉清し
歌はこれ飛塵《ひぢん》の曲
絃はすなはち激流の声
今日の賞を知らんと欲せば
みな不帰《ふき》の情あり

〈現代語訳〉
新年を迎えて寒気もやわらぎ
正月の和やかな光が心地よい
雪もとけ、梅花はほころび
霞に濡れた竹の葉も清らか
歌は梁の塵を舞わせるほどの美声で
伴奏はほとばしる清水のような急調子
宴席の今日の興趣は問うまでもない事
だれもが帰宅を忘れているではないか

上月淑光軽
送レ雪梅花笑
含レ霞竹葉清
歌是飛塵曲
絃即激流声
欲レ知二今日賞一
咸有二不帰情一

〈語釈〉

○上月　正月。○飛塵の曲　歌声や歌曲のすぐれているたとえ。梁塵の曲ともいう。音楽の名家、虞公が歌ったとき、梁の上の塵が動いたという故事による。○絃　絃楽器。琴・箏・琵琶などの楽器。○激流の声　琴の音のすぐれていることのたとえ。琴の名手伯牙が流水を心に描いて弾いた琴の心境を、鍾子期が江河の流れのごとしと言い当てたことによる。琴の音は古くより流泉にたとえられた。激流とあるので急調子と訳してみた。○知らんと欲せば……を知りたいのならば、～によってそれがわかる。訳では「問うまでもない事」と能動的に訳してみた。

〈解説〉

韻は軽・清・声・情。坦々と歌っているがすぐれた詩である。とくに四句目の「霞を含んで竹葉清し」は秀逸である。四季おりおり、晴れるにつけ曇るにつけて趣きを呈する樹木を、とくに霞にぬれる竹葉など、しっとりと、またさわやかな色合いなど十分に想像、想起させるものである。長屋王宅での春の宴は、主人公長屋王の69をはじめ、75・82・84・104・107などがある。神亀年代（七二四～七二九）長屋王が左大臣であった頃の宴であろう。

51　秋夜山池に宴す

峯に対して菊酒《きくしゅ》を傾け
水に臨んで桐琴《とうきん》を拍《う》つ
帰るを忘れて明月を待つ
なんぞ憂へむ　夜漏《やろう》の深きを

五言　秋夜宴㆓山池㆒　一首

対㆑峯傾㆓菊酒㆒
臨㆑水拍㆓桐琴㆒
忘㆑帰待㆓明月㆒
何憂夜漏深

〈現代語訳〉

峯を仰いで菊酒の盃を傾け
池を臨んで梧桐の琴を弾く
帰ることも忘れて、明月の出をまっている
なんで夜のふけるのを気にしていられよう

〈語釈〉

○菊酒　九月九日、菊花を酒盃にうかべて飲む風習が中国には古くからあった。また菊の葉や茎、黍や米にまじえて醸し作った酒ともいう。延命長寿の薬とされた。○桐琴　桐の木で作った琴。○夜漏　夜の時刻。漏は水時計をいう。

〈解説〉

韻は琴・深。五言絶句、よい作品である。前の二句が対になっている。詩意は淡泊であり、構成もよい。唐詩の面影を強くしている。菊は神仙思想にいろどられて、逸早く中国より紹介されたものである。五言の四句、もっとも単純な構成から、とかく酷しい評を加えてきたが、この詩型、入門期には格好なものであり、初期の民謡のような口唱性、純朴な心情を読みとるべく心掛けたい。

三三　大学頭従五位下山田史三方　三首

山田三方　生没年未詳
帰化人系の人。三方は御方、御形などとも書く。また三方沙弥とも称した。はじめ僧になったが、還俗して山田史三方と名乗った。和銅三年、正五位下、周防守に任じ、養老五年、文章博士、東宮（聖武）の師となった。後年不祥事があったが、学問の功により恩寵をえて許された。万葉集に長歌一、短歌六首が収められている。

秋日長王の宅において新羅の客を宴す　序を幷せたり

君王《くんわう》敬愛の沖衿《ちゆうきん》をもつて、広く琴樽《きんそん》の賞を闢《ひら》く。使人敦厚《とんこう》の栄命を承《う》けて、鳳鸞《ほうらん》の儀を欣戴《きんたい》す。ここにおいて琳瑯《りんらう》目に満ち、蘿薜《らへい》筵《むしろ》に充《み》つ。玉俎《ぎよくそ》華を雕《ゑ》りて、星光を煙幕に列ね、珍羞《ちんしう》味を錯《まじ》へて、綺色《きしよく》を霞帷《かゐ》に分つ。羽爵《うしやく》騰飛《とうひ》して、賓主を浮蟻《ふぎ》に混じ、清談振発《しんぱつ》して、貴賤を窓雞《さうけい》に忘る。歌台に塵を落して、郢曲《えいきよく》と巴音《はいん》と響《ひびき》を雑《まじ》へ、笑林《せうりん》に靨《ゑくぼ》を開けば、珠輝《しゆき》と霞影《かえい》と相依る。

時に露旻序《びんじよ》に凝《こ》り、風商郊《しやうかう》に転ず。寒蟬唱《とな》へて柳葉《りうえふ》飄《ひるがへ》り、霜雁《さうがん》度《わた》りて蘆《ろ》花《くわ》落つ。小山の丹桂《たんけい》、彩を別愁《べつしう》の篇に流し、長坂《ちやうはん》の紫蘭、馥《かをり》を同心の翼に散らす。日ここに暮る。月まさに除せんとす。われを酔はしむるに五千の文を以てし、すでに飽徳《はうとく》の地に舞踏し、われを博《ひろ》むるに三百の什《じふ》をもつてし、かつ剣志の場に狂簡《きやうかん》す。請《こ》ふ、西園《せいゑん》の遊を写し、かねて南浦《なんぽ》の送を陳《の》ぶ。毫《がう》を含んで藻《さう》を振ひ、もつて高風を賛すとしかいふ。

〈現代語訳〉

長屋王はだれびとにもこだわらずに敬愛する心で士を招き、盛大に琴と酒との宴を開かれた。新羅の使者は手厚い栄誉ある使命をうけて日本に来、工の容姿を喜び仰いでいる。

酒宴にはすぐれた俊才たちが大勢集まり、また在野の人びとも参列した。花の模様をほった玉の器は、きらめく星を靄につつんだようであり、珍味をまじえたお膳は、霞の帷に美しい色を配したようである。盃を取りかわし、主人客人の区別もなく、高尚な話はいよいよ盛んで、身分の上下を忘れて清談にふけっている。楼台での歌は塵をも舞いたたせ、俗曲俗謡とりまじえて盛んであり、にぎやかに笑いあう姿や歌声は、かぎろう玉や霞の光の複合したような美しさだ。

時に秋天に露が結び、風は郊外を吹きめぐっている。ひぐらしが鳴いて柳の葉は散りひるがえり、雁が渡って来て蘆の花が散っていく。淮南王は赤い木犀に離別の情をうたい、曹子建は香る紫蘭に心を同じゅうする思いを述べた。

日が暮れ、月が出ようとしている。わたしを酔わせたのは老子の五千言であり、徳にあきるほどこの庭で舞いおどり、わたしの心を広めるのには詩経の三百篇であり、詩作の庭で途方もないことを歌う。何とかして西園での雅遊を描写し、あわせて南浦の送別を述べたいものである。筆を手にとり、詩藻を発揮し、気高い風格をほめたたえるばかりである。


〈語釈〉
○沖衿　虚心に人を敬愛する心。○琴樽の賞　琴は管絃、音楽。樽は酒、酒宴。管絃、酒宴を賞美すること。○使人　新羅よりの使者。○敦厚の栄命　心のこもった、栄誉ある使命。招待の栄誉をいただいたと解する説もある。○琳瑯　美しい玉。○蘿薜　つたかずら、身分の低い人の意をこめた。○玉俎華を雕りて　玉製の器に花模様の彫刻がほどこしてある。○鳳鸞の儀　鳳鸞は鳳凰のこと。王公の長屋王を讃えていったもの。儀は容儀。長屋王より招待の栄誉をいただいたと解する説もある。

○鳳鸞の儀　鳳鸞は鳳凰のこと。王公の長屋王を讃えていったもの。儀は容儀。長屋王より招待の栄誉をいただいたと解する説もある。○琳瑯　美しい玉。○蘿薜　つたかずら、身分の低い人の意をこめた。○玉俎華を雕りて　玉製の器に花模様の彫刻がほどこしてある。○珍羞味を錯へ　珍しい立派なごちそう。○綺色を霞帷に分つ　美しい色どりはベールのかげにあるようである。分つは分けて取る。○羽爵　羽觴ともいう。雀の形をして頭尾に翼のある酒盃。○騰飛とりかわす。盃を軽く抛って相手に渡す。○浮蟻　酒のこと。浮蟻は酒虫のこと。また酒の上に浮いた酒のかすともいう。○振発　盛んにおこる。○窓雞に忘る　清談にふけること。晋の宋処宗が雞を飼いかわいがっていると、雞は人語を覚え、宋処宗と清談したという故事。○歌台に塵を落し　歌がすぐれていること。虞公が楼台で歌うと、歌のすばらしさに梁の塵までが動き感動したという故事。○郢曲と巴音と響を雑へ　俗曲俗歌が入りまじる。○笑林に䶔を開けば　楽しく談笑しているさま。談笑している姿、容姿。○珠輝と霞影　珠の輝きと霞のひかり。こうこうと照る光ではなく、玉のゆらめき、かぎろいなどと、かすかに底の方から光ってくる奥深い光であろう。○旻序　秋の空、秋天。○商郊　秋の街はずれ。商は秋。○寒蟬　ひぐらし。○霜雁　雁のこと。寒蟬と対にするために冬の季節の霜をつけた。○小山の丹桂　小山は淮南王小山のこと。その故事による。○馥を同心の翼に散らす　蘭が同心の友の間にかおっているさま。○月まさに除せんとす　月も今かくれようとする。○五千の文　老子道徳経の五千余言をいう。○飽徳の地に舞踏し　十分にありあまるほどといいたい盛徳の地に舞踏する。長屋王の庭園での催しをいう。○三百の什　詩経三百篇をいう。○剣志の場　志を述べる場。剣を類従本に従って「叙志」として訳した。○狂簡　志が大きく、意気盛んなさま。○請ふ　お願いするの意、原文の清を改めた。○西園の遊　魏の武帝が築いた園の名。そこで催した曹子建の園遊は有名であった。遊宴の意で用いている。○南浦の送　楚辞の九歌、河伯による故事で美人を南浦に送ったこと。ここでは送別の意で用いている。○もつて　原文は「式」の字、それによって。○高風　高雅な園遊。

52　秋日長王の宅において新羅の客を宴す

白露《はくろ》　珠を懸くる日
黄葉《くわうえふ》　風に散ずる朝
対揖《たいいふ》す　三朝の使
ここに尽す　九秋の韶《せう》
牙水《がすゐ》　調べを含んで激し

五言　秋日於二長王宅一宴二新羅客一　一首　幷序

白露懸レ珠日
黄葉散レ風朝
対揖三朝使
言尽九秋韶
牙水含レ調激

虞葵《ぐき》　扇に落ちて飄《ひるがへ》る　　虞葵落レ扇飄
すでに謝す　霊台の下　　已謝霊台下
徒らに瓊瑶《けいえう》に報いんとほつす　　徒欲レ報ニ瓊瑶一

〈現代語訳〉

白露が玉をつらねる秋の日
黄葉が風に散りゆく朝
新羅よりの使者を迎え入れ
虞舜の音楽をかなでつくす
水の流れは琴の調べとなって注ぎ
葵の花は舞の扇に降りかかる
今ここ霊台の下を去るにあたり
及ばずながら拙詩皇恩に報いるべく

〈語釈〉

○対揖　応対揖譲の意。対揖は答礼で応答挨拶のこと。○三朝　三韓をいう。○九秋の韶　九秋は秋季の九十日。韶は虞舜の楽。秋のよき日の楽の意。九秋は三韓と対にしたもので、九十日間の音楽ではない。○牙水　水の流れは琴の調べのように。牙は琴の名手、伯牙のこと。○虞葵　花が舞い散るのは虞美人の身のこなしのように。歌舞の妖艶を表わすのに楚の項王の寵姫をもち出した。訳は葵の花の風情にとった。虞を梁塵の虞公や虞舜にとる説もある。○霊台　周の霊王の台で、ここでは長屋王の宅をさしている。○瓊瑶　美しい玉の意。詩経では小さな贈り物に対して、大きなお返しになるが、ここではその意味では通しない。すぐれた高貴また高価な玉から皇恩と解してみた。

〈解説〉

序文、諸氏口をそろえて讃辞を呈している。

案ずるに此序、字字句句、来歴を求め、毫も私に不成語を使用せず。『懐風藻』篇中大家の規模あるものを求むれば、此等に指を屈せざるべからず。看者宜しく意を注ぐべきなり。（釈清潭　懐風藻新釈）

此の序は字々句々故事あり、来歴あり。作者の博学宏辞なること、懐風藻篇中に於て白眉のものといふべきである。（杉本行夫　懐風藻）

この文、実に堂堂たる大手筆である。言葉遣ひにも無理がなく、典拠がしつかりしてゐて、いかにも学問に老けた人といふ感じがする。集中第一といふべきである。（林古渓　懐風藻新註）

評価はいずれも高い。四六駢儷体といわれるもので、参考までに文体を対比する。

君王以ニ敬愛之沖衿一」使人承ニ敦厚之栄命一」於レ是琳瑯満レ目」玉俎雕レ華
広闢ニ琴樽之賞一」欣ニ戴鳳鸞之儀一」蘿薜充レ筵」列ニ星光於煙幕一」
珍羞錯レ味」羽爵騰飛」清談振発」歌台落レ塵
分ニ綺色於霞帷一」混ニ賓主於浮蟻一」忘ニ貴賤於窓雞一」郢曲与ニ巴音一雑レ響」
笑林開レ靨」于レ時露凝ニ旻序一」寒蟬唱而柳葉飄」小山丹桂
珠輝共ニ霞影一相依」風転ニ商郊一」霜雁度而蘆花落」流ニ彩別愁之篇一」
長坂紫蘭」日云暮矣」酔レ我以ニ五千之文一」博レ我以ニ三百之什一」
散ニ馥同心之翼一」月将レ除焉」既舞ニ踏於飽徳之地一」且狂ニ簡於剣志之場一」
請写ニ西園之遊一」含レ毫振レ藻」
兼陳ニ南浦之送一」式賛ニ高風一」云爾。

われわれは五七調などのリズムを持ち、中国音で読まないにしても口誦のリズム、さらには文章構成についても教わるものがあろう。
古典による出典をとうとしとする時代ではあるが、用語、措辞の面でも難がなく、現代の人たちにも素直に受けとめられる名文である。序文に文字を大きくさいたが、52の詩の韻は朝・韶・飄・瑶。七・八句を林古渓氏は「不敏にして瓊瑶にあらざるを愧づといふのであらう」と釈く。序文がすぐれているばかりか詩の方も奇異・奇抜な感を与えず、素直に読み取っていける。しかし、最後の瓊瑶は作者の失錯か、それとも読者側の未熟さか、後考をまつものである。

53　七夕

金漢《きんかん》星楡《せいゆ》冷やかに
銀河《ぎんが》月桂《げつけい》の秋
霊姿《れいし》雲鬢《うんびん》を理《をさ》め
仙駕《せんが》潢流《くわうりう》を度《わた》る
窈窕《えうてう》として衣玉《いぎよく》を鳴らし
玲瓏《れいろう》として彩舟《さいしう》に映ず
悲しむところは明日の夜
たれか別離の憂ひを慰めん

五言　七夕　一首

金漢星楡冷
銀河月桂秋
霊姿理㆓雲鬢㆒
仙駕度㆓潢流㆒
窈窕鳴㆓衣玉㆒
玲瓏映㆓彩舟㆒
所㆑悲明日夜
誰慰㆓別離憂㆒

〈現代語訳〉

秋の夜空は星も冷やかに
天の川は月にきらめいている
美しい姿態に髪かたちを整え
織女は輿に乗って天の川を渡っていく
しとやかな素振りに衣の玉飾りはゆれて鳴り
照り輝いた容姿は丹塗りの舟に映えている
悲しむのは一夜あけての夜のこと
だれがこの別離の憂いを慰められよう

〈語釈〉

○金漢　秋空の天の川。金は秋。漢は天の川、銀河。○月桂　月のこと。月の中に桂の木があり、星には楡の木があると、中国では古来信じられていた。○霊姿　美しい姿、よき姿。○雲鬟　美しい髪。髪を雲のようにふんわりと盛りあがり、またなびくさまに表現した。鬟は鬢と同じ。○漢流　漢は深く広い流れで、天の川のことをさす。○窈窕　しとやかなさま、美人の表現に用いる。○衣玉　衣につけた玉。○玲瓏　すき通るように美しい。玉などの光り輝くさま。○彩舟　色彩をほどこした舟。織女の乗った舟。

〈解説〉

韻は秋・流・舟・憂。唐風の五言律詩でうまい詩である。対象物と距離を置き客観化して描いたところに、落ち着きはらった姿勢が見える。ただ牽牛織女の話は古代の伝説が少しずつ美化されて綴られている。牛を引く農家の青年と、機を織る農家の娘が、遠い昔、遥かな天上での出来事とするところから、愛が理想化、空想化されてきた。農家の牛を引く青年と機を織る娘が、神となり、天帝の子女となって語られた。ここでもその美化が織女の乗り物を仙駕といい、また彩舟ともいう。一般にはきれいな駕によって牽牛が迎えにくるか、織女が訪れる絵で描かれるが、天上の、川であり流れであるから、彩舟までが用意された。単純な伝説が華麗浪漫な物語に成長する一齣か。詩文はことばのリズムの快感と、事物を具象的状景に視覚化して、安定した認識に至るものである。またその像の揺れ動いているさまにも魅力を感ずるものであるが、この詩にこのことばが当てはまるかどうか。七夕の詩については33にあった。この詩の後には56・74・76・85とつづく。

54　三月三日曲水の宴　　　五言　三月三日曲水宴　一首

錦巌《きんがん》飛瀑《ひばく》激し　　　錦巌飛瀑激
春岫《しゅんしう》曄桃《えふたう》開く　　　春岫曄桃開
流水の急なるを憚らず　　　不レ憚二流水急一

ただ盞《さん》の遅く来ることを恨む

唯恨二盞遅来一

〈現代語訳〉

錦の色どりをした巌から滝が激しく流れ落ち
春にかすむ峯には桃があでやかに咲いている
曲水の流れの急なことは別にいといやしない
ただ盞の廻ってくるのが遅いのを恨むだけだ

〈語釈〉

○曲水の宴　周の幽王が三月三日、河上曲水の宴を設けた故事。日本でもその習慣を習い伝えて、平安時代は年中行事の一つにもなった。○錦巌　巌に花が咲き、色あざやかなさま。○春岫　春の峯。岫は山塊にできた穴をいうが、ここでは山・峯の意で用いている。○曄桃　輝きてっている桃の花。

〈解説〉

韻は開・来。林古渓氏いう、「三首中ではこれが一番よい。詩序の方はさらによい。但し、故事、成語により典拠を求めてまとめる事は、一つの方法として結構であるが、それを最上と考へてはまちがひだ。詩は創作である。創作だから勝手でよいのではない。思想の法則、言語の歴史、言語の音楽は、必ず顧みなければならない。典拠にとらはれたら詩でなくなる。また粗雑な対句や、対なら何でもよいといふやうなのがあるのも困る。文語と詩語との区別がなく、詩語の洗練の足りなかつたのもよろしくない。しかし草創の時代ゆゑ已むを得なかつたのであらう」と。

一・二句は華麗である。金粉をちりばめた岩、日本画にみる華やかさがある。四句目、よく感情を出しているが、折角の三句目は四句と絡ませた理屈による扱いで、弱い感じになってしまった。

詩を作る、作詩にはまず初句を口ずさむ。推敲の下に生まれる対句で、ここでの前半の対句は、画賛としても珍重してよい出来栄えである。

三四　従五位下息長《おきなが》真人臣足《おみたり》　一首　年四十四

息長臣足　生没年未詳　享年四十四歳

和銅七年、従五位下に叙せられ、養老三年、出雲守に任ぜられた。神亀元年、出雲按察使になった折、贓貨不祥事件によって位禄を奪われた。

55　春日宴に侍す

物候《ぶつこう》　韶景《せうけい》を開き
淑気《しゆくき》　満地新たなり
聖衿《せいきん》　暄節《けんせつ》に属し
置酒して搢紳《しんしん》を引く
帝徳　千古に被《かうぶ》り
皇恩《くわうおん》　万民に洽《あまね》し
多幸　広宴《くわうえん》を憶ふ
また悦ぶ　湛露《たんろ》の仁

〈現代語訳〉

風物気候は春の眺めをくりひろげ
和やかな気は大地に満ちて新鮮である
天子はこの暖かな季節に心を寄せられ
酒宴を設けて貴顕の士をお招きなさる
天子の仁徳は千年の昔より

五言　春日侍㆑宴　一首

物候開㆓韶景㆒
淑気満地新
聖衿属㆓暄節㆒
置酒引㆓搢紳㆒
帝徳被㆓千古㆒
皇恩洽㆓万民㆒
多幸憶㆓広宴㆒
還悦湛露仁

皇恩は万民に行きわたっている
盛大な宴に参列できる身の幸福と
広大な帝のご仁慈を浴すことを悦ぶ

〈語釈〉

○物候　風物気候。時節と同じ。○韶景　春ののどかな景色。○暄節　あたたかな季節、暄はあたたか、春のすえなどの意がある。○搢紳　貴顕の人びと。搢は笏で、笏をもつ高位の者。○広宴　盛大な宴。○湛露　あまねくゆきわたる恩徳。皇徳をいう。

〈解説〉

韻は新・紳・民・仁。これも平易でわかり易い詩である。宴に出席しえた喜び、感謝の詩であるから、感情の激昂などは求められないにしても、五・六句は平凡な感じである。帝徳をたたえる、いうならば追従の部分が、おおかたの詩を低調にさせている。天皇への献辞、そこに詩作の動因があった。あるいは献辞を主眼とした詩となると、日本最古の文学作品といっても、詩心、創作への限定、限界をも思わざるをえない。

三五　従五位下出雲介吉《き》智首《ちのおびと》　一首　年六十八

吉智首　生没年未詳　享年六十八歳
帰化人系の人。吉知須とも書く。養老三年、従五位下に叙せられ、神亀元年、吉田連の姓を賜わった。従五位下出雲介とあるが、出雲介任官年月は不明。

五言　七夕　一首

冉々逝不レ留
時節忽驚レ秋
菊風披二夕霧一
桂月照二蘭洲一
仙車渡二鵲橋一
神駕越二清流一
天庭陳二相喜一

56　七夕

冉々《ぜんぜん》として逝《ゆ》いて留まらず
時節たちまち秋に驚く
菊風《きくふう》夕霧《せきむ》を披《ひら》き
桂月《けいげつ》蘭洲を照らす
仙車《せんしゃ》鵲橋《じゃくけう》を渡り
神駕《しんが》清流を越ゆ
天庭《てんてい》相喜《さうき》を陳《の》べ

華閣《くわかく》　離愁《りしう》を釈《と》く
河《か》横たはつて天曙《あ》けんとほつす
さらに後期《こうき》の悠《はる》かなることを歎ず

〈現代語訳〉

月日は過ぎ去ってとまらない
時節は　はや秋かとおどろく
秋風が夕もやを吹きはらい
秋の月は蘭の香る島を照らしている
織姫の仙車は鵲の橋を渡り
織姫の神輿は清い流れを越えていく
天の庭園で牽牛と恋の喜びをかわし
花の高楼で離別の愁いをはらしている
天の川のゆるやかな流れも曙光に淡く
二人は再び逢う夜の遠いのを歎いている

華閣釈㆓離愁㆒
河横天欲㆑曙
更歎㆓後期悠㆒

〈語釈〉

○冉々　過ぎ行くさま。○菊風　秋の風、菊の花さく月。○桂月　秋の月、菊風に対して用いた。○仙車　織女星の乗る車。○神駕　織女星の乗る車。仙車と同じ。○清流　清らかな流れで、天の川を言う。○天庭　天帝の宮廷。天上の庭。○華閣　華麗な楼閣、牽牛織女が会っている建物を美的に表現した。

〈解説〉

韻は留・秋・洲・流・愁・悠。時の推移の早さで一・二句を起こし、三・四句は秋の景色で受けている。五句から八句目までが牽星織女の交会、九・十句で結んでいる。懐風藻には修辞に振りまわされて、平凡な詩になってしまったものが多いが、その点、八句構成よりも十句構成の方が、五・六・七・八句と叙述を密にし、焦点が定まってすぐれた句ができ易いようである。

三六　主税頭従五位下黄《き》文《ぶみの》連《むらじ》備《そなふ》　一首　年五十六

黄文備　生没年未詳　享年五十六歳

帰化人系の人。大宝律令撰定に従事し、文武天皇四年に禄を賜わった。和銅四年に従五位下に進み、後に主税頭になったが任官年月は不明。

五言　春日侍レ宴　一首

玉殿風光暮
金墀春色深
雕雲遏ニ歌響一
流水散ニ鳴琴一
燭花粉壁外
星燦翠烟心
欣レ逢ニ則レ聖日一
束帯仰ニ韶音一

57　春日宴に侍す

玉殿　風光暮れ
金墀《きんち》　春色深し
雕雲《てううん》　歌響《かきやう》に遏《とどま》り
流水　鳴琴《めいきん》に散る
燭は花やかなり粉壁《ふんぺき》の外
星は燦《あき》らかなり翠烟の心《うち》
聖に則《のつと》る日に逢ふを欣《よろこ》び
束帯《そくたい》して韶音《せういん》を仰ぐ

〈現代語訳〉

宮殿に夕闇みがせまる
御苑は春たけなわである
妙なる歌ごえに瑞雲も空にとどまり

奏でる琴の音に流水はほとばしり散る
燭火に映えて白壁は浮きたち
またたく星は緑のもやのなかに
聖者の治世に逢ったことを欣び
威儀を正して玉声を拝聴申している

〈語釈〉
○玉殿　宮殿、御所。○金墀　御所の庭。墀は石を敷きならべた庭。○雕雲　瑞雲とも、祥雲ともいう。おめでたい時に湧きあがる雲。○粉壁　白壁。○詔音　玉音、玉声。詔音は虞舜の作った音楽であるが、天子の玉声と訳した。

〈解説〉

韻は深・琴・心・音。玉殿・金墀は例によっての修辞であるが、「雕雲歌響に遏り」は誇張しすぎていないだろうか。聞き馴れない用語が先行し、イメージを描きにくくしている。古代的なごてごてした装飾を加えすぎた感じで、のびのびと躍動する姿が見られるかどうか。粉壁と燭はよいとしても、翠烟と星の燦めきは状景を描きにくい。修辞過剰の感がする。しかし最後の結びへの流れは、仰山なものがなく、ごく自然であるのがいい。

三七　従五位下刑部少輔兼大博士越智直広江　一絶

越智広江　生没年未詳
越知とも書く。養老四年、大学明法博士、養老五年、東宮（聖武）に侍した。時に正六位上。また第一の博士として禄を賜わった。養老七年に従五位下に叙せられたが、刑部少輔についての任官年月は不明。

五言　述レ懐　一首

文藻我所レ難
荘老我所レ好
行年已過レ半
今更為レ何労

58　懐ひを述ぶ

文藻はわが難しとするところ
荘老はわが好むところ
行年すでに半ばを過ぐ
今更になんのためにか労せん

〈現代語訳〉

作詞作文はわたしの不得手とするもの
老荘の学はわたしの好むもの
齢もすでに半ばを過ぎてしまった
今更に何のために苦労しようぞ

〈語釈〉

○文藻　詩や文章。○荘老　荘子と老子。一般には老荘という。道家の祖であり、中心人物でもある。○半ばを過ぐ　俗に人生五十年といったが、ここでは五十歳を越したこと。生年百に満たずとも漢詩では歌っているが、一般に中国では人生百年といった。その半分である。

〈解説〉

韻は好・労。林古渓氏は、「天空海闊の気象を見。沈着痛烈の刺戟を受ける。老荘の無為放逸に事よせて、虚礼、虚儀、形式に拘《とら》はれ、追従を事とし、賄賂を貪つてをる上役の、御機嫌取などが出来るかと、世を憤つてることが明らかに見える」と述べている。

しかしそんなに激しいものがあるのだろうか。人生をつとめつとめて現在は五十歳、これという詩才があるわけでもない。ただ老荘の思想には共鳴するところが多い。自己の分をわきまえて、好きな道を歩むだけだという、やはり東洋文人一般に共通する境地であろう。人生五十年を送り、満ちたりた思いを述べた井原西鶴の句がある。「浮世の月見過ごしにけり末二年」、五十二歳の寿命を歌ったものである。

三八　従五位下常陸介春日蔵老《くらびとおゆ》　一絶　年五十二

春日蔵老　生没年未詳　享年五十二歳
春日蔵首（倉首・椋首）とも書く。はじめ僧となり弁紀と称したが、大宝元年に還俗、姓を春日蔵首、名を老と賜わった。和銅七年に従五位下、常陸の介はその頃か。万葉集に短歌八首を収めている。また常陸風土記の撰者とする説もある。

59　懐ひを述ぶ

花色《くわしよく》　花枝《くわし》を染め
鶯吟《あうぎん》　鶯谷《あうこく》に新たなり

五言　述レ懐　一首

花色花枝染
鶯吟鶯谷新

水に臨んで良宴を開き　　臨レ水開ニ良宴一
爵《しゃく》を泛べて芳春を賞す　　泛レ爵賞ニ芳春一

〈現代語訳〉

花は枝一面に咲きそめ
鶯の囀りは鶯の谷に新鮮である
水のほとりに風雅な宴を開き
流れに盃をうかべて春の景物をめでる

〈語釈〉

○爵を泛べ　爵はさかずき。盃、杯など。泛べは流水に盃をうかべる。三月三日の曲水の宴によったしぐさ。

〈解説〉

韻は新・春。戯作、即興詩の感じ。花色花枝・鶯吟鶯谷など同字畳もよいとはいえない。軽い洒落の遊びで、軽快というよりはむしろ軽薄な感じ。三・四句は曲水の宴を下敷きにしている。それはそれでよいのであるが、一・二句の戯作がぶちこわしになっているのである。個の主張の乏しいところ民謡に通じるといえるか。

三九　従五位下大学助背奈王行文　二首　年六十二

背奈王行文　生没年未詳　享年六十二歳

帰化人系の人。背奈公とも書く、甥の福信の時代に巨万朝臣、百麗朝臣などと改姓した。養老五年に明経第二博士に、神亀四年に従五位下に叙せられた。万葉集に短歌一首を収めている。

60　秋日長王の宅において新羅の客を宴す

五言　秋日於㆓長王宅㆒宴㆓新羅客㆒　一首　賦得風字

賓を嘉《よみ》して小雅を韻し
席を設けて大同《たいどう》を嘉す
流れを鑑《み》て筆海《ひっかい》を開き
桂を攀《よ》ぢて談叢《だんそう》に登る

嘉レ賓韻㆓小雅㆒
設レ席嘉㆓大同㆒
鑑レ流開㆓筆海㆒
攀レ桂登㆓談叢㆒

盃酒《はいしゅ》　みな月あり
歌声　ともに風を逐ふ
何事ぞ　専対《せんたい》の士
幸《むが》しく李陵《りりょう》が弓を用ゐるは

盃酒皆有レ月
歌声共逐レ風
何事専対士
幸用二李陵弓一

〈現代語訳〉

王は新羅の客のために小雅を歌い
宴席を設けて太平の世を寿《ことほ》がれる
水の流れを臨みながら詩文をねり
貴賓の席の論談に加えていただく
手にする盃の中に月影が映り
歌声は風のまにまに流れくる
何ですか、新羅のご大仁どの
気を許してのご歓談のほどを

〈語釈〉

○賓を嘉して　来賓を喜び迎えて。○小雅　詩経の篇名の一つ。雅を大雅と小雅にわけ、大雅が大政を叙べるのに対し、小雅は小政を叙べる体という。小雅の中に賓客を喜び迎える主人公の歌謡がある。その心をいったもの。○大同　世が栄え太平であるのをいう。○筆海　豊富な詩文。盛んに文筆をふるうこと。○桂を攀ぢ　高位高官に登ることをいう。○談叢　談論が盛んでとめどもなく続くさま。○何事ぞ　なぜ、どうしての意。軽い問いかけ。○専対の士　使者となって単独に自由に応答できる者。ここでは新羅の客をさす。○李陵が弓　李陵は漢の武帝につかえ匈奴に遠征したが降伏した。すぐれた武将であったが、その人の持つ弓に寓した意味が不明。○幸しく　下の用の字を連用し、「どうか～しないではしい」と、うながし願うような心を述べた語と解してみた。

〈解説〉

韻は同・叢・風・弓。結句の意が不明。訳の他に、「疑心暗鬼などしないで」「特別の恩遇を蒙る」「すぐれた弓とし、すぐれた酒の比譬とした」解などがある。しかしいずれも試案の域を出ない。難解。ここの現代語訳も試訳にとどまる。五・六句は小さくまとまってしまった。もう少し大きさが欲しいところである。しかし「賦して風の字を得たり」とあるように、即席の詩となれば容易ならぬ一件であったろう。

61　上巳禊飲《けいいん》　詔に応ず　　五言　上巳禊飲　応詔　一首

皇慈《くわうじ》　万国に被《かうむ》り　　皇慈被二万国一

帝道　群生《ぐんせい》を沾《うるほ》す
竹葉　禊庭《けいてい》に満ち
桃花　曲浦《きよくほ》に軽し
雲　浮かんで天裏麗しく
樹　茂つて苑中栄ゆ
自ら顧みて庸短《ようたん》を試む
なんぞよく叡情《えいじやう》を継がん

帝道沾㆓群生㆒
竹葉禊庭満
桃花曲浦軽
雲浮天裏麗
樹茂苑中栄
自顧試㆓庸短㆒
何能継㆓叡情㆒

〈現代語訳〉
天子の慈恩は天下にあまねく
天子の聖道は万民に及んでいる
清らかな酒、竹葉は禊の庭に満ち
美しい桃の花は渚に散っている
めでたい雲が立ちこめて空は麗しく
青あおと樹が茂って庭面はみずみずしい
菲才と知りながらも拙ない詩を試みたが
これでは到底聖慮に副い申しえない

〈語釈〉

○上巳　陰暦三月三日の節句。○禊飲　禊は祓と同じ、汚れを払い除くこと。三月三日の酒宴。○皇慈　天子の慈愛。○竹葉　酒をいう。ここでは植物の竹葉、桃花と対に用いているが、一方、禊庭に満ちとつづけると、酒であることはあきらかである。○禊庭　禊の庭、禊の場所。○雲　瑞雲。慶事のある時にたちこめるとされる雲。○庸短　凡庸と短才。○叡情　天子の御心。

〈解説〉

韻は生・軽・栄・情。よくまとまった難のない詩である。林古渓氏は平仄などの整っているのを称して、「今までこれほど整頓したものはなかつた。この法、盛唐に盛んであつた。この詩などは、盛唐の先駆とも思はれるものである」と述べている。訓読する漢文、朗誦する漢詩としてもすぐれた詩である。酒を竹葉という見立て語というか代替語による功も大きいだろう。後世、川柳などで「花の色」といえば小町、「小倉山」といえば百人一首を指す、そのような言語感覚である。

四〇　皇太子学士正六位上調忌寸古麻呂《つきのいみきこまろ》　一首

調古麻呂　生没年未詳

帰化人系の人。養老五年、正七位上。明経第二博士で、学業にすぐれ師範になる者として糸・布・鍬など賜わった。その後累進して正六位上になり、皇太子学士になった。

62　初秋長王の宅において新羅の

客を宴す

一面　金蘭《きんらん》の席

三秋　風月の時

琴樽《きんそん》　幽賞《いうしやう》に叶ひ

文華　離思《りし》を叙《の》ぶ

人は大王の徳を含み

地は小山の基のごとし

五言　初秋於㆓長王宅㆒宴㆓新羅客㆒

一首

一面金蘭席

三秋風月時

琴樽叶㆓幽賞㆒

文華叙㆓離思㆒

人含㆓大王徳㆒

地若㆓小山基㆒

江海　波潮《はてう》静かなり
霧を披《ひら》くことあに期しがたからんや

江海波潮静
披レ霧豈難レ期

〈現代語訳〉

初対面ながら意気投合の宴席であり
時は秋、風月愛賞この上もない時節
送別の酒も琴も奥深い眺めにかない
華麗な詩文は離別の思いを色こくする
王は大王となられる高徳をもたれ
地は淮南王の小山の麓のような趣き
大河の波、海の潮も静かであり
霧も晴れ、無事にご帰還なされよう

〈語釈〉

○一面　初対面、一面識になったばかり。○金蘭　交情の厚いこと。金蘭の交りともいう。○三秋　秋の三ヵ月。○琴樽　琴を弾じ酒宴を開く。○文華　詩文の花やかなこと。○人長屋王をさす。○大王　楚の襄王。ここでは偉大なる王の意。○地　佐保の長屋王の邸。○

小山の基　漢の淮南王の小山の麓。○江海　川や海。海。玄界灘は波静かであろうの意。○霧を披く　霧がはれることだが、航路が開ける、航路の妨げとなるものがとりのけられる意とみる。

〈解説〉

韻は時・思・基・期。長屋王の宅で新羅の客を送る宴、十首のうちの一つ。五句目の措辞について、疑問がある。「人」を、「一座の人々は大王のごとき仁徳を身にひめ」（日本古典文学大系）ととるのでは、主催者、会場提供者の長屋王を軽視したような面がでてしまう。「人」を長屋王と見ると臣下並みに見立てているようで、これまたいただけない。当然、王とあって然るべきところだが、次の句の地、天地人の対応で、あえて「人」と用いたものか。「霧を披く」も、口数少なく飛躍しすぎていて理解しがたい句である。

四一　正六位上刀利宣令《とりのみのり》　二首　年五十九

刀利宣令　生没年未詳　享年五十九歳

帰化人系の人。刀理、土理とも書く。養老五年、従七位下で、東宮（聖武）に侍した。以後の記録は見えない。本書目録の「正六位上伊予掾」は記録には見えない。万葉集に短歌二首が収められている。

五言　秋日於二長王宅一宴二新羅客一

一首　賦得稀字

玉燭調二秋序一
金風扇二月幃一
新知未二幾日一
送別何依々
山際愁雲断
人前楽緒稀
相顧鳴鹿爵
相送使人帰

63　秋日長王の宅において新羅の客を宴す

玉燭《ぎょくしょく》　秋序を調へ
金風　月幃《げつゐ》を扇《あふ》ぐ
新知　いまだ幾日ならず
送別　何ぞ依々《いい》たる
山際　愁雲《しゅううん》断え
人前　楽緒《らくしょ》稀なり
相顧る　鳴鹿の爵《さかづき》
相送る　使人《しじん》の帰るを

〈現代語訳〉

四時の気が移って秋の気を調え
秋風は月に透ける羅《うすぎぬ》を扇いでいる

君と知りあってから日にちも浅いが
離別がかくも耐えがたいとは
山ぎわの愁わしげな雲は流れ去ったが
人びとには沈む思いがこみあげるばかり
鳴鹿の詩を歌い　めぐる盃を受けつつ
新羅に帰る使者をことば少なに送った

〈語釈〉
○玉燭　四時の気の調和したのにいう。○金風　秋の風。○月幃　月光の透かし通るうすぎぬ。○依々　心が引かれて忍びがたいさま。○楽緒　楽しい心。緒は心の緒。「楽しい心が稀に」を「沈む思いがこみあげるばかり」と訳してみた。○鳴鹿　詩経に収められている一篇で、嘉賓をもてなすの句がある。

〈解説〉

韻は幃・依・稀・帰。長屋王の宅で新羅の客を送る宴、十首のうちの一つ。よくまとまっている詩である。ただ五句目の「山際」は和文でのなじみの語で、どことなく和臭を感ずる。訓読の漢文ではあるが、中国人の漢詩、中国化を至高とすると少々難点を指摘しえないでもない。

64　五八の年を賀す

縦賞《しょうしゃう》す　青春の日
相期す　白髪の年
清《せい》は百万に聖を生み
岳《がく》は半千に賢を出す
宴を下す　当時の宅
雲を披く　楽広の天
この時　ことごとく清素
なんぞ子雲《しうん》が玄《げん》を用ゐむ

〈現代語訳〉

思いのままに青春を楽しみ
ともに白髪の生命を期している
清河は百万年に一人の聖を生み
幽岳は五百の歳月に賢人を出すと
豪壮な邸宅で四十の賀宴を開かれ

五言　賀二五八年一　一首

縦賞青春日
相期白髪年
清生二百万聖一
岳出二半千賢一
下レ宴当時宅
披レ雲楽広天
茲時尽清素
何用二了雲玄一

盛んな楽音は雲にもひびき通るほど
この治世の下　人びとの心は潔白で
なんで太玄経など云々する用があろうか

〈語釈〉

○清は百万に聖を生み　清は黄河、黄河の水が澄むと百万年に一人の聖を生むという。ちょっと落ちつきが悪いが、大野・小島説に拠った。○岳は半千に賢を出す　半千は五百、五百年に一人の賢人を生み出だす。○当時　当時は人名、前漢の鄭当時のこと。多くの人士を歓待したという。○楽広　中国晋時代の人。高潔快朗な人で、会う人は青天を仰ぐようだといった。○清素　心の潔白なこと。さっぱりとしていて地味なさま。○子雲　漢の揚雄。揚雄の字は子雲といった。太玄経を撰した。太玄経は宇宙の万物の根元から人事に至るまでを論じている。

〈解説〉

韻は年・賢・天・玄。四十賀の詩は107にもある。韻も同じであるが、趣きが異ってそれぞれ個性を感じさせるものである。この句に対して林古渓氏は、「作者は明であるが、この賀を受ける人は全く分明でない。従つて十分な感興を起させない。題を設けた作のためである所以である。わが国の題詠詩の先駆として考へると、別な意味において面白いものである」

と述べている。

「清生・岳出」は岩波大系本の小島説に従ったが、落ち着きが悪い。五百年に一人の賢、先年に一人の聖ぐらいなら理解できるが、百万年とは仰山すぎる。仏教のインドでは五—六億七千万年の後に弥勒仏の出現とか、何万由旬《ゆじゅん》に聳える須弥山など虚妄の数字を並べるが、中国、儒教はぐっと現実的である。道家の思想で鵬とか鯤などと巨大な魚鳥を描いたが、それでも具象性が、人間の視点、空想を及ぼしうる。兵士百万、白髪三千丈とはあるものの、笑いの中にすませられる表現、修辞である。百万年に一人の聖人とは、五百年に一人の賢人との対比も悪い。どうみても理解が行かない。後考をまちたい。

四二　大学助教従五位下下毛野朝臣虫麻呂　一首　年三十六

下毛野虫麻呂　生没年未詳　享年三十六歳

養老四年、従五位下、養老五年に従五位上、文学博士。学業の師範として糸・布・鍬などを賜わる。同年式部員外少輔。経国集に対策文二篇ほど収められている。

秋日長王の宅において新羅の客を宴す　序を幷せたり。賦して前の字を得たり

それ秋風すでに発す、張歩兵《ちやうほへい》が帰を思ふ所以《ゆゑん》。秋気悲しむべし、宋大夫《そうたいふ》ここに志を傷ましむ。然《しか》るときはすなはち歳光時物、事を好む者、賞して憐れむべし。勝地良遊、相ひ遇ふ者、懐《おも》ふて返ることを忘る。いはんや皇明運《くわうめいうん》を撫《ぶ》して、時に無為に属《ぞく》す。文軌《ぶんき》通じて華夷欣戴《くわいきんたい》の心を翕《あつ》め、礼楽《れいがく》備つて朝野歓娯《くわんご》の致《ち》を得たり。

長王五日の休暇をもつて、鳳閣《ほうかく》を披《ひら》きて芳筵《はうえん》を命じ、使人千里の羈遊《きいう》をもつて、雁池《がんち》に俯して恩盼《おんべん》に沐《もく》す。ここにおいて彫俎《てうそ》煥《かがや》いて繁く陳《つら》なり、羅薦《らせん》紛《みだ》れて交ゝ《こもごも》映ず。芝蘭四座、去ること三尺にして君子の風を引き、祖《そ》餞百壺《せんひやくこ》、敷《し》くこと一寸にして賢人の酎《ちう》を酌《く》む。琴書左右、言笑《げんせう》縦横、物我両《ぶつがふた》つながら忘れて、おのづから宇宙の表に抜きんづ。枯栄双《こえいなら》び遣る、何ぞ必ずしも竹林の間のみならんや。

この日、溽暑《じよくしよ》まさに間にして、長皐《ちやうかう》晩に向《なんなん》とす。寒雲千嶺、涼風四域、白露下つて南亭粛たり。蒼烟《さうえん》生じてもつて北林藹《あい》たり。草や樹や、揺落《えうらく》の興緒《きようしよ》窮りがたし。觴《しやう》と詠《えい》と、登臨《とうりん》の送帰《そうき》遠ざかりやすし。加ふるに物色相召して、烟霞《えんか》奔命《ほんめい》の場あり。山水仁を助け、風月息肩《そくけん》の地なきことをもつてす。

請ふ、翰を染め、紙を操り、事に即いて言を形《あら》はし、西傷《せいしやう》の華篇を飛ばし、北梁《ほくりやう》

の芳韵《はうゐん》を継がん。人ごとに一字を操る。

〈現代語訳〉

秋風が吹きはじめた。晋の張翰がそぞろ郷愁を感じて帰郷したところのものである。秋の気は悲哀がある。宋玉が心を痛め悲しんだところのものである。そのように歳月の時物は物事に深く心を寄せる者は、愛賞し憐れむのである。景勝の地での遊覧は、訪れた者の心をとらえて還ることを忘れさせる。ましてや天子の明徳で世を治められ、無為自然のままで教化される御代であるからなおさらである。文化を交流させる道がひらけ、中華・蛮夷の人びとはこの御代を喜び、感謝の心をよせている。礼儀・音楽がととのって、朝廷・民間ともに喜びの極に達している。

長屋王は五日の休暇を利用されて、ご殿を開放し酒詩の宴会を開かれた。新羅からの使者は千里の旅路をたどり、長屋王の池のたもとでご恩顧に浴している。立派にかざり立てた食台を列ね、美しい敷き物がそれぞれに映りあっている。身分の高い方と席をともにする四方の座席は、三尺離れたところにも君子の気配をただよわせ、送別の宴での酒壺は数多く、一寸おきに並べられて賢人の酌をうけている。琴を左手に、書を右手に持ち、心ゆくまで語りあい、何もかも忘れてこの世の俗塵から遠ざかる。世の栄枯を忘れる、これは何も竹林の世界だけに限ったことではない。

この日、暑さもゆるみ、長い沢辺に夕やみがせまってくる。寒ざむとした雲が峰にかかり、涼しい風があたりに漾う。露がおりて南の亭《あずまや》は静まりかえり、もやが立ちこめて北の林はうす暗い。草木の葉の散りゆく情趣は尽きがたく、酒盃と詠詩とをもって友を送るが、去り行く者は遠ざかりやすい。それに時は秋、景色は人を招き、霧渡る山水は絶妙だ。仁智の山水、風月に心を奪われて、疲れを休める暇もない。このような勝地だ。

どうか筆をとって目に触れることについての思いを述べて詩を作り、離別の悲しみを詩に作り、楚辞、北梁の別れの詩の後を継ごう。めいめいに一韻をわける。それぞれ試作してみないか。

〈語釈〉

○張歩兵　晋の詞人張翰のこと。歩兵は官名。ただし張翰は歩兵に任じていなかった。秋風が吹きしきりに帰郷の念が湧き、故郷に帰ったという故事による。○宋大夫　戦国時代の楚の人。屈原の弟子で、楚の大夫となった。屈原が放逐されるにあたって、九弁の詩を作った。○歳光時物　年月おりおりの事物・風景。○勝地良遊　名勝の地を遊覧すること。○皇明　天子の明徳。天皇の明徳で世を治める。○運を撫して　世を安んじ治める。○文章の軌範。手本。○華夷欣戴の心を翕め　中国も夷もともに喜んで奉戴する。華は日本、夷は外国とみる解もある。○礼楽　礼儀と音楽。○朝野歓娯の致　朝廷人も民間人もともに歓びをきわめる極致。
○鳳閣　王者の高楼。ここでは長屋王の邸宅。○芳筵　立派な宴会、宴席。○千里の羈遊　千里の彼方から旅立ち来て、この園遊に集っている。新羅より来ていること。○雁池に俯して恩盼に沐す　長屋王のお池に臨んで恵みをうける。雁池は梁の孝王の兎園の中にある池の名。今ここでは長屋王の邸宅の池にあてた。また雁は北方から渡ってくるのを北方の新羅の使者にあてた。○雕俎　彫刻をほどこしてある魚肉をのせる台。○羅薦　うすぎぬで作った敷物。○芝蘭四座　君子のような交りを持った人びとが座に満ちている。芝蘭はともに香草であるが、すぐれた人たちにたとえた。四座は満座。○去ること三尺　三尺さがった所に座をしめる。長幼、上下の差をわきまえ守った行為。○君子の風を引き　いかにも君子らしく容儀正しいさま。風はけはい、ありさま。○祖餞百壺　送別の宴席に酒壺が数多く並んでいるさま。百は四座の四の数に対応させたもので、数の多いことをいった。○敷くこと一寸　一寸おきぐらいに並べる。○酎　濃い酒。○物我両つながら忘れ　何もかも忘れて天地俗塵の外に飛び抜ける。○枯栄双び遣る　世の盛衰などの俗事を関心の外にすてさる。○竹林の間　竹林の七賢だけの間。
○溽暑まさに間にして　むし暑さがちょうどゆるんで。○長皐晩に向とす　長く続いている水田も暮れようとする。向を「なんなんとす」と古い読みにしたがったが、「むかう」と読んでもよい。○寒雲千嶺　寒そうな雲があちこちの峰々にかかる。○涼風四域　寒雲との対として「淳」を改めた。涼しい風が四方に吹きわたる。○南亭粛たり　あずまやが静まりかえり。○蒼烟　青いもや。○揺落の興緒　木の葉が揺れ落ちる秋の興趣。○物色相召して　風物景色に招かれ。○奔命の場　奔走する場所。忙しく立ちまわる。忙しく行動して休む暇がない。○仁　人の心。○息肩の地　労苦を休める地、憩いの時。
○西傷の華篇　西に帰る新羅の使人との別れを傷悲する美しい詩篇。また、西傷として秋を傷む心の詩とする解釈もある。華篇は美しい一篇。○北梁の芳韵　楚辞、九懐にみえる詩で、北梁の別れの詩ともいう。また一説には漢の李陵が蘇武と別れるときに作った河梁の詩ともいう。李陵の詩の方が一般化し、イメージも作りあげやすいが、今は語彙の同じものを取る。

65　秋日長王の宅において新羅の客を宴す

五言　秋日於二長王宅一宴二新羅客一一首　并序。賦得前字

聖時　七百に逢ひ
祚《そ》運《うん》　一千を啓《ひら》く
いはんやすなはち山に梯《てい》する客
垂毛《すゐまう》　また肩に比《およ》ぶ
寒蟬《かんぜん》　葉後に鳴き

聖時逢二七百一
祚運啓二一千一
況乃梯レ山客
垂毛亦比レ肩
寒蟬鳴二葉後一

朔雁《さくがん》　雲前を度《わた》る
ひとり飛鸞《ひらん》の曲《きょく》のみあつて
並《あは》せて別離の絃に入る

朔雁度二雲前一
独有二飛鸞曲一
並入二別離絃一

〈現代語訳〉
天子の瑞兆七百年を承《う》け
皇祚の盛運一千年を開く
遥々と訪れた外国の使臣
髪は肩にまで垂れおよぶ
ひぐらしは葉かげに鳴き
雁金は雲間を渡ってくる
ただ飛鸞の曲を演奏して
別離のはなむけとしよう

〈語釈〉
○聖時　聖明の時代。天子の御代。○祚運　皇祚の時運。祚は位、天子の位。○山に梯する　梯山航海と熟して用い、はるばるやってくること。ここでは外国よりの客、新羅よりの客にいう。梯ははしごで、梯山は山にはしごを掛けて登ることがもとの意。○寒蟬　ひぐらし。○朔雁　北方の雁。北方よりくる雁。○飛鸞の曲　別れの歌。また、一説には鸞は歌舞する鳥であるから飛鸞の曲といったもので特定の歌曲の名ではないともいう。具象的にするために別れの歌としたが、曲調は不明。

〈解説〉

長屋王の宅で新羅客を送る宴、十首のうちの一つで、序があるのは52の山田三方とこの下毛野虫麻呂の二つである。ともにすぐれた文章である。この序は最初に自然の風情が人の心をとらえることを述べ、つづいて長屋王宅での豪華な宴席、そして心ゆくばかり自然の景の中にひたっている相をもって結んでいる。

詩の韻は千・肩・前・絃。五句目より八句までは離別の情を歌って佳とするが、前半は長屋王を讃えすぎて、主客がどちらなのか転倒した感じ。王が外国の使臣を送るにあたり盛大な宴を催す、その財力、権力を誇るもののようである。使臣の人間像もえがきにくい。逆に勘ぐりを入れれば、文化国の使臣を迎え、貴族たちの文化教養をひけらかす場にしたような感がなくもない。三・四句は一・二句に引きずられて出たものであろうが、そのためか、詩意をまとめにくくしている。

四三　従五位下備前守田中朝臣浄足　一首

田中浄足　生没年未詳

清足とも書く。天平四年ごろ備前介、従六位下にあった記録が残っている。天平六年に外従五位下に叙せられた。題には備前守となっているが、目録は讃岐守である。

66　晩秋長王の宅において宴す

苒々《ぜんぜん》として秋ここに暮れ
飄々《へうへう》として葉すでに涼し
西園《せいゑん》曲席《きよくせき》を開き
東閣《とうかく》珪璋《けいしやう》を引く
水底遊鱗《いうりん》戯れ
巌前菊気《きくき》芳《かんば》し
君侯客を愛する日

五言　晩秋於㆓長王宅㆒宴　一首

苒々秋云暮
飄々葉已涼
西園開㆓曲席㆒
東閣引㆓珪璋㆒
水底遊鱗戯
巌前菊気芳
君侯愛㆑客日

霞色泛㆓鸞觴㆒

霞色《かしよく》 鸞觴《らんしやう》に泛ぶ

〈現代語訳〉

月日は日に日に移り晩秋になった
黄葉は風のまにまに散っている
西の御園に曲水の宴を設け
東の高楼に詩文の俊才を招かれる
水底に遊魚の鱗が光り
巌前には菊花の香が芳しい
君侯が客をもてなす日
霞の色は鸞の盃に映っている

〈語釈〉

○苒々　本来は草の盛んに茂るさまだが、冉々と同じ意に用いた。月日の移りゆくさま。○ここに　原詩は「云」の字、助辞、置辞と解している。訓読文中ではあまり意味を表わしえない。○曲席　曲水の宴。○珪璋　美玉。俊秀の士にたとえている。文藻、詩文にたけた者。○君侯　長屋王をさす。○鸞觴　貴人の用いているりっぱな盃。

〈解説〉

韻は涼・璋・芳・觴。よくまとまった無難な詩である。宴席で高歌放吟するのでもなく、華美をつくすのを歌うのでもない。教養ある人が静かに自然を観賞する、そんな心性が好かれるのであろうか。また一面からいえば淡々としすぎているともいえる。なお第一句目「苒々」をそのままにとれば、「青々と茂った草葉も晩秋がせまり」ぐらいに訳してもよいだろう。

四四　右大臣正二位長屋王　三首　年五十四

長屋王　六七五（天武天皇四年）?～七二九（天平元年）天武天皇の孫、高市皇子の子。慶雲元年、正四位上、以降、宮内卿、式部卿、大納言、右大臣、左大臣と進む。天平元年、国家を傾けるの意ありと訴えられ、自尽を賜う。一本には四十六歳ともいう。万葉集には短歌五首、漢詩の面でも佐保の邸宅は詩宴の場となり、本書にもそこでの詩宴のものが二十篇近く収められている。

67　元日の宴　詔に応ず

年光　仙籞《せんぎょ》に泛《うか》び
日色　上春を照す
玄圃《げんぽ》　梅すでに放《ひら》き
紫庭　桃新たならんとす
柳糸《りうし》　歌曲入り
蘭香《らんかう》　舞巾《ぶきん》を染む
ここに三元の節
ともに悦ぶ　望雲《ばううん》の仁

〈現代語訳〉

新年の光は御所の池苑に輝き
日は初春の景を照らしている
宮苑に梅が咲き
紫宮に桃が咲こうとしている

五言　元日宴　応詔　一首

年光泛㆓仙籞㆒
日色照㆓上春㆒
玄圃梅已放
紫庭桃欲㆑新
柳糸入㆓歌曲㆒
蘭香染㆓舞巾㆒
於㆑焉三元節
共悦望雲仁

柳の枝は歌曲となって和し
蘭の香は舞妓の冠に潤う
今日　正月元日にあたり
天子の盛徳を仰ぎたてまつる

〈語釈〉

○仙籞　籞は遮りとどめるもの。仙籞は御所の苑。人の往来を禁じたところ。○上春　春の初の月、正月、一月をいう。○玄圃　崑崙山にあり、仙地とされている。○紫庭　宮中の庭園。紫苑ともいう。紫庭は玄圃の対として用いている。紫苑は紫宸殿の庭で、御所の庭をいった。○放き　放を故とし咲ききるとした説もある。○柳糸　柳の枝、送別の折、円く輪にしてはなむけとした。歌曲の意に用いた。折楊柳の曲がある。○蘭香　蘭の香り。芳しい香り。○舞巾　舞踊する婦人の領巾をいう。○ここに　於焉の訓読み、於焉は於是と同じ。ともに発語の助字。○望雲の仁　天子の仁徳の大きさを雲のようだと比喩した故事により、大きな天子の仁徳を仰ぎたたえること。

〈解説〉

韻は春・新・巾・仁。平明でとりくみ易い詩である。ただ同義語が多いのは修辞だけに意を凝らしたためか。「仙籞・元圃・紫庭」など熟語をもてあそぶ感があり、詩の内容を貧弱なものにもしかねない。

68　宝宅において新羅の客を宴す

高旻《かうびん》遠照を開き
遥嶺《えうれい》浮烟靄《ふえんあい》たり
金蘭《きんらん》の賞を愛するあり
風月の筵《えん》に疲るることなし
桂山《けいざん》餘景の下
菊浦《きくほ》落霞《らくか》鮮かなり
謂ふことなかれ滄波《さうは》隔《へだ》たると
長くなさむ　壮思の篇

〈現代語訳〉

秋空は遠くすみわたり
遥かな山の峯に靄がたなびいている
同心の友と賞美の宴をひらき

五言　於㆓宝宅㆒宴㆓新羅客㆒
一首　賦得烟字

高旻開㆓遠照㆒
遥嶺靄㆓浮烟㆒
有㆑愛㆓金蘭賞㆒
無㆑疲㆓風月筵㆒
桂山餘景下
菊浦落霞鮮
莫㆑謂滄波隔
長為壮思篇

風月を眺めて疲れをしらない
桂の山の残照もあわくなり
菊の水辺は夕暁けが鮮かである
謂ってくれるな。海山遠く隔たると
長く壮思の心を詩に詠おうから

〈語釈〉
○宝宅　長屋王の楼閣、作宝楼をさす。○高旻　高い秋空。○浮烟靄たり　もやが漂っているさま。○金蘭の賞　堅く清らかな交友、金は断金の交り、蘭は蘭交とも。金蘭の交りともいう。いまそれらを心ゆくばかり賞美する。○風月の筵　風月を賞する宴席。○桂山　秋の山。○菊浦　菊の咲き匂っている水辺。秋の景を描くために美しい様子を桂とし、また菊とした。○謂ふことなかれ　～というな。ここでは新羅と日本とは青海をへだてて距離がありすぎるなどと。

〈解説〉

韻は烟・筵・鮮・篇。この詩はよく整っている。五句、六句は月並みな情景で、その点では小さくまとまってしまったが、しかし無難といってよいものである。

最末尾の句、底本は「延」となっており、「ひかる」と読んでいるが、第四句の韻字「筵」

と重複するので、諸家の考証により、「篇」に改めた。三字上の「為」が「作」の意で、「なす・つくる」の意であれば妥当な見解だろう。

69　初春作宝楼において置酒す

景は麗し　金谷の室
年は開く　積草の春
松烟《しょうえん》　双《なら》びて翠《みどり》を吐き
桜柳　分つて新を含む
嶺は高し　闇雲《あんうん》の路
魚は驚く　乱藻《らんさう》の浜
激泉　舞《ぶ》袖《しう》を移せば
流声　松筠《しょうゐん》に韵《ひび》く

五言　初春於㆓作宝楼㆒置酒　一首

景麗金谷室
年開積草春
松烟双吐㆑翠
桜柳分含㆑新
嶺高闇雲路
魚驚乱藻浜
激泉移㆓舞袖㆒
流声韵㆓松筠㆒

〈現代語訳〉

今、金谷の室の景色は麗しく
年は春、草は重なり繁っている
松も霞もともに緑にけむり

桜や柳もそれぞれ新鮮である
峯は暗くたなびく雲の彼方に聳え
魚は重なりただよう藻の中に跳る
激しく湧く泉のほとり袖を翻すと
水の調べは松と竹とに唱和する

〈語釈〉
○金谷の室　晋の石崇は河陽の金谷に別荘があり、金谷園といった。かつて詩会を催したとき、詩のできない者には罰として、酒三斗ほど飲ませたという故事が伝えられている。後世の李白の「春夜桃李の園に宴するの序」でなじまれた。○積草　春草がむらがり生じている。○松烟　松ともや、松を包むようにしているもや。春だから霞と訳した。○松筠　松と竹。

〈解説〉

韻は春・新・浜・筠。林古渓氏はこの詩の註の後に、「長屋王は政治家で、詩人ではなかつたらしい。三首皆平凡であるが、中で第二首が好作である。が、もう一皮むけないところまる。第三首は、何だか御最後を予感させるやうな作である」といい、「積草も枯れ積つた感じがする。魚驚、乱藻、事実であらうが、新年作にはけしからぬことである。激泉も流声も、外に言葉があるはずである」と。ちょっときびしい評であるが、わたしには三句目と四句目の「双・分」の用法が気にかかる。これこそことばを撰ぶべきではないかと思う。霞む松については、松尾芭蕉に「唐崎の松は花よりおぼろにて」の名句があり、長谷川等伯には「松林図屏風」六曲一双（国宝）の作が残されている。「分」は柳は緑、花は紅の色彩を分った鮮かさであるが、何かしっくりしない。

長屋王の漢詩が懐風藻中に三篇あるのに対し、万葉集には短歌五首が収められている。そのうち一首をみると、

味酒《うまさけ》（枕詞）三輪の祝《はふり》の山照らす　秋の黄葉《もみち》の散らまく惜しも　（万葉集巻八—一五一七）

祝は類聚古集には「社」とある。この方が意味が通りやすい。推敲の余地ありというべきか、それとも誤写による難というべきか。なお、日本霊異記、巻中の一に「己《おのれ》が高徳を恃《たの》み、賤形《せんぎやう》の沙弥《しやみ》を刑《う》ちて、以て現に悪死を得し縁」と、芳しからぬ話が載っている。文人というよりは、政治家肌の一面を見るようである。

四五　従三位中納言兼催造宮長官安倍朝臣広庭　二首　年七十四

安倍広庭　六五九（斉明天皇五年）〜七三二（天平四年）
享年七十四歳

阿部、阿倍とも書く。御主人《みうし》の子。慶雲元年、従五位上、以降、伊予守、宮内卿、左大弁、参議をへて神亀四年に中納言に任ぜられた。万葉集に短歌四首ほど収められている。

70　春日宴に侍す

聖衿《せいきん》　淑気《しゅくき》に感じ
高会　芳春に啓《ひら》く
樽は五つ　斉濁《せいだく》盈《み》ち
楽は万《よろ》づ　国風《こくふう》陳《つら》なる
花舒《ひら》いて桃苑《たうゑん》香しく

五言　春日侍㆑宴　一首

聖衿感㆓淑気㆒
高会啓㆓芳春㆒
樽五斉濁盈
楽万国風陳
花舒桃苑香

草秀でて蘭筵《らんえん》新たなり
堤上　糸《し》柳《りう》飄《ひるがへ》り
波中　錦鱗《きんりん》浮ぶ
濫吹《らんすゐ》　恩席《おんせき》に陪し
毫《がう》を含んで才の貧しきを愧《は》づ

〈現代語訳〉

天子は春のよき気に感ぜられ
雅宴を春の苑でお開きになった
樽は五つ清酒濁酒が備えてあり
楽は諸国の歌謡を奏している
花が咲き桃の園は香気ひときわ
草茂り蘭の筵は春の気が新鮮
土堤にはしだれ柳がひるがえり
池中には錦の鯉が泳いでいる
菲才の身で皇恩厚い宴席に列し
筆を手に、改めて不才を恥ずる

草秀蘭筵新
堤上飄㆓糸柳㆒
波中浮㆓錦鱗㆒
濫吹陪㆓恩席㆒
含ㇾ毫愧㆓才貧㆒

〈語釈〉

○高会　雅会と同じ。雅やかな宴会。○斉濁　斉酒と濁酒。斉酒は濃淡の度合いによるという。淡いもの。ただし斉酒は酒とは別のものという説もある。ここでは清酒と訳しておいた。○国風　詩経の中の一体。諸国の民謡を集めてある。○濫吹　みだりに笛を吹くこと。その力なくしてその位にいる者をいう。また無能者が才能ある者のごとくに振る舞うこと。

〈解説〉

韻は春・陳・新・鱗・貧。難のないよく整った詩である。「樽は五つ、斉濁盈ち」は、故事の意味するものがわかりにくい。これは観賞する側の責任か。五句目から八句まで、「桃苑・蘭筵・堤柳・錦鱗」と月並みといえば月並みであるが、それにしてもよく整い、また一篇構成の中でも立派に生きている。

71　秋日長王の宅において新羅の客を宴す　　五言　秋日於㆓長王宅㆒宴㆓新羅客㆒ 一首 賦得流字

山牖《さんいう》幽谷《いうこく》に臨み　　山牖臨㆓幽谷㆒
松林晩流に対す　　松林対㆓晩流㆒
宴庭《えんてい》遠使を招き　　宴庭招㆓遠使㆒

離席《りせき》　文遊を開く
蟬は息《いこ》ふ　涼風の暮
雁は飛ぶ　明月の秋
この浮菊《ふきく》の酒を傾けて
願はくは転蓬《てんぽう》の憂ひを慰めん

〈現代語訳〉

山家の格子窓は奥深い谷川に面し
松林は夕暮れの流れに並び立つ
酒宴に新羅よりの使者を迎え
別離の宴席で詩文の遊びを開く
たそがれの涼風に蟬は鳴くをやめ
名月の秋空を雁は飛んでいく
菊花を浮かべた酒杯を傾け
遠く帰りゆく客の旅愁を慰めよう

離席開㆓文遊㆒
蟬息涼風暮
雁飛明月秋
傾㆓斯浮菊酒㆒
願慰㆓転蓬憂㆒

〈語釈〉

○山牖　山家の格子窓。○遠使　遠来の客、新羅の使者をいう。○離席　離別の席、送別の酒宴の場。○浮菊の酒　酒に菊花をうかべて飲むこと。不老長寿のものとして重陽の宴に行なわれた。○転蓬の憂ひ　流浪するなげき。蓬の種が風のままにひるがえって散り行くさまからいったもの。ここでは遠来の客が新羅に帰ること。

〈解説〉

韻は流・遊・秋・憂。長屋王の宅で新羅の客を送る宴、十首のうちの一つ。林古渓氏は、「この詩、大佳である。平仄もよく整つてをる。第五、六の一連はことに明麗な感じがする」と評している。宴会の席上、賑やかに詠む類の詩とは違い、なにか山居、悠々自適する隠士の面影も感じられる。その境地が共感を呼ぶのであろう。個性の感じられる作品である。

前の70の詩もよいが、70は多くの例のように卑下、謙遜のことばで結んでいるが、この句にはそれがなく、感情、思うところをそのまま表現したところがいい句にしている。

四六　大宰大弐正四位下紀朝臣男人《をひと》　三首

年五十七

紀男人　六八一（天武天皇十年）〜七三八（天平十年）

享年五十七歳

雄人とも書く。麻呂の子。慶雲二年に従五位下、養老二年に正五位上、東宮（聖武）に侍した。天平三年に従四位上、この頃大宰大弐になっていたらしい。万葉集巻五の「大弐紀卿」は男人か。

72　吉野川に遊ぶ

七言　遊㆓吉野川㆒　一首

万丈崇巌削成秀
千尋素濤逆折流
欲㆑訪㆓鍾池越潭跡㆒
留㆓連美稲逢㆑槎洲㆒

万丈の崇巌《すうがん》削《けづ》り成して秀で
千尋の素濤《そたう》逆折《ぎやくせつ》して流る
鍾池越潭《しようちゑつたん》の跡を訪はんとほつし
美稲《うましね》槎《いかだ》に逢ふ洲《しま》に留連す

〈現代語訳〉

万丈のそそり立つ巌は削り上げて聳え
千尋の淵に白波は渦を巻いて流れ出る
鍾池や越潭の面影を求めた吉野の地に
美稲が仙女に逢った中洲に思いを繋ぐ

〈語釈〉

○千尋　水の深さをいった。尋は長さを計る単位で、八尺をいう。一尋は一般では、成人男子が両手を広げた指の先から指の先までをいう。百五十〜百六十センチメートルぐらい。○素濤　しら波。○逆折して流る　渦巻き流れるさま。折は原本「析」になっており、「逆に流れを析《わか》つ」と読んでいる。○鍾池　諸説あるがいずれも推定であり、不明というしかない。ここでは大系本の小島氏の説をとり、呉の国にある鍾山の池とみておく。○越潭　これも諸説あるがいずれも推定の域を出ない。不明である。越の国の越水の潭とみたい。吉野川と豪壮な景を比喩したもの。○槎に逢ふ　柘枝姫に逢うこと。槎はいかだであるが、ここでは柘枝姫、仙女に逢うの意で用いている。○留連す　つなぎとめる。

〈解説〉

韻は秀・流・洲。表現の誇張はいかにも漢詩的、北宋画を見るようである。三句目は観念的でやや理に落ちた感があるが、結句の美稲の伝説で結んだこと、これは日本的なものをよく漢詩化したといってよい。もっとも林古渓氏は、「この詩は七言絶句の初見である。いかにも初心者の感がする。平仄はわるい、内容も十分でない」ときびしい。豪壮な景観、それに神秘幽遠な情感を加えたもので、特に旅人ならぬ詩人の回顧の情がいい。島崎藤村の「千曲川旅情の歌」や芭蕉の「夏草や兵《つはもの》どもが夢の跡」の句を溯源させたもの、と見てよいだろう。

73　吉野宮に扈従す

鳳蓋《ほうがい》　南岳に停《とど》まり
追尋《ついじん》す　智と仁と
谷に嘯《うそぶ》いて孫と語り
藤に攀《よ》ぢて許と親しむ
峯巌《ほうがん》　夏景変じ
泉石《せんせき》　秋光新たなり
この地　仙霊《せんれい》の宅
なんぞ須《もち》ゐん　姑射《こや》の倫《りん》

〈現代語訳〉

天子の乗り物は吉野にとどまり
山水の趣きを尋ね求める
谷間《たにあい》に口ずさんでは文士と語り
山を攀じては詩文をひねる

五言　扈二従吉野宮一　一首

鳳蓋停二南岳一
追尋智与レ仁
嘯レ谷将レ孫語
攀レ藤共レ許親
峯巌夏景変
泉石秋光新
此地仙霊宅
何須姑射倫

峯や巌に夏の面影がうすれ
泉や石には秋の気配が新鮮である
この地は神仙の棲むところ
なんで藐姑射に仙人を訪う必要があろうか

〈語釈〉
○鳳蓋　天子の乗り物。鳳は天子の車の上に鳳が飾られてある。蓋はきぬがさをいう。○南岳　吉野山。○孫・許　晋時代の文筆の士。孫綽《そんしゃく》と許詢のこと。ここでは代替語というか見立ての語。文筆詩文に長じた人びとに言ったのである。○仙霊の宅　仙人や神人の住居。離宮付近の邸宅。○姑射　藐姑射の山で仙人の住むところ。

〈解説〉

韻は仁・親・新・倫。ことばに無理があることは否定しえない。

この詩は45の「吉野宮に遊ぶ」と韻が同じであり、また結句も似ている。それらを対比してみると、

此地仙霊宅　何須姑射倫　(73)　また第二句も　追尋智与仁
此地即方丈　誰説桃源賓　(45)　能智亦能仁

とこれも似ている。これらは当時の知識人たちの教養の種類と量、宴席における感懐の共通性などによるのであろう。いかに個性を表わそうとするかよりも、いかに主君に対し感謝のことばと讃辞を呈するかと、礼を尽くすことに主眼があったのであるから、いたしかたないのかも知れない。

74　七夕

犢鼻《とくび》　竿に標《へう》する日
隆腹《りゆうふく》　書を曬《さら》す秋
鳳亭　仙会を悦び
針閣　神遊を賞す
月は斜なり　孫岳《そんがく》の嶺
波は激す　子池《しち》の流れ
歓情《くわんじやう》　いまだ半ば充《み》たず
天漢《てんかん》　暁光《げうくわう》浮かぶ

五言　七夕　一首

犢鼻標レ竿日
隆腹曬レ書秋
鳳亭悦二仙会一
針閣賞二神遊一
月斜孫岳嶺
波激子池流
歓情未レ充レ半
天漢暁光浮

〈現代語訳〉

虫干しに犢鼻《ふんどし》を曬《さら》す者がいた
裸で腹中の本を曬す者もいた
鳳亭では二星のこの日を喜び
針閣では二星の会合を見守る
月は山の端にななめにかかり
波は流れに砕けてさわぎ散る
相逢うた夢をつむぐ暇もなく
天の川に暁の光が射しこめる

〈語釈〉

○犢鼻竿に標する　ふんどしを竿に懸けて干すこと。晋の阮咸が七月七日の衣装を虫干しする風習の中で、ふんどしを長竿にかけてさらしたという故事。○隆腹書を曬す　腹を日光にさらすこと。郝隆は同じく七月七日の衣装の虫干しの風習をたてにとって、腹の中の書物をさらすのだといって裸になって太陽に腹をさらした故事。○鳳亭　貴人のりっぱな亭。○仙会　牽牛・織女の会合。○針閣　針を月に向ってうがったところの高楼。これは民間行事ではなく、中国の宮中で行った行事。鍼を穿ったところから穿鍼楼ともいった。○孫岳　孫綽

(73)の「遊天台山賦」により岳の上に孫を冠した語という(大系本)。○子池　流水の琴で著名な鍾子期をさし、鍾池といわずに子池としたのは上の「孫」に対して「子」といったもの(大系本)。

〈解説〉

韻は秋・遊・流・浮。歳時を詠ったものでは七夕の詩がもっとも多い。33・53・56・76・85等である。この詩について林古渓氏は、「故事の使ひ方が面白くないので、全体が軽い俗調になつてしまつた。第一句から故事を使つたことは、最もよろしくない」と述べている。故事、古典の知識を必要とするものを第一句にもってきた詩がないわけではないが、とくにこの詩は内容の奇抜さが読者に異った感興を持たせている。奇抜な歌い出しに奇矯な内容を展開させる要があろう。第五・六句目、意味がとりにくいのが鑑賞を妨げている。もう少し構成に意を注ぐべきであったと思う。

鳳亭は見立て、置き換えとはいわないにしても、針閣はそれに近く、孫岳・子池は見立て置き換えの語である。

孫岳・子池ともに奈良の地名とみる説があり、孫は子に対応させたもので意味のないものとの説や、また泰山は天帝の孫、天孫とするから孫岳としたなど、百花繚乱である。

四七　正六位上但馬守百済公和麻呂　三首　年五十六

百済和麻呂　生没年未詳　享年五十六歳
帰化人系の人。倭麻呂とも書く。本書によって正六位上で、但馬守であったことがわかるが任用の年時は不明。経国集に対策文が二篇収められている。

75　初春左僕射長王の宅において讌す

帝里《ていり》春色を浮かべ
上林《じやうりん》景華《けいくわ》を開く
芳梅雪を含んで散じ
嫩柳《どんりう》風を帯びて斜なり
庭燠《あたた》かにしてまさに草滋《さ》らんとし
林寒うしていまだ花笑かず

五言　初春於㆓左僕射長王宅㆒讌　一首

帝里浮㆓春色㆒
上林開㆓景華㆒
芳梅含㆑雪散
嫩柳帯㆑風斜
庭燠将㆑滋㆑草
林寒未㆑笑㆑花

鶉衣《じゆんい》野坐《やざ》を追ひ
鶴蓋《かくがい》山家《さんか》に入る
芳舎《はうしや》塵思《ぢんし》寂《しづ》かに
拙場《せつぢやう》風響《ふうきやう》譁《かまび》すし
琴樽《きんそん》興いまだやまず
たれか習池《しふち》の車を載《の》せん

〈現代語訳〉

都は春の景色になり
御苑に花が咲き乱れる
清香の梅は雪とともに散り
若葉の柳は風にもまれてなびいている
春の光に庭の草も萌え出でようとし
林の中はまだ寒く　花は咲かない
緻衣の賤者は野掛けを楽しみ
乗車の貴人は別荘に入っていく
この邸宅では俗念は消えさり

鶉衣追㆓野坐㆒
鶴蓋入㆓山家㆒
芳舎塵思寂
拙場風響譁
琴樽興未㆑已
誰載㆓習池車㆒

詩の席上は風流韻事で賑わっている
琴と酒との感興は尽きない
酔いつぶれて帰る者はまだいない

〈語釈〉
○左僕射　左大臣。僕射は宰相。○讌　さかもり。酒宴と同じ。○帝里　帝都。○上林　宮中の御苑。ここでは長屋王の林苑。○景華　春の景物と花。○鶉衣　やぶれた衣。みすぼらしい衣服。○野坐を追ひ　意味不明。多くは野遊を楽しんでいるとも解くが、ここでは野掛けとしてみた。○鶴蓋　鶴駕ともいう。皇太子の車をいい、ここでは王公の車の意に用いている。○拙場　意味不明。自分の居る場をへりくだっていったにしても不調和。○習池の車　習池は習家池、高陽池ともいう。晋の習氏はよい庭園を持っており、将軍の山簡はよくそこに遊びに行った。行くと必ず大酔して帰った故事による。

〈解説〉

韻は華・斜・花・家・譁・車。前半の六句はまとまっているが、後半の六句はイメージが定まりにくい。七句目の鶉衣より十句目まで、人びとが長屋王の宅に集まってゆくさまから述べ、宴会に及んでいる。事柄を順を追って述べるようではなく、焦点とする所を印象的に刻み込んだとするものか。鶉衣と鶴蓋、芳舎と拙場を対応させているが、拙場の意味がとりにくいし、同じく鶉衣につづく「野坐を追ひ」も文意は不明、従来の解釈に従ったが、何かふっきれないものがある。

76　七夕

五言　七夕　一首

仙期呈㆓織室㆒
神駕逐㆓河辺㆒
笑瞼飛花映
愁心燭処煎
昔惜㆓河難㆑越
今傷㆓漢易㆑旋
誰能玉機上
留㆑怨待㆓明年㆒

仙期　織室《しょくしつ》に呈《あらは》れ
神駕《しんが》　河辺に逐ふ
笑瞼《せうけん》　飛花《ひくわ》映じ
愁心《しうしん》　燭処煎《しょくしよせん》ず
昔は河の越えがたきを惜しみ
今は漢の旋《めぐ》り易きを傷む
たれかよく玉機《ぎよくき》の上
怨みを留めて明年を待たん

〈現代語訳〉

織女星の室に七夕の季節が訪れ
姫は車に乗って天の川に向かう
喜びにほほえむ顔は花の咲くようであり

片や別れの憂いに心もいりつく思い
前には銀河を越えられないと口惜しがったが
今は銀河の廻りやすいのを悲しむばかりだ
だれがよくはたおり機の上で
離別の怨みをもって明年まで待ちえよう

〈語釈〉
○仙期　神仙の佳期。牽牛、織女の相会う期、七月七日。○織室　織女星の機織の室。○神駕　神仙の乗り物。織女星が牽牛星のところに行くための乗り物。○笑瞼　はほえんでいるひとみ、笑顔。○愁心　いたむ心。離別し再び会う期の遠いのをいたむ心。○昔　昨日まではの意。今を七月七日とし、その他の日をいった。○漢　天の川、天漢、天河などという。

〈解説〉

韻は辺・煎・旋・年。よくまとまった詩である。一・二句で織女が牽牛のもとへ行くところを述べ、三・四句で二星の会合の喜びと悲しみ、さらにつづいて逢うことの短さを述べ、さらに又一年間の思いと、よく統一している。林古渓氏は、「この集の七夕詩中の第一等であらう。唐賢に比べても、相当立派なものである」と評している。対句もよくできている。味わうべきであろう。

仙期・神駕、笑臉・愁心、昔・今と、対句の対応が素直に受けとれる、わかりやすい表現が愛誦されるいい例になろう。

77　秋日長王の宅において新羅の客を宴す

勝地　山園《さんゑん》の宅
秋天　風月の時
酒を置きて桂賞《けいしやう》を開き
屣《し》を倒《さかしま》にして蘭期《らんき》を逐ふ
人はこれ雞林《けいりん》の客
曲はすなはち鳳楼《ほうろう》の詞《ことば》
青海　千里の外
白雲　一《いつ》に相ひ思ふ

五言　秋日於㆓長王宅㆒宴㆓新羅客㆒一首　賦得時字

勝地山園宅
秋天風月時
置㆑酒開㆓桂賞㆒
倒㆑屣逐㆓蘭期㆒
人是雞林客
曲即鳳楼詞
青海千里外
白雲一相思

〈現代語訳〉

景観の勝れた長屋王の邸宅
爽やかな秋風に月も澄む時節

酒盃を並べて名月の宴を開き
良友を迎えて親交を結ぶ
人は遠き新羅から来た客
歌は蕭史の鳳楼の曲である
青海原の千里のかなた
白雲を見つめ思いを馳せる

〈語釈〉
○桂賞　月を観賞する。桂は月の中にある桂の木で、月をいう。○屣を倒にして　喜んで、急いでの意。本来はあわててとりみだした行ないに用いるが、ここでは友を迎えて喜び。急いで。○蘭期　良友と親交をむすぶ時、蘭は桂と対にして用いた。○雞林　朝鮮の異称。○鳳楼の詞　鳳楼で歌った曲のこと。簫の名手蕭史と妻の弄玉との故事によった。ただしここでは長屋王の邸宅で演奏される美しい音楽の歌曲をたたえていったもの。

〈解説〉

韻は時・期・詞・思。長屋王の宅で新羅の客を送る宴、十首のうちの一つ。よい詩である。ただ、「屣を倒にして蘭期を逐ふ」は故事に依りすぎた感がしないでもない。もう少し大らかな語で表現できなかったかと思う。結句の「青海千里の外、白雲一に相ひ思ふ」は、悠々としていかにも漢詩的である。「白雲一たび去って悠なり」とか、中国、宋時代の伝徽宗「秋景山水図」のような、大きなというか、悠々と、おおらかな思いが伝わってくる。

四八　正五位上大博士守部連大隅　一首　年七十三

守部大隅　生没年未詳　享年七十三歳
旧姓は鍛冶《かぬち》氏。文武天皇四年、刑部親王、藤原不比等らとともに律令撰定に預る。養老四年、従五位上。養老五年、明経第一博士従五位上、学業の師範として糸・布・鍬などを賜わる。神亀五年、守部の姓を賜わる。大学博士任命の年月は不明。

五言　侍レ宴　一首

聖衿愛二韶景一
山水翫二芳春一
椒花帯レ風散

78　宴に侍す

聖衿《せいきん》　韶景《せうけい》を愛し
山水　芳春を翫《もてあそ》ぶ
椒花《せうくわ》　風を帯びて散じ

柏葉《はくえふ》　月を含んで新たなり
冬花　雪嶺に銷《き》え
寒鏡《かんきやう》　氷津《ひようしん》を泮《と》く
幸に陪す　濫吹《らんすゐ》の席
かへつて笑ふ　撃壌《げきじやう》の民

〈現代語訳〉

天子は春の景を愛され
山水のすぐれた所を遊覧された
山椒の花は風に吹かれて散り
柏の葉は月に照ってみずみずしい
山々の雪も消えはじめ
氷りとざした渡し場も融けそめる
菲才の身で新年御宴の栄に浴し
この大御代鼓腹撃壌など軽くいなして

柏葉含㆑月新
冬花銷㆓雪嶺㆒
寒鏡泮㆓氷津㆒
幸陪濫吹席
還笑撃壌民

〈語釈〉

○聖衿　天子の御心。○韶景　春の景色。○椒花　山椒の花。山椒の実を酒に入れて飲むと邪気を払うとされた。眼前に花が風に吹かれて散っている景にしているが、椒酒を取り交している態を暗示している。○柏葉　柏の葉を酒に浮かべて飲むと邪気を払うとされた。椒花と対をなし、同じく柏葉酒をくみ交すことを暗示している。○冬花　雪のこと。○寒鏡　さむざむと冴えた氷、張りつめた氷のこと。○津　渡し場。○濫吹　みだりに笛を吹くこと。実力がないのにその位にあるのをいう。また、実力があるかのごとくに振る舞う。○撃壌　太平の世を喜び、土を踊り踏んで歌ったという。中国古代の伝説による。

〈解説〉

韻は春・新・津・民。この詩について林古渓氏は、「平穏で清麗で、いかにも学者らしく、いかにも努力してあり、いかにも新年開春の作である。その凡といはれるのは、侍宴の作なる故である。対句が変なのは、当時の風である」と評している。三・四句は単に屠蘇の酒を暗示するだけでなく、情景を描くものとしてもよく生きている措辞である。六句目、「寒鏡氷津を泮く」は、冬花・雪嶺のように同字を避けたものだが、ちょっと言い廻しすぎのきらいがある。氷も船着場あたりからまず融けはじめる、そのような場を的確に表現しえたらと思うのは、ないものねだりだろうか。

四九　正五位下図書頭吉田《よしだ》連宜《よろし》　二首　年七十

吉田宜　生没年未詳　享年七十歳

帰化人系の人。先祖は任那で吉《きち》氏を名乗っていたので、よしだのほかにきちたとも呼んだ。帰化して医術を伝えていたが、宜ははじめ僧になり、文武天皇四年に還俗して姓を吉、名を宜といった。養老五年、医術の師範として糸・布・鍬などを賜わる。神亀元年、吉田の姓を賜わる。天平五年に図書頭、天平九年に典薬頭になった。天平一年、大伴旅人や山上憶良らと書状・和歌の贈答もあった。

79　秋日長王の宅において新羅の客を宴す

五言　秋日於₂長王宅₁宴₂新羅客₁　一首　賦得秋字

西使　ここに帰る日
南登《なんとう》　餞送《せんそう》の秋

西使言帰日
南登餞送秋

人は蜀星《しよくせい》の遠きに随ひ
驂《さん》は断雲《だんうん》の浮べるを帯ぶ
一去　郷国《きやうこく》を殊《こと》にし
万里　風牛《ふうぎう》を絶《た》つ
いまだ新知《しんち》の趣きを尽さず
かへつて飛乖《ひくわい》の愁ひを作《な》す

〈現代語訳〉

西方新羅の使者は今帰途につこうとする
長屋王の南堂で秋の一日送別の宴を開いた
客は異国の星空の彼方に去っていき
馬もちぎれ雲の彼方に消えて行く
一たび別れればそれぞれ国が異なるのだ
万里のへだたり交通の手だてもない
新しい友として、情誼も尽しきれぬまま
それゆえか別離の愁いはひとしおである

人随二蜀星遠一
驂帯二断雲浮一
一去殊二郷国一
万里絶二風牛一
未レ尽二新知趣一
還作二飛乖愁一

〈語釈〉

○西使　新羅の客。○南登　長屋王の邸宅、西使といったのに対し、南登と南で対した。○蜀星　故事により牽牛星とみる説もあるが、遠い西方を蜀といい、蜀星と点じたもの。○驂　そえ馬。驂は三頭だての馬。○風牛を絶つ　遠く距っており、再会する期のないこと。風牛は風する牛馬で、さかりのついた牛馬が遠い所まで行ってしまう。放逸するの意がある。風は放つの意。○新知の趣き　知己となってからの友情、交誼。○飛乖の愁ひ　別れゆく、別れそむく愁い。

〈解説〉

韻は秋・浮・牛・愁。長屋王の宅で新羅客を送る宴の十首のうちの一つ。三・四句、五・六句がすぐれているからであろう。ただし、六句目について林古渓氏は、「多少論あるべし」と述べている。

「人は蜀星の遠きに随ひ　驂は断雲の浮べるを帯ぶ」は、後の和漢朗詠集中の江相公（大江朝綱）「前途程遠し　思ひを雁山の暮の雲に馳す　後会期遥かなり　纓《えい》を鴻臚の暁の涙に霑《うるほ》す」の先蹤をなすものである。交通不便な時代、遠来の客との別れは、現代人の思いの比ではあるまい。

80　駕に吉野宮に従ふ

神居《しんきよ》　深うしてまた静かなり
勝地　寂《せき》にしてまた幽《かす》かなり
雲は巻く　三舟《みふね》の谷《たに》
霞は開く　八石《やさか》の洲《しま》
葉　黄にして初めて夏を送り
桂　白うして早く秋を迎ふ
今日　夢淵《いめのわだ》の上《ほとり》
遺響《ゐきやう》　千年に流る

五言　従㆓駕吉野宮㆒　一首

神居深亦静
勝地寂復幽
雲巻三舟谷
霞開八石洲
葉黄初送㆑夏
桂白早迎㆑秋
今日夢淵上
遺響千年流

〈現代語訳〉

吉野の宮殿は山深く静かな所である
すぐれた風景にかこまれひっそりと奥深い
雲は三船の山を取りまき
霞は八石《やさか》の洲を離れていく
葉は黄葉して夏を送り去り

桂花は白く咲いて秋を迎え入れる
今、夢のわだのほとりに立つと
流れは千年の昔の響きをつたえてくる

〈語釈〉
○神居　神仙のいる所で吉野の宮殿をさす。○三舟の谷　三船の山のこと。菜摘の南方の山。宮滝の対岸、樋口のうしろの船屋形の格好をした山。○八石の洲　未詳。神仙思想によって用いられた語ではないかと思う。吉野川の川原に石の多いさまをいったものか。八は三に対応させた。○夢淵　いめのわだ、ぼうえん、いめのふちなどと読まれているが、邦名の称そのままに読んだ。

〈解説〉

韻は幽・洲・秋・流。吉野の地名をよく漢詩の中に消化している。概して良好な詩であるが、五句、六句はやや凡ではないだろうか。もう少し感情の高揚か、風景の絶佳なのを強調したらどうだったろう。三船の山をよんだ歌は万葉集に、

滝の上の三船の山に居る雲の　常にあらむとわが思はなくに　（万葉集巻三―二四二）
夢のわだには

わが行きは久にはあらじ夢のわだ　瀬にはならずて淵にあらぬかも（万葉集巻三―三三五）

がある。「八石の洲」は所在不明。創作と思われるが、それにしてもうまいものである。日本霊異記、中巻三十三に歌謡として、「南无《なむ》南无《なむ》や　仙《ひじりびと》・酒《さか》も石《さか》も　持ちすすり」云々とあり、「やさか」は幽邃の吉野の景に神仙境を表現しているようにも思えるからである。

五〇　外従五位下大学頭箭集《やづめ》宿禰虫麻呂　二首

箭集虫麻呂　生没年未詳
矢集とも書く。虫麻呂も虫万呂とも書く。養老五年、正六位上、明法博士、学業の師範として糸・布・鍬などを賜わる。律令の撰集にもあたり、天平三年、外従五位下。天平四年に大判事、大学頭になった。

81　五言　侍讌　一首

讌に侍す

聖　豫　開㆓芳　序㆒

聖豫《せいよ》　芳序《はうじよ》を開き

皇恩《くわうおん》品生《ひんせい》に施す
流霞《りうか》酒処に泛《うか》び
薫吹《くんすゐ》曲中《きよくちゆう》に軽し
紫《し》殿《でん》連珠《れんしゆ》絡《まと》ひ
丹墀《たんち》蓂草《めいさう》栄ゆ
すなはちこれ槎《いかだ》に乗ずる客
ともに欣ぶ　天上の情

皇恩施㆓品生㆒
流霞酒処泛
薫吹曲中軽
紫殿連珠絡
丹墀蓂草栄
即此乗㆑槎客
倶欣天上情

〈現代語訳〉

天子は春のよき日に御遊をなされ
皇恩をあまねく万物に施される
流れる霞は酒宴の席にただよい
春の風は琴の音に和して軽妙である
紫宸殿には珠玉が連なり
御苑には瑞草が茂りあっている
あたかも槎に乗って天に遊んだ者のようであり
ともども天子のご高恩を喜び申すばかりである

〈語釈〉

○聖豫　天子の御遊、たのしみ。○芳序　好時。芳春のよいついで。○品生　万物、もろもろの生き物。○流霞　流れただよう霞。○薫吹　薫風、南風、春の風。○紫殿　紫宸殿、皇居。○連珠　珠をつらねたさま。○丹墀　赤漆で塗りこめた庭。墀は石を敷きつらねた所。石畳み。○蓂草　蓂莢。こよみ草。尭帝の庭に生じたという瑞草。○槎に乗ずる　いかだに乗って河源を窮めたという張騫の故事。

〈解説〉

韻は生・軽・栄・情。宴席で韻を同じくすることは、創作になれていない者にとっては、かなり発想にしばられるものがある。この詩は61と韻を同じくしている。それらを対置すると、

帝道沾群生　桃花曲浦軽　樹茂苑中栄　何能継叡情　（61）

皇恩施品生　薫吹曲中軽　丹墀蓂草栄　倶欣天上情　（81）

詩情、詩心を書きつけることよりも、きめられた語数の中でいかに格好のよい詩を作るかに、意がそそがれている。文字が先で情が後になるよい例というよりも、そうならざるをえない仕組みともいえる。詩、詩情が単一化するのは歌われる場によるところが大きい。

流霞も文字どおり、流れる霞としたが、春の暖かいなごやかな気ぐらいではなかろうか。

「名月や煙はひ行く水の上」（嵐雪）とか「有明や浅間の霧が膳をはふ」（一茶）のような気象状況ならばともかくも、温暖な気候の中でのこのような表現は、表現の佶屈さが感じられてならない。

82　左僕射長王の宅において宴す

霊台《れいだい》　広宴を披《ひら》き
宝斝《ほうか》　琴書を歓ぶ
趙は青鸞《せいらん》の舞を発し
夏は赤鱗《せきりん》の魚を踊らす
柳条《りうでう》　いまだ緑を吐かず
梅蕊《ばいしん》　すでに芳裾《はうきょ》
すなはちこれ帰るを忘るるの地
芳辰　賞舒べがたし

五言　於㆓左僕射長王宅㆒宴　一首

霊台披㆓広宴㆒
宝斝歓㆓琴書㆒
趙発㆓青鸞舞㆒
夏踊㆓赤鱗魚㆒
柳条未㆑吐㆑緑
梅蕊已芳裾
即是忘㆑帰地
芳辰賞叵㆑舒

〈現代語訳〉

長屋王の邸宅で盛大な宴を開き
玉の盃を手に、琴と詩文を楽しむ

趙の青鸞の舞を演じては
夏の赤鯉の歌を披露する
柳の緑にはまだ時季が早いが
梅は花開いて香気が高い
今日の興趣帰るのも忘れてしまうほど
よい時節の賞美には表現のことばがない

〈語釈〉

○左僕射　左大臣。僕射は宰相にいう。○霊台　周の文王の台の名。ここでは長屋王の邸宅、作宝楼をさしている。○広宴　盛大な宴会。○宝斝　玉で作った盃。○趙　漢の成帝の時の趙飛燕のこと。元来趙には美人が多く、飛燕は舞をよくした。○青鸞の舞　漢書には回鸞の舞、五鳳の舞、鳳翅の舞などがあり、舞の名に鳳を用いたものが多い。○夏　夏は禹の建国した国で殷の前の時代。夏后氏、大夏をいう。歌舞音楽で有名であった。○赤鱗の魚を踊らす　音楽を上手に奏し、淵にいる鯉も出でて踊ったという故事。前の句と対になって立派な舞と楽が行なわれたということ。○梅蕊　梅花。○芳裾　花が美しく咲き匂っているさまと解す。わかりにくい語で、「梅の花は立派な着物をきている」「着物のすそにかんばしい」などとも訳されている。裾というところからは梅が低く、一面に咲いているさまをいったものだろう。

〈解説〉
韻は書・魚・裾・舒。林古渓氏は、「この詩八句。前半は故事で固めてをる。これその平凡に堕する所以。対句の作法もうまく行つてゐない。後半は散文を読むごとくである。全体詩趣は甚だ少い」と手きびしい。佶屈な故事を仰々しく並べ、五・六句が平凡な景を叙するにとどまったからである。雷文をほどいたようで、先頭の部分は厳めしいが尻が切れている、竜頭蛇尾なのである。大体、この時代の作詩は詩人の作ではなく、漢学者や一部の教養人たちの社交上の余技とするものなので、詩情が乏しいのはやむをえない。一篇のまとまりはいうまでもないが、秀句、対句の出来栄えを楽しみ、ほめあうところで充分な役割をはたしえたのであろう。「趙・夏」はすぐれた舞・楽の見立て。

五一　従五位下陰陽頭兼皇后宮亮大津連首《おびと》　二首　年六十六

大津首　生没年未詳　享年六十六歳
僧となり義法と称し、新羅に渡ったが慶雲四年に帰朝。和銅七年に還俗し、従五位下に叙せられた。姓を大津、名を意毗登《おびと》といった。養老五年、医卜方術の功労で、糸・布・

鍬などを賜わった。天平二年、後継者を養成するため、弟子をとり陰陽の術を教えた。官位については本書の目録と本文とが一致していない。

五言　和㆘藤原大政遊㆓吉野川㆒之作㆖
一首　仍用前韻

地是幽居宅
山惟帝者仁
潺湲浸㆑石浪
雑沓応㆑琴鱗
虚㆑懐対㆓林野㆒
陶㆑性在㆓風煙㆒
欲㆑知㆓歓宴曲㆒
満酌自忘㆑塵

83　藤原の大政吉野川に遊ぶの作に和す

地はこれ幽居《いうきよ》の宅
山はこれ帝者の仁
潺湲《せんくわん》　石を浸《ひた》すの浪
雑沓《ざつたふ》　琴に応ずるの鱗
懐《こころ》を虚にして林野に対し
性を陶して風煙にあり
歓宴《くわんえん》の曲を知らんと欲せば
満酌《まんしやく》　おのづから塵を忘る

〈現代語訳〉

土地は閑寂かくれ住むによく
山は天子の仁徳そのものの姿
水はとうとうと流れて石を没し
群れ泳ぐ魚族は琴に応《こた》えて跳る
山林に高雅な思いをむすび
風や霞に心を清め陶冶する
酒宴の趣き知りたいのなら
満酌陶然のさまを見ればいい

〈語釈〉

○山　吉野山、山を仁者にたとえたのは論語、雍也篇による。○潺湲　水の流れる音。○雑沓　一所に多く集まっているさま。魚が群れていること。○懐を虚にして　林家本に従って「霊」を「虚」に改めた。虚心、わだかまりのない心。俗懐に対して用いたもの。○性を陶して　性情を陶冶すること。自然によって心が清められること。○満酌　心ゆくまで酒を酌みかわすこと。十分に飲むこと。

〈解説〉

韻は仁・鱗・煙・塵。わかり易くよい詩である。四句目の「雑沓」はちょっとひっかかる。もう少し詩的な表現はないものなのか。現代の人たちにはこの語の先入感が理解をへし曲げてしまうのである。故事を引き合いに出さなかったことはいい。

84　春日左僕射長王の宅において宴す

五言　春日於㆓左僕射長王宅㆒宴　一首

日華《につくわ》水に臨んで動き
風景春墀《しゆんち》うるはし
庭梅《ていばい》すでに笑《ゑ》みを含み
門柳いまだ眉を成さず
琴樽《きんそん》この処によろしく
賓客《ひんかく》相ひ追ふあり
徳に飽きてまことに酔をなす
盞《さん》を伝へて遅々《ちち》たることなかれ

日華臨㆑水動
風景麗㆓春墀㆒
庭梅已含㆑笑
門柳未㆑成㆑眉
琴樽宜㆓此処㆒
賓客有㆓相追㆒
飽㆑徳良為㆑酔
伝㆑盞莫㆓遅々㆒

〈現代語訳〉

日の光は水の面にはねかえり
石庭《いしにわ》の春の景色は麗らかである

庭の梅もすでに花咲き
門辺の柳はまだ葉を広げない
琴と酒とはこの地にふさわしく
客人は盃をかわして歓びをつくす
十分にもてなされ心よく酔うた
躊躇《ためら》わずに順次盃を廻してくれ

〈語釈〉
○日華　日の光。○春墀　石を敷いた春の庭、長屋王の邸をさす。春は春の口であったためにつけた。○笑みを含み　花が咲くこと。○眉を成さず　柳の葉がまだ開かないこと。ほころびないこと。○琴樽　琴と酒。○賓客　お客。賓も客も同じ。長屋王に招かれた客をさす。○相ひ追ふ　互いに献盃しあって歓びをつくす。○徳に飽きて　十分にもてなされて。十分に恩恵に浴すこと。

〈解説〉

韻は墀・眉・追・遅。宴に侍した詩であるが、気持ちのよい詩である。それというのは、帝徳をたたえ、盛大な宴会のさまを述べ、そして帝恩に謝するというような構成でないからである。宴会の中にとっぷりはまり込んでいる、それが斬新さをよぶのである。凡という面もあろうが、どの句にも難はなく、とくに結句など酒興に入っているさまを、そのままぶっつけたのがよい。

五二　贈正一位左大臣藤原朝臣総前　三首　年五十七

藤原総前　六八一（天武天皇十年）～七三七（天平九年）享年五十七歳

普通は房前と書く。不比等の第二子、鎌足の孫。北家の祖。養老五年に従三位で、太上天皇（元明）不予の際、長屋王とともに後事を託された。天平九年、参議民部卿正三位にて没する。死後正一位左大臣を、さらに天平宝字四年には太政大臣を追贈された。万葉集に短歌一首が収められている。

85　七夕

五言　七夕　一首

帝里　初涼《しょりゃう》至り

帝里初涼至

神衿《しんきん》早秋《さうしう》を翫《もてあそ》ぶ
瓊筵《けいえん》雅藻《がさう》を振ひ
金閣良遊を啓《ひら》く
鳳駕《ほうが》雲路に飛び
竜車《りゅうしゃ》漢流を越ゆ
神仙の会を知らんと欲せば
青鳥《せいてう》瓊楼《けいろう》に入る

〈現代語訳〉

帝都に初秋の気が訪れ
天子は七夕の宴を賞美される
玉かざりの宴席で詩文の才を振い
金の楼閣でよき会遊を開かれる
織女の鳳の乗り物は雲間をはせて行く
牽牛の竜の車は天の川を越えて行く
二星の神仙の会合を知りたいのなら
青鳥が楼閣に飛んで入るあの趣きといおう

神衿翫㆓早秋㆒
瓊筵振㆓雅藻㆒
金閣啓㆓良遊㆒
鳳駕飛㆓雲路㆒
竜車越㆓漢流㆒
欲㆑知㆓神仙会㆒
青鳥入㆓瓊楼㆒

〈語釈〉
○帝里　帝都、帝京、都のこと。○神衿　宸襟と同じ、天子の御心。○瓊筵　玉をしきならべた筵。枕詞の「玉敷の」などと同じ用法。宮中の宴席。○金閣　黄金で作りあげた楼閣、宮殿のこと。○鳳駕　織女の乗り物。本来は天子・神仙の乗り物。○竜車　牽牛星の乗った車、これも天子、神仙の乗り物である。竜車も織女の乗り物として用いた説もある。○青鳥　七月七日、東方朔のもとに西王母の使として青い鳥が来た。神仙の到着、会合を知らせるものとしてこれを用いた。青鳥は音信書の来る意にも用いる。

〈解説〉

韻は秋・遊・流・楼。よい詩であるが、型式的になりすぎたきらいもある。四句まで地上・宮中の詩会を述べ、五・六句でわずかに七夕をえがく。そして結句は仙としてのもので結んでいるものの、「青鳥瓊楼に入る」の意味するものが定まりにくい。林古渓氏は、「帝里・神衿・瓊筵・金閣は宮中に関し、鳳駕・竜車・青鳥・瓊楼等は神仙（牽星・織女）に関する。うまく結びあはせてをる。牽星織女を明了に出して居らぬのも、亦作家の一手段である。雲路・漢流・神仙会で十分わかる。相当立派な腕前である」と評している。しかしわたしの見るところ、どの句にもこれらの語がちりばめられている。修辞の羅列であり、象徴とるには憚りがある。一・二句に初秋の景を置いたのはよいが、三・四句はもう少し吟味してはどうだろうか。「青鳥瓊楼に入る」心情は理解しにくい。あまりにも象徴的というか、象徴が童話の世界のものになっているというか、とにかく茫漠としていて実際的な内容を描くのにむつかしい。青鳥を迎えた東方朔。東方朔は神仙家・博学家とともに、滑稽諧謔家。時には大法螺吹きとしての人物のごとくにも描かれているのである（91の解説参看）。

七夕の詩は六篇あるが作者を並べると、

33　贈正一位太政大臣　藤原朝臣史
53　大学頭従五位下　山田史三方
56　従五位下出雲介　吉智首
74　大宰大弐正四位下　紀朝臣男人
76　正六位上但馬守　百済公和麻呂
85　贈正一位左大臣　藤原朝臣総前

の六人である。このうち56の吉智首だけが七夕一首を取りあげられただけで、他の五人はいずれも他に一篇ないしは四篇の詩を残している。そしてそれらのうち三人は長屋王の宅で新羅の客を送る宴に出て詩を残し、他の二名は吉野に遊ぶ詩を残している。「宴に侍す」「駕に従つて」云々が詩の本命とするところで、七夕を詠むのは余技、すさびであったといえる。

鳳駕・竜車をいい換えた修辞と見ずに、東西から寄り合う男女、神男・仙女、天上での華麗な姿に空想を馳せさせるものと受け止めて解釈した。

86　秋日長王の宅において新羅の客を宴す

職貢《しよくこう》　梯航《ていかう》の使《つかひ》
これより三韓に及ぶ
岐路　衿《くび》を分つことやすく
琴樽《きんそん》　膝を促《つつ》むることかたし
山中　猿吟《ゑんぎん》断え
葉裏《えふり》　蟬音《せんいん》寒し
別に贈るに言語《ばんたん》なし
愁情《しうじやう》　いく万端ぞ

〈現代語訳〉
貢物を持って新羅の使が海山を越えてきた
その使がいま三韓に帰っていく
離別の袂をわかつ時は来やすく
琴や酒で心を開いて語る時は期しがたい

五言　秋日於ニ長王宅一宴ニ新羅客一　一首　賦得難字

職貢梯航使
従レ此及ニ三韓一
岐路分レ衿易
琴樽促レ膝難
山中猿吟断
葉裏蟬音寒
贈レ別無ニ言語一
愁情幾万端

山の中では猿の鳴き叫ぶ声もたえ
葉のかげで鳴く蟬もうそ寒い感じだ
別れに当ってのことば、何ともいいようがない
ただ悲しみの情がこみあげてくるばかりだ

〈語釈〉

○職貢　みつぎもの。職にも貢物の意がある。○梯航　山と海。梯は山を越えるために山に掛けるはしご。詩中では遠く海山を越えてきた使者の意になる。○三韓　朝鮮の古称。馬韓・弁韓・辰韓をいったもの。○岐路　離別の路。○衿を分つ　衣のえり。えり首を分けあって去ること。袂を分つと同じ。○琴樽　琴と酒。送別のために催す酒宴のことで、そこでの音楽。○いく　原詩は「幾」の字、数量をあらわす疑問の助字。ここでは「とめどもなく」思いがこみあげてくる状態。○万端　何もかも。

〈解説〉

韻は韓・難・寒・端。これもよい詩である。後半の五・六句の実景、七・八句の情など見るべきである。前半にやや気取りがありやしないか、「これより三韓に及ぶ」などいかがであろうか。この詩も長屋王の宅に新羅の客を送る宴、十首のうちの一つであるが、最終の集録なので、登場した作者と韻をあげておく。林古渓氏のあげたものである。

52	大学頭従五位下	山田史三方	×
60	従五位下大学助	背奈王行文	風
62	皇太子学士正六位上	調忌寸古麻呂	×
63	正六位上	刀利宣令	稀
65	大学助教従五位下	下毛野朝臣虫麻呂	前
68	右大臣正二位	長屋王	烟
71	従三位中納言兼催造宮長官	安倍朝臣広庭	流
77	正六位上但馬守	百済公和麻呂	時
79	正五位下図書頭	吉田連宜	秋
86	贈正一位左大臣	藤原朝臣総前	難

左大臣の長屋王を中心に、当時参議であった藤原総前、安倍広庭を除くと、大学の職員、東宮に侍した学者などで、詩人というよりは学者、学者の知的作品といえそうである。

87　宴に侍す　　五言　侍レ宴　一首

聖教　千禩《せんし》を越え　　聖教越二千禩一
英声　九垠《きうぎん》に満つ　　英声満二九垠一
無為　おのづから無事　　無為自無事

垂拱《すゐきよう》　労塵なし
斜暉《しやき》　蘭を照して麗《うるは》しく
和風　物を扇《あふ》ぎて新たなり
花樹　一嶺に開き
糸柳《しりう》　三春に飄《ひるがへ》る
錯繆《さくびう》たり　殷湯《いんたう》の網《あみ》
繽紛《ひんぷん》たり　周池《しうち》の蘋《ひん》
枻《えい》を鼓《こ》して南浦《なんぽ》に遊び
筵《むしろ》を肆《の》べて東浜《とうひん》に楽しむ

〈現代語訳〉

天子の教えは千年を越え
天子の誉れは天地に満ちている
無為にして天下は太平であり
懐手のままで天下は治まっている
夕日は蘭を照らして麗わしく
春風は万物に吹いて新鮮である

垂拱勿㆓労塵㆒
斜暉照㆑蘭麗
和風扇㆑物新
花樹開㆓一嶺㆒
糸柳飄㆓三春㆒
錯繆殷湯網
繽紛周池蘋
鼓㆑枻遊㆓南浦㆒
肆㆑筵楽㆓東浜㆒

花は全山に満ちて咲き
柳は春風に翻っている
殷の湯王の治世も問題ではない
周の文王の仁政も取り上げるにたらない
舟を漕いで南の渚に遊び
酒の筵をのべて東の水辺で楽しんでいる

〈語釈〉

○聖教　天子の教え。○千禩　千年、禩は年のこと。禩は祀と同じ。○英声　天子の名声、栄誉。○九垠　天地のはて。もっとも遠い処、ここでは天下、万国。○無為　こざかしい人知、人手を加えない、自然のままのこと。○おのづから　底本「息」を寛政本により「自」と改む、自然に、自然のままでの意。○無事　天下泰平をいう。○垂拱　何事もしないさま。垂は衣を垂れ着ていること。拱は腕組み。腕を組む。○斜暉　夕日。○錯繆　あやまり間違っている。○殷湯の網　殷の湯王が網の三方を解いて鳥獣に逃げ道を開いてやった故事。○繽紛　乱れ散っているさま。天子のめぐみをうけて、禽獣は入り乱れて飛ぶ意と大系本ではいう。○周池の蘋　周の文王の池には太平の世の草に生きる禽鳥が多くいたので、浮き草はしじゅう乱れていたという故事。殷湯の網と同じように池の藻草は美しく乱れ浮いているの意（大系本）ととっている。

〈解説〉

韻は垠・塵・新・春・蘋・浜。ちょっと佶屈な感じ。「花樹一嶺に開き、糸柳三春に飄る」も、修辞にしばられている。一句から四句目までは形式的に詠んだもの。五句から八句目までは景を叙べており、ここに個性が見られるのであるが、平凡におちた感がする。十二句、四句ずつで三段に切れる。三段目の前半、殷湯・周王の治政のよさの見立てにとるよりも、やはり詩の構成にしばられている人たちの作法からすれば、三段を現状の讃歌とみてよい。そういう面から当りさわりのない、大味な訳にした。

五三　正三位式部卿藤原宇合《うまかひ》　六首

年四十四

藤原宇合　～七三七（天平九年）

馬養とも書く。不比等の第三子。鎌足の孫。霊亀二年、従五位下、遣唐副使となり、帰朝後、常陸守、式部卿、参議などを歴任。天平四年、正三位、西海道節度使になり大宰帥を兼ねる。天平九年没する。時に歳四十四、また五十四との説もある。文筆にすぐれ万葉集に短歌六首、経国集にも賦一篇があり、常陸国風土記の編者にも擬せられている。

暮春南池に曲宴す　序を并せたり

それ王畿《わうき》千里の間《あひだ》、たれか勝地を得ん。帝京三春の内、いくばくか行楽《かうらく》を知らん。すなはち鏡を沈むるの小池あり、勢《いきほひ》金谷に劣ることなし。翰《ふで》を染るの良友、数は竹林に過ぎず。弟となり兄となり、心中の四海を包み、善を尽し美を尽し、曲裏《きよくり》の双流《さうりう》に対す。この日、人芳夜に乗じ、時暮春に属《ぞく》す。浦に映ずる紅桃《こうたう》、半ば軽錦《けいきん》を落とし、岸に低《た》るるの翠柳《すゐりう》、初めて長糸《ちやうし》を払ふ。

ここにおいて、林亭《りんてい》にわれを問ふの客、花辺《くわへん》に去来《きよらい》し、池台《ちだい》にわれを慰むるの賓、琴樽《きんそん》を左右す。月下の芬芳《ふんぱう》、歌処《かしよ》を歴《へ》て扇を催《もよほ》し、風前の意気、舞場《ぶぢやう》を歩して衿《きん》を開く。歓娯《くわんご》いまだ尽きずといへども、よく紀筆《きひつ》を事とす。なんぞおのおの志を言はざらん。字を探りて篇を成すといふことしかり。

〈現代語訳〉

そもそも都の近傍千里四方の間に、どこに景勝の地があろうか、都の春三ヵ月の間に、いくたび行楽を味わいうるか。

今ここの南池は鏡を沈めたような小さな池である。その勝景は石崇の金谷園に劣らない。詩文をよくする友人は、竹林の七賢の数、六、七人ほどである。しかしその人たちは兄弟のように親密で、心は大海のようにゆったりとし、それぞれ善・美の粋をつくし、ゆるやかな二筋の流れに対している。この日、人はよい夜を見出した。時節は春の末である。浦に映える桃の花は風に散りかかり、岸に垂れた緑の柳はゆるやかに風にもまれている。

この時、林間の四阿《あずまや》にわたしを訪う客は、花の下を行き来し、池の台でわたしを慰めてくれる客は、琴を左に酒を右手に用意している。月下に芳香がただよい、舞台をめぐると舞い扇を用いたくなり、春風に吹かれた気分は、舞台に立って風に向って襟元を開けたくなる。歓び楽しむことは既にきわめたとはいえないがまず筆を執ろう。どうして各自それぞれの思いを述べないでおられよう。韻字を探って一篇の詩を作る次第である。

〈語釈〉

○王畿　都と都付近の地。王城付近千里四方の地域。○帝京三春　帝都の春三ヵ月。○鏡を沈むるの小池　鏡を沈めたような小さい池、清く澄んでいる、玲瓏としたの意。○勢　地勢。○翰を染る　詩文を作る。○数は竹林に過ぎず　数は人数、竹林は竹林の七賢十をいい七人。人数は七人ほどである。○弟となり兄となり　あるいは弟のように、また兄のように結ばれている。親密なさま。○心中の四海を包み　心は四海のような広さを包みもって。海容と同じ。○曲裏の双流　まがりくねった二筋の川の流れ。○属す　当る。○半ば軽錦を落とし　半分ほどは軽やかに錦の色どりをもって水面に散っていく。軽錦は花びらをたとえた。○長糸を払ふ　柳が枝垂れて細い枝をなびかせているさま。

○林亭　あずまや。林中の小亭。○池台　池に臨んだ高楼。○扇を催し　扇を使う。歌を歌う。○歓娯　喜びと楽しみ。○紀筆　筆を執ること。紀は記に同じ。○なんぞ……ざらん　原本は「盍」の字、どうして～しないでおられよう、～するの意の反語。

88　暮春南池に曲宴す　　五言　暮春曲二宴南池一　一首　序并

地をえて　芳月《はうげつ》に乗じ　　得レ地　乗二芳月一
池に臨んで　落暉《らくき》を送る　　臨レ池　送二落暉一
琴樽《きんそん》　何れの日か断たむ　　琴　樽　何　日　断
酔裏《すゐり》　帰ることを忘れず　　酔　裏　不レ忘レ帰

〈現代語訳〉
景勝の地でなごやかな春のままに
池の小波をまえに夕日を見送っている

琴と酒、このよき友をなんで断つ要があろう
酔うても一人で帰れるのだから

〈語釈〉

○地をえて　幸いにこの勝地、南池をえて。○芳月　うららかな春の月。

〈解説〉

序文に欠落の部分があって文意がすっきりしない。欠落部は「海」の字から十八字で、「心中の四海」が「心中の四時」となって文がつづく。この部分を並記すると、

為弟為兄　包心中之四海」　是日也　人乗芳夜
尽善尽美　対曲裏之長流」　時属暮春」

とよく整う。欠落部がないままであると、

為弟為兄　包心中之四時　属暮春　映浦紅桃云々

で、紅桃以降の対句構成はよいにしても、駢儷、対句の妙から見れば、一段劣るといわざるをえない。「心中の四海」も妙な表現であり、「心中の四時」の方がまだ通じやすい漢語であろう。しかし、当時賞揚されていた対句の手法を考慮して採りあげた。ちなみに杉本氏は「酔花酔月」を「為兄」の下に入れて、これで後文との対句を構成させている。

詩の方、韻は暉・帰。絶句であるが、序文におされて内容がちょっと貧弱である。対句の

意識が先行していること、また漢詩の特色としての焦点だけを鮮明になげつけるのではなく、やや理屈が先行している。一句目の「地をえて」また三句目の「何れの日か断たむ」なども今少し推敲の要があろう。

常陸に在りて倭判官が留まりて京に在るに贈る　序を幷せたり

僕、明公と言を忘るること歳久し。義 伐木《ばつぼく》に存し、道 採葵《さいき》に叶ふ。君が千里の駕《が》を待つこと、今に三年、我が一個の榻《たふ》を懸くること、ここに九秋《きうしう》。如何ぞ授官《じゆくわん》同日にして、乍《たちま》ち殊郷《しゆきやう》に別れて以《もつ》て判官と為《な》る。公 潔《きよ》きこと氷壺《ひようこ》に等しく、明かなること水鏡《すゐきやう》に逾《こ》えたり。学、万巻《まんぐわん》を隆《さか》んにし、智、五車に載す。驥足《きそく》を将《まさ》に展《の》べんとするに留め、玉条を琢《みが》くに預《あづか》る。鳧舃《ふせき》の飛ばんと擬《ぎ》するを廻《めぐ》らし、簡《かん》を金科《きんくわ》に忝《かたじけな》うす。何ぞ宣尼《せんぢ》の魯《ろ》に返つて詩書を刪定《さんてい》し、叔《しゆく》孫《そん》の漢に入つて礼儀を制設《せいせつ》するに異らんや。

〈現代語訳〉

わたしが君と親交を結んでから、かなりの年月を経ている。交友の義の深さは詩経、伐木篇にみるようなものであり、交友の道の厚さは古詩、採葵の詩のようでもある。君が遠く常陸にお出でになるのを待つこと三年、わたしが榻を用意して迎えることと三年になろうとする。官を授かったのは同日であるのに、どうして別々の国で判官となっているのか。

君の心の清いことは壺に収められた氷のようであり、明るく澄んでいることは水の鏡以上である。学は万巻の書を読み、智は五車に積むほど豊富である。その才学を持ちながら、才能を人前に示すようなことをはばかり、法文を研究し整えている。地方官として飛び立つのをやめて、法律を作る任を拝命した。このことは仲尼が魯に帰って詩・書をえらび、叔孫が漢に入って礼儀を定めたのと異っていようか、同じなのである。

〈語釈〉

○言を忘る　親友の間柄。管鮑の交とか断金の交などという。○千里の駕を待つ　はるばる常陸の地まで来てくれることを待つ。○榻を懸くる　榻を設けて君を待つ。榻は車の軾を置く台として一般に用いられているが、ここでは腰掛。○九秋　秋三ヵ月の三年であるから九秋。三年の歳月。○授官同日　同じ日付で官位を授かった。○殊郷　異郷。

○氷壺　氷を入れた壺。心の潔白なさまをいう。○万巻を隆んにし　多くの書物を読むこと。○智、五車に載す　五輛の車にのせるほど豊富である。○驥足　すぐれた足、すぐれた才能。○玉条　法律の条文。○鳧舄の飛ばんと擬する　地方官になる。後漢の王喬が都にのぼるとき、いつも一匹の鳧を従えてきた。王は怪しんで網をはらせ鳧を捕えたところ、それは舄になっていたこと。王喬の方術を述べた故事であるが、ここでは県令になるたとえとして用いている。○金科　主要な法令。○宣尼　孔子のこと。○刪定　えらび定める。○叔孫　漢代の政治家、叔孫通。○礼儀を制設す　礼に関する儀令制度を設ける。

聞くそれ天子詔を下して、列を包み師を置き、みな才の周《しゅう》なるを審《つまびら》かにし、おのおのその所をえしむ。明公ひとりみづからこの挙に遺闕《ゐけつ》す。理は先進なるべきに、かへつてこれ後《おく》るるかな。譬《たと》へば呉馬塩に痩《や》せて、人なほ識ることなく、楚臣玉に泣いて、ひとり悟らざるがごとし。

然《しか》れども歳寒うして後、松竹の貞《てい》を験《けん》し、風生じてすなはち、芝蘭《しらん》の馥《かをり》を解す。鄭《てい》の子産《しさん》にあらずんば、ほとんど然明《ぜんめい》を失はん。斉の桓公《くわんこう》にあらずんば、なんぞ寧《ねい》戚《せき》を挙げん。人を知ることのかたき、今日のみにあらず。時に遇ふことの罕《まれ》なる、昔より然り。大器《たいき》の晩《おそ》き、つひに宝質《ほうしつ》と作《な》る。もしわが一得《いっとく》の言あらば、庶幾《こひねが》はくは君が三思《さんし》の意を慰めん。今一篇の詩を贈つて、すなはち寸心の歎を示す。その詞に曰く。

〈現代語訳〉

聞くところによればそもそも天子は文官の序列を定め、武官の師団・軍隊を作り、それぞれの才能の完備するものを調べて、めいめいに任を与えられる。それが貴公ひとりこの挙にもれた。ものの筋から見ても当然、先輩であるのに、後進の者となってしまった。たとえていえば、良馬が塩を載せた車をひいて痩せてしまっても、人は気づくことなく、楚の卞和《べんか》が玉を抱いて泣いていても、だれもその真相をしらなかったようなものである。

しかしながら、冬の松・風に芝蘭のように逆境に遇うて、はじめてその節義が知られるというもの。事が生じて君子はその才徳を発揮する。鄭の子産でなければ、おおかた春秋時代の賢人、然明を見失っただろうし、斉の桓公でなかったならば、どうして寧戚を挙げ用いられただろう。人を知ることのむつかしさは、今日だけのことではない。時勢に遇うことのまれなのは、昔からそうなのである。大きな器量はすぐには出来あがらないが、ついには勝れた性質となる。もしわたしのことばが少しなりとも役に立つことがあるのなら、どうか君の思いに沈んでいる心持ちを慰めたいものである。いま一篇の詩を贈って、わずかなりともつたない心の中を示したい。

〈語釈〉

○列を包み師を置き　列位を決めて、軍隊を作る。列は文官の列位、序列。師は軍隊、軍団。文武の官位と釈いたが、ともに文官とみる説もある。○才の周なるを審かにし　才能ある者を詳しく調べる。○この挙に遺闕す　この挙用に洩れる。○理は先進なるべきに　道理では当然先行しなければならないのに。既定の秩序からみれば、当然一歩先んじて位につく。○呉馬塩に痩せ　良馬が良馬としての任を与えられずに、塩を載せた重い車を引いて身体を痩せ疲れさせてしまう。○楚臣玉に泣いて　楚の卞和が玉材を王に奉ったものの、それを鑑定する者がなく、玉を抱いて泣いていた故事。

○松竹の貞を験し　松や竹が常緑をたもって、その貞心を示すこと。○芝蘭の馥　かぐわしい香、芝も蘭も香草。○鄭の子産　中国春秋時代の鄭のこと。子産は春秋時代の鄭の賢大夫。○然明　子産に見出された賢人。○寧戚　周代衛の人、高齢で貧乏であったが、桓公に見出されて上卿、後に国相となった。○大器の晩き　大器は晩成であること。○宝質　とうとぶべき性質。○一得の言　ほんの少しばかりのためになるところのもの、謙遜していったことば。○三思の意　よく考えること。思案すること。○寸心の歎　わずかながらも真心をつくす。謙遜していったことば。

89　常陸に在りて倭判官が留まりて　　七言　在㆓常陸㆒贈㆓倭判官留在㆑京
京に在るに贈る　　一首 并序

われ弱冠《じやくくわん》にして王事《わうじ》に従ひしより　　自㆔我弱冠従㆓王事㆒

風塵《ふうぢん》歳月　かつて休せず
帷《ゐ》を褰《かか》げてひとり坐す　辺亭《へんてい》の夕
榻《たふ》を懸けて長く悲しむ　揺落《えうらく》の秋
琴瑟《きんしつ》の交《まじはり》　遠く相ひ阻《へだ》たり
芝蘭《しらん》の契《ちぎり》　接するに由なし
由なしなんぞ見ん　李《り》と鄭《てい》と
別ありなんぞ逢はむ　逵《き》と猷《いう》と
心を馳《は》せて悵望《ちやうばう》す　白雲の天
語を寄せて徘徊《はいくわい》す　明月の前
日下《じつか》の皇都《くわうと》　君玉《たま》を抱《いだ》く
雲端《うんたん》の辺国　われ絃を調《ととの》ふ
清絃《せいげん》化に入って　三歳を経《へ》
美玉光を韜《つつ》んで　幾年をか度《わた》る
知己《ちき》の逢ひ難《がた》きこと今のみにあらず
忘言《ばうげん》遇ふこと罕《まれ》なる　従来然《じゆうらいしか》り
為《ため》に期《き》す風霜の触《ふ》るるを怕れず
なほ巌心《がんしん》松柏の堅きに似んことを

風塵歳月不ニ曽休一
褰レ帷独坐辺亭夕
懸レ榻長悲揺落秋
琴瑟之交遠相阻
芝蘭之契接無レ由
無レ由何見李将鄭
有レ別何逢逵与レ猷
馳レ心悵望白雲天
寄レ語徘徊明月前
日下皇都君抱レ玉
雲端辺国我調レ絃
清絃入レ化経ニ三歳一
美玉韜レ光度ニ幾年一
知己難レ逢匪ニ今耳一
忘言罕レ遇従来然
為期不レ怕ニ風霜触一
猶似ニ巌心松柏堅一

〈現代語訳〉

わたしは二十の歳より国家の政治に従事し
地方の役人となって休息したことがない
辺国の亭で簾を巻きあげて夕の景をみ
椅子を出して来遊を待つが落葉を悲しむばかり
心のひびきあった友は遠く距たり住み
善き友との接するよすがかない
よすがなければ李膺も郭泰も会いえなかった
別れが習い子猷も戴逵もすれ違ったままだった
白雲なびく大空に心を馳せてなげき
君に音信をよせて明月の下にそぞろ歩く
天の下帝都で君は玉を抱いたままで
雲のはたての辺国でわたしは琴をかなでる
清らかな琴の音は教化に入ってもはや三年
君は才能を包んで幾年を送るのか
知友に会いがたいのは今日だけのことではない

意気投合の友にめぐりあえないのは昔よりのこと
だからこそ願うのだ。世の厳しさにもくじけずに
厳や松柏、常磐《ときわ》の堅い友情を保ちつづけたいと

〈語釈〉

○風塵　京官に対して地方官をいう。風や塵の世の中とも。○辺亭　辺国の亭。○榻を懸け　腰掛けを用意して、榻は本来、車のながえをのせる台。○琴瑟の交　心の通じあった交際。○芝蘭の契　心の清らかな人たちの交情。○李と鄭と　漢の李膺と郭泰のこと。お互いに親友であった。原文は「鄭」になっているので、鄭ならば鄭玄をさすのが普通であるが、鄭玄にはそれらしいものが著しくないので、鄭を郭に改めて解いた。李の下の「将」の字は「与」と同じ、「と」と読む。○逵と猷と　逵は晋の戴逵、猷は王徽之（書家王羲之の子）字を子猷といった。猷が月夜に逵を訪れたが、門前に至ったものの、興が尽きたといってそのまま帰ってしまった。すれ違いになるさま。○玉を抱く　官職についているさま。本来は智徳あることの喩え。○日下　天の下、ここでは帝都。○忘言　知己に同じ。親友の意。

〈解説〉

月並みな讃辞ではなく、平素の心境を述べたもの、ようやく個性的な作品に接する思いで

ある。序も立派なものである。友を思う情の切なることは元稹の「微之に与ふるの書」を思いおこさせる。筆者は家柄によってどんどん出世するのであるが、だからといっていい気になっていない。若い者、青年はただおのれの力、相手の能力を見比べる。そして優れているところには讃辞を惜しまない。純心なのである。それだけまた、感動を引き起こすのでもある。

詩の韻は休・秋・由・猷。換韻して天・前・絃・年・然・堅。林古渓氏は評して、「これは集中最長の詩で、七言古詩である。そして、友を懐ふの情、緬々として尽きざるものがある。くりかへしくりかへし、その情思を叙べてゐる。立派な作である。詩の法は、十八句五節であつて、韻が二度換つてゐる。(十一尤と一先) この仕方は集中初めてである。宇合の才気と、学問とを想像することが出来る。故事を使ふのが多いのと、一々拠所のあることばを使ふのとは、六朝已来左様なのであつて、本朝の習気ではない」と。また、「古詩は、五言でも七言でも、思想のまとめ方、排列整頓順序等が心理的にまたは思索の順序に従つてをるもので、ただだらだらと長いだけではない。老女の愚痴であつてはならぬ。必ず切断、飛躍、要略などが必要なのである。この篇はその点については要領よろしい。いかにも調つてをる。韻法は、唐のとはちがふかも知れぬ。時代で已むを得ぬのである」と。この説に賛成である。序もすばらしいが、この詩はより要点のみを手際よく歌っている。朗誦し高吟するに足るものである。これだけで詩としての特質を充分に備えている。

90　秋日左僕射長王の宅において宴す

帝里の烟雲《えんうん》　季月《きげつ》に乗ず
王家《わうか》の山水　秋光《しうくわう》を送る
蘭を霑《うるほ》す白露いまだ臭《か》を催《もよほ》さず
菊に泛《うか》ぶ丹霞《たんか》おのづから芳あり
石壁《せきへき》の蘿衣《らい》なほおのづから短く
山扉《さんひ》の松蓋《しようがい》埋《うづ》んでしかも長し
遨遊《がういう》すでに竜鳳《りゆうほう》に攀《よ》づるをえたり
大隠《たいいん》なんぞ用ゐむ仙場《せんぢやう》を覓《もと》むるを

〈現代語訳〉
帝都の空は晩秋の雲がたなびき
王の邸宅は秋の光で静かである
蘭をうるおす白露は香りを含んでいないが
菊にただよう赤い霞は自然の香りがある

七言　秋日於㆓左僕射長王宅㆒宴　一首

帝里烟雲乗㆓季月㆒
王家山水送㆓秋光㆒
霑㆑蘭白露未㆑催㆑臭
泛㆑菊丹霞自有㆑芳
石壁蘿衣猶自短
山扉松蓋埋然長
遨遊已得㆑攀㆓竜鳳㆒
大隠何用覓㆓仙場㆒

石垣のさるおがせはまだ短く
山荘の門をおおう松はこんもりとして丈高い
宴席に列して十分に楽しませていただいた
市の隠者はいまさら仙人の住居を求める要はない

〈語釈〉

○季月　四季のそれぞれ終りの月、三月、六月、九月、十二月をいい、季春、季夏、季秋、季冬ともいう。ここでは季秋、九月をいう。○丹霞　赤い色の雲気、霞。○石壁の蘿衣　石垣に生えたさるおがせ。○山扉　山荘の門の扉。○竜鳳に攀づ　王の宴席に列すること。竜鳳は天子に譬えたものであるが、ここでは長屋王をいい、攀づとは高い所によじ登ることで、宴席に参列することができたこと。○大隠　大隠者、小隠者に対して用いたもので、真の隠者の意。市中の隠者。

〈解説〉

韻は光・芳・長・場。七言の詩は本書のなかで数少ないが佳作である。三・四句、五・六句ともに情景をよく詠んでいる。あっさりと述べているところに趣きがある。また詩人の力量が見られる。

新羅の客を送る宴は、

(1)　養老三年五月来朝　閏七月帰国（七一九年）長屋王大納言
(2)　養老七年八月来朝　同月帰国（七二三年）同右大臣
(3)　神亀三年五月来朝　同月帰国（七二六年）同左大臣
の三つの場合が考えられるが、左大臣就任以降がふさわしいとみるべきであろう。

91　不遇を悲しむ

賢者　年の暮るるを悽《いた》み
明君　日に新たなるを冀《こひねが》ふ
周占《しうせん》　逸老《いつらう》を載《の》せ
殷夢《いんむ》　伊人《いじん》を得たり
博挙《はくきよ》　翼を同じうするにあらず
相忘《さうばう》　鱗を異にせず
南冠《なんくわん》　楚奏《そそう》を労し
北節《ほくせつ》　胡塵《こぢん》に倦《う》む
学は東方朔《とうばうさく》に類し
年は朱買臣《しゆばいしん》に餘れり
二毛《にもう》すでに富めりといへども

五言　悲㆓不遇㆒　一首

賢者悽㆓年暮㆒
明君冀㆓日新㆒
周占載㆓逸老㆒
殷夢得㆓伊人㆒
博挙非㆑同㆑翼
相忘不㆑異㆑鱗
南冠労㆓楚奏㆒
北節倦㆓胡塵㆒
学類㆓東方朔㆒
年餘㆓朱買臣㆒
二毛雖㆓已富㆒

万巻《まんぐわん》　徒然《とぜん》として貧し

万巻徒然貧

〈現代語訳〉

賢人は年の暮れるのを悲しみ
明君は徳の日々新たなことをねがう
周の文王は占いによってすぐれた老人をえて帰り
殷の高宗は夢占によってすぐれた賢人を手に入れた
羽摶《はばた》いても同じように揚れるものではない
世に忘れられるのは魚族と同じである
鍾儀は晋に囚われても自国の歌を唱いつづけ
蘇武は匈奴に抑留されたが漢節を持しつづけた
学問の広さは東方朔に類していよう
齢はすでに朱買臣の年を越える
白髪まじりの頭になったいま
万巻の書を抱きながら貧乏に追われている

〈語釈〉

○周占　周の文王が占者の占いのとおりに天子の師の太公望をえた故事をいう。○殷夢　殷の高宗は夢告げによって良臣傅説《ふえつ》をえて宰相とした故事をいう。○伊人　この人。ここでは傅説をさす。○南冠　捕虜の意。楚の囚人鍾儀に自国の楽を奏し、晋君を感動させ、両国和睦に至らせた故事を持つ。○北節　蘇武が匈奴に捕われたが節を通し守ったこと。○東方朔　前漢の武帝時代の人。博学をもって称され、また仙人、滑稽諧謔家として知られている。『十洲記』等の著者に擬せられている。○朱買臣　漢時代の人。家貧しく五十になったら貴になるといったものの妻に見限られた。やがて五十を過ぎると中大夫侍中となり、富貴になって故郷に錦をかざった。五十歳の年齢としてあげた。○二毛　黒髪と白髪とが交った老人。

〈解説〉

韻は新・人・鱗・塵・臣・貧。89の常陸に在りて倭判官が留まりて京に在るに贈る一首、と関連があるか。不遇を歌ったものだが、宇合自身を歌ったものではない。門地にすぐれ、出世の早かった宇合が、能力を持ちながらも栄進できずに節を守っていた友に、同情し、いつか感情移入となって生まれた詩である。故事と典拠が多いが、こういう類の詩では、そのほうがより強く訴えられる。「学は東方朔に類し」は、滑稽諧謔家と見られている東方朔が、かつては博学者（懐風藻・性霊集）、神仙家（浜松中納言物語・唐物語）、長寿者（平家物語・お伽草子の唐糸そうし）、さらに滑稽諧謔家（戴恩記・風流志道軒）と変容されながら、わが国に受け入れられた過程の一端を示していることを指摘しておきたい（85にも）。

92　吉野川に遊ぶ

芝蕙《しけい》　蘭蓀《らんそん》の沢
松柏《しょうはく》　桂椿《けいちん》の岑《みね》
野客《やかく》　初めて薜《へい》を披《ひら》き
朝隠《てういん》　しばらく簪《しん》を投ず
筌《せん》を忘る　陸機《りくき》が海
繳《しゃく》を飛ばす　張衡《ちゃうかう》が林
清風　阮嘯《げんせう》に入り
流水　嵆琴《けいきん》に韵《ひび》く
天高うして槎路《さろ》遠く
河廻《めぐ》つて桃源《たうげん》深し
山中　明月の夜
自得す　幽居《いうきょ》の心

五言　遊㆓吉野川㆒　一首

芝蕙蘭蓀沢
松柏桂椿岑
野客初披㆑薜
朝隠蹔投㆑簪
忘㆑筌陸機海
飛㆑繳張衡林
清風入㆓阮嘯㆒
流水韵㆓嵆琴㆒
天高槎路遠
河廻桃源深
山中明月夜
自得幽居心

〈現代語訳〉

沢には芝や蕙・蘭また蓀が生い茂り
岑には松・柏それに桂や椿が茂りあう
野人がまさきのかずらを切り開き
仕官の隠士は冠をぬいでここにくつろぐ
巨魚を釣り上げては筌を忘れて帰り
狩猟に熱中して林の中を駈けまわる
清風のすんだ調べは阮籍の嘯きのように
流水のたぎる響きは嵇康の琴のよう
天は高く筏をあやつる舟路は遠く
川は曲りくねって桃源の深さを思い知る
吉野の山中　この明月の夜
幽居とはかくあるものと悟りえた

〈語釈〉

○芝蕙　蘭蓀　芝は瑞草、蕙は蘭の類で香草、蓀も香草。香草の生い茂った沢。○沢　低湿地でじめじめして水のあるところ。○松柏　桂椿　いずれも貞木とされている。○野客　仕官していない者。野にある人。田舎人。○朝隠　仕官していながらも高尚・隠逸の心のある者。○簪を投ず　冠をぬいでのびのびした気持ちになる。簪は冠をおさえるために髪にさすもの。○筌を忘る　魚を採るのに熱中し、魚を獲るとそのしかけを忘れ、おろそかにしてしまう。われを忘れてしまうこと。○陸機　晋の文人。「陸が才　海のごとし」と評された。○繳を飛ばす　矢に糸をつけて鳥を射ること。いぐるみの矢。○張衡　後漢の人、字は平子、文をよくした。張衡は「林のごときすぐれた文才」とうたわれた。陸機と張衡をあげたのは、ともに詩文をよくした文才による。○阮嘯　阮は竹林の七賢の阮籍のこと。嘯はうそぶく。阮籍のうそぶくさまをいった。○嵆琴　嵆は竹林の七賢の嵆康のこと、嵆康の琴を弾くさまをいった。○槎路　漢の張騫が筏にのって河源を窮めた故事。

〈解説〉

韻は岑・簪・林・琴・深・心。三節十二句ではじめに吉野の景を歌ったが、実際の景を写すというよりも、観念的に美辞麗句を並べたもの。二句目はよいとしても第一句はあまりにも観念的、人工的ではないか。次に景によって詩をよみ、歌をうたい、竹林の隠者たちをしのび、さらにこの仙境に自得した心を述べている。故事が多く衒学的であるが、しかし九句以降はよくおのれの心を述べている。詩人ならば名勝、絶景に対してそのまま、なまの感情をぶっつけるのであるが、学者、知識人の詩的感動は、かつて読み学んだところに重ね合わせる傾向がつよい。この詩もその類である。

五・六句に陸機と張衡が登場している。水と海、繳と林の関係で出されたものであるがともに大文人。試作にことづけてのことであるから、最初、「試作の技巧にふけってわれを忘れ」と置き、六句目の「狩猟に熱中して云々」の対にした。こうすれば詩宴のさまも描けると思ったからである。しかし「吉野川に遊ぶ」と題しているところより見れば、川の興趣に主眼を置いたものだろう。そこで訳文のように改めた次第だが、いずれにしても、陸機・張衡の影は消えてしまった。「陸機の才・張衡の能」ぐらいは訳文に入れられたらと思いながら、出来なかったことが心残りである。

93　西海道の節度使を奉ずるの作

往歳《わうさい》　東山《とうさん》の役《えき》
今年　西海の行
行人《かうじん》　一生の裏《うち》
幾度か　辺兵《へんぺい》に倦《う》む

五言　奉二西海道節度使一之作　一首

往歳東山役
今年西海行
行人一生裏
幾度倦二辺兵一

〈現代語訳〉

前に東山道の節度使に任じられ
今は西海道の節度使として赴く

流浪の身　おれは一生のうちで
幾度辺土の士となれば済《す》むのか

〈語釈〉
○往歳　往年、過ぎた年。○東山の役　東山道の節度使に任ぜられたこと。○辺兵　辺境の地を守る兵士。

〈解説〉

韻は行・兵。林古渓氏は、「この詩は、短兵急に迫る観がある。頗る面白い。長い七古、七律の歩武堂々として、雍々敵地に入るに比べて、この短章は、暗夜、弾丸人を撃つ、人避くるに暇がない有様である」と評している。冗漫な語がなく、心情もよく表われている詩である。

五四　従三位兵部卿兼左右京大夫藤原朝臣万里　五首　万里一本作麻呂

藤原万里　六九五（持統天皇九年）～七三七（天平九年）麻呂の名で称されている。不比等の第四子。鎌足の孫。京家の祖。養老元年、従五位下に叙せられ、美濃介。以降左京大夫、参議を歴任。天平九年、持節大使として陸奥の蝦夷を征し、七月に没した。万葉集に短歌二首を残している。

暮春弟の園池において置酒す　序を幷せたり

僕は聖代の狂生《きやうせい》のみ。ただに風月をもつて情となし、魚鳥を翫《もてあそ》びとなす。名を貪《むさぼ》り利を狗《もと》むることは、いまだ沖襟《ちゆうきん》に適《かな》はず。酒に対してはまさに歌ふべし。これ私《し》願《ぐわん》に諧《かな》へり。良節のすでに暮るるに乗じて、昆弟《こんてい》の芳筵《はうえん》を尋ね、一曲一盃、歓情《くわんじやう》をこの地に尽す。あるは吟じあるは詠じて、逸気《いつき》を高天に縦《ほしいまま》にす。千歳の間、嵆康《けいかう》はわが友、一酔の飲、伯倫《はくりん》はわが師なり。軒冕《けんべん》の身を栄えしむるを慮《おもんぱか》らず、ただ泉《せん》石《せき》の性を楽しましむるを知るのみ。

〈現代語訳〉

わたしは聖代の気狂いじみた書生である。ただ風月に心を寄せ、魚鳥を慰みとしている。名利をむさぼり求めることは、わたしの心には適しない。酒を飲んで歌うことはわたしの願いにかなっている。春のよい時節が終りに近づき、兄弟のうるわしい宴会に参加した。あるいは歌い、あるいは飲み、この地で愉快の限りをつくす。あるいは吟じ、あるいは詠って、大空のもと高雅な思いを述べたてる。嵇康は千年の間の友であり、伯倫は酒飲みとしてのわたしの先生である。高貴な官職について身を栄えさせようなどとは考えない。ただ山水池園の風景が、わたしの性情を楽しませてくれるのを知るだけである。

〈語釈〉

○狂生　気狂いじみた者。○ただに風月をもつて情となし　風や月、自然に楽しむことだけに興味をいだき。○名を貪り利を狗む　名誉をむさぼり、利益を求める。○沖襟　わだかまりのない心。虚心。○酒に対してはまさに歌ふべし　盃を手にして高歌放吟すること。魏の武帝の『短歌行』の「対酒当歌」によったもの。○良節　春のよい時節。○逸気　世俗を脱した気性。○高天に縦にす　天に向って思うままに放ちやる。○千歳の間　千年の時代の開きがあること。○一酔の飲　酒を飲んで酔う。わずかな時間になるが、千歳と対応させて一酔とした。○伯倫　晋の沛国の人。酒をほしいままに飲み、物に拘泥しなかった。○軒冕　高位・高官、軒は車、冕は冠をいう。○泉石　山水の風景。

ここにおいて、絃歌迭《たが》ひに奏し、蘭蕙同じく欣ぶ。宇宙荒茫、烟霞蕩として目に満ち、園池照灼《せうしやく》、桃李笑《ゑ》みて蹊を成す。すでにして日落ち庭清く、樽傾きて人酔ふ。

陶然《たうぜん》として老のまさに至らんとするを知らず。

それ高きに登りてよく賦す。すなはちこれ大夫の才。物に体して情を縁《よ》す。あに今日の事にあらずや。宜しく四韻を裁しておのおの所懐を述ぶべしといふことしかり。

〈現代語訳〉

さてそこで琴にあわせて歌を歌い、高雅な友といっしょに楽しみあった。宇宙自然は大きく、霞が立ちこめて眼前に広がる。園内の池は明るく輝き、桃や李は花咲いて人びとが集まってくる。やがて太陽が沈むと庭は涼しく、酒もからになり人びとは酔いしれる。うっとりと酔った心地に老がしのびよっていることなど忘れてしまう。

いったい高い所に登って詩を歌うのは大夫の才である。風物によせて詩情を歌うのは、この宴席のことではないか。よろしく四つの韻を取って、それぞれの思いを述べよう、というばかりである。

〈語釈〉

○蘭蕙　蘭・蕙ともに香草。かぐわしい兄弟・朋友の情に用いた。○宇宙　天地。○荒茫　荒れて茫々と広がっているさま。○蕩として　流れただよう。○園池照灼　庭園、池が明るく輝く。○桃李笑みて　桃や李の花が咲く。○陶然　心地よく酔う。○高きに登りてよく賦す　高い所に登って詩をよむこと。孔子が君子は「高きに登れば必ず詩を賦し」て抱負を述べるといったのを踏まえたことば。○物に体して情を縁す　物象を具体的に見、感じて思いを述べる。○四韻　四韻八句の詩。○裁して　作ると同じ。創作する。

94　暮春弟の園池において置酒す

五言　暮春於二弟園池一置酒
一首　幷序

城市《じやうし》　元より好なし
林園《りんゑん》　賞するに餘りあり
琴を弾ず　中散《ちゆうさん》が地
筆を下す　伯英《はくえい》が書《しよ》
天霽《は》れて　雲衣《うんい》落ち
池明らかにして　桃錦《たうきんの》舒ぶ
言を寄す　礼法の士
わが麤疎《そそ》あるを知るべし

城市元無レ好
林園賞有レ餘
弾レ琴中散地
下レ筆伯英書
天霽雲衣落
池明桃錦舒
寄レ言礼法士
知三我有二麤疎一

〈現代語訳〉

町中には賞美するものがない
林園にはありあまるほどの興趣がある
嵆康の境地を思って琴をひき
伯英が興趣にならって筆をおろす
雨やんで雲は散りうせ
池澄んで桃花は照り映える
一言おことわりする礼儀正しい諸士よ
わたしの行為に時折り粗漏あることを

〈語釈〉

○好なし　賞美するものがない。好しとするものがない。○中散　嵆康の役職。竹林の七賢の一人、嵆康は魏の宗室と婚じ、中散大夫となった。○伯英　後漢の書家張芝のこと。字を伯英といい、草書にすぐれていた。○麤疎　粗漏なこと。手ぬかり、失錯。

〈解説〉

韻は餘・書・舒・疎。林古渓氏は評していう。「序も詩も綺麗である。しかし王勃の用語、用法の多いのが気になる。それからどうも、公卿大夫の気分でない。老荘放達の気にみち、強ひて言論の上に、下等なベランメエを使はうとする有様である。これはよろしくない。僧は僧、士は士、公卿は公卿、その身分を失はぬやうにすべきである。隠者気取り、志士気取り、実に事を敗ることが多いのである。この詩、清談者の亜流としては面白いが、兵部卿万里の詩としては甚だよろしくない」と。

真似事ではすぐれた作品ができないだろうが、しかし文芸の世界に遊ぶ、詩の境地を楽しむことに、さほどむきになることはない。社会の制度によってそこから作りあげられる思考様式、行動様式もあろうが、結局は一個の人間、人間性を表現することに文学は帰着するのである。その点ではこの詩も藤原万里の一面として尊重すべきものである。

95　神納言の墟を過ぐ　　五言　過ニ神納言墟一　二首

一旦　栄《えい》を辞して去る
千年　諫《かん》を奉ずる餘り
松竹　春彩《しゅんさい》を含み
容暉《ようき》　旧墟《きうきょ》に寂《せき》たり
清夜　琴樽《きんそん》罷《や》み
傾門《けいもん》　車馬疎《そ》なり
普天《ふてん》　みな帝国

一旦辞レ栄去
千年奉レ諫餘
松竹含ニ春彩一
容暉寂ニ旧墟一
清夜琴樽罷
傾門車馬疎
普天皆帝国

われ帰つて遂《つひ》にいづくにか如《ゆ》かん　　吾帰遂焉如

〈現代語訳〉

一たび栄誉ある官位を擲《なげう》ち去っていった
千年にも伝えられる忠言を後世に残して
松と竹とは春の生気に彩られているが
月の光は廃墟をさびしく照らしている
清らかな夜、琴酒の事もやみ
くずれかかった門前には訪れる車もない
あまねく天の覆う所みな天子の国であり
辞去するもわが身をどこにおくべきか

〈語釈〉

○一旦　ひとたび、千年の対となる。○春彩　春の彩り。春がめぐって来て、樹木など新鮮な色合いになっている。○容暉　陽光。○旧墟　大神朝臣高市麻呂の遺墟。○清夜　夜気清く静かな夜。○琴樽　琴酒の宴。○車馬疎なり　来客の絶えてないこと。○普天　天下、天の覆うところ。

〈解説〉

韻は去・餘・墟・疎・如。忠臣、諫士の心情がよくあらわれている。いわないではいられないひたむきな心。しかし一度口にしてしまった時、聞き入れられればよいが、そうでないと相手が権力者だけに、わが身の置き所がなくなる。失意というよりもうらぶれ果てた心がよく表現されていると思う。

96　神納言の墟を過ぐ

君道たれか易しといふ
臣義もとより難《かた》し
規《き》を奉じてつひに用ひられず
帰り去ってつひに官を辞す
放曠《はうくわう》として嵆竹《けいちく》に遊び
沈吟《ちんぎん》して楚蘭《そらん》を佩《お》ぶ
天閽《てんこん》もし一たび啓《ひら》かば
まさに水魚の歓《よろこ》びをえん

五言　過㆓神納言墟㆒

君道誰云㆑易
臣義本自難
奉㆑規終不㆑用
帰去遂辞㆑官
放曠遊㆓嵆竹㆒
沈吟佩㆓楚蘭㆒
天閽若一啓
将得㆓水魚歓㆒

〈現代語訳〉

君主の道をだれが容易だというのか
臣下の勤めはそれにもましてむずかしい
忠言を奉ったが用いられないで
官をやめて故郷に帰った
嵆康のようにのびのびと竹林に遊び
屈原のように蘭を手折って声低く歌う
もし宮門をお開きなされたならば
君臣親密な歓びがえられましょうに

〈語釈〉

○もとより　漢字表記は本自。本一字で「もとより」とも読めるし、自も「より」とよめる。「もと（より）おのづから」と読む説があるが、ここでは二字合して「もとより」と読んだ。○規を奉じて　忠諌のことばをさしあげて、規は規諌。○放曠　心を開いてひろびろとしている。のびのびとしている様子。○嵆竹　竹林の七賢の一人の嵆康が竹林（浮世を離れたところ）に遊んだこと。竹は蘭と対にしたもの。○楚蘭　楚の忠諌の士屈原が汨羅《べきら》のほとりをさまよい歌った故事による。蘭は芳しいもの、心の清らかなものにいう。○水魚の歓

び　君臣の親密なよろこびの情。

〈解説〉

韻は難・官・蘭・歓。前の詩とつづけてあるが、どうみても分けなければならない。この詩は諫言した後、あらためて悟った心境を述べている。「放曠」「沈吟」と対で用いているが、放曠ではあきらめがよく、いさぎよく転身した感じになってしまう。もしこの部分が、落莫とか憔悴の意を持った語であったらどうだろう。諫士の一徹の心が浮かび上るのではないだろうか。またこの詩、結句の読み方にもかかっている。「天闇もし一たび啓かば」をうけての「水魚の歓び」は、A、わたしが得られる。B、国家のためにも、天子のためにも得られる。との二つがある。Bは己れをかいかぶりすぎたことばになり、Aではいつでもお仕えしますと積極的な姿勢であるものの、一面には後悔や未練がましい点が見られなくもない。結局は理想的な関係は得にくいものだと悟った心境に解すべきだろうか、それとも、感懐が整理できずに千々に乱れる思いを歌ったとすべきなのか。訳文はBの含みをもって書いた。

97　仲秋釈奠

運冷《ひや》やかにして時に蔡《さい》に窮し

われ衰へて久しく周を歎ず五言　仲秋釈奠　一首

運冷時窮レ蔡

吾衰久歎レ周

悲しいかな　図《と》出でず
逝《ゆ》いて　水留めがたし
玉俎《ぎょくそ》　風蘋《ふうひん》薦《すす》め
金罍《きんらい》　月桂《げっけい》浮かぶ
天縦《てんしょう》　神化遠し
万代《ばんだい》　芳猷《ほういう》を仰ぐ

〈現代語訳〉

運命にもてあそばれ　蔡の地で苦しみ
心の衰えからか、周公を夢にみない
悲しいことよ、世になんの瑞兆もなく
逝く水、逝く年は留めるすべもない
祭壇にうき草を供えて神に奉り
酒樽には月影が宿っている
天が孔子の神化を認められてから久しい
万代までも聖人の道を仰ぎ奉っている

悲哉図不㆑出
逝矣水難㆑留
玉俎風蘋薦
金罍月桂浮
天縦神化遠
万代仰㆓芳猷㆒

〈語釈〉
○蔡に窮し　孔子が陳と蔡との間で陳蔡両軍に包囲され、糧食を断たれて窮した故事。○われ衰へて　精進の道が一頓挫すること。向上への上昇線が鈍ったことをいう。○図出でず　瑞祥があらわれない。聖代伏羲の世に瑞祥として、黄河から背中に河図を負った竜馬があらわれ出た故事。○逝いて　孔子が論語の中で、流れ行く水を見ながら無常を歎じたことを踏まえていったもの。○玉俎　玉飾りをした祭壇。○風蘋　うきくさの一種で、食用にした。風はうきくさの揺れによって風の起こるを知ることからつけた冠詞。○金罍　黄金で飾りたてた酒樽、祭典用である。○天縦　天が許し認めていること。この世に公認され普遍性のあるもの。○芳猷　立派なはかりごと。立派な道。

〈解説〉

韻は周・留・浮・猷。前半、孔子の事跡について述べているが、叙事詩的な感じ。四字の対による進め方、感覚はなにか蒙求の文を思わせる。後半、故事により麗句を操って荘厳にしたのだろうが、ちょっとなじみにくい。讃辞を呈してしめくくるというところ。しかし二十一世紀、孔子の教えもようよう疎くなりはじめたか。

98　吉野川に遊ぶ　　五言　遊二吉野川一　一首

友は禄《ろく》を干《もと》むる友にあらず　　友非二干レ禄友一

賓はこれ霞を飡《くら》ふの賓
縦《ほしいまま》に歌つて水智に臨み
長く嘯《うそぶ》いて山仁を楽しむ
梁前　柘吟《しやぎん》古り
峡上《けふじやう》　簧声《くわうせい》新たなり
琴樽《きんそん》なほいまだ極まらず
明月　河浜を照らす

〈現代語訳〉

友は世俗の栄誉を求める友ではなく
客は超俗、霞をくらう客である
川の流れを臨みみて心のままに歌い
山の高きに登りて声長く口ずさむ
梁の前で柘姫が歌ったのは昔のこと
今は谷間に笙の音が新しく響いている
琴酒の宴はなお尽きない
明月は川原に照り輝いている

賓是飡㆑霞賓
縦歌臨㆓水智㆒
長嘯楽㆓山仁㆒
梁前柘吟古
峡上簧声新
琴樽猶未㆑極
明月照㆓河浜㆒

〈語釈〉

○禄を干むる　出仕して俸禄をうるもの。世俗の名声を求めること。○霞を湌ふ　俗世を離れた生活をする。仙人は霞を食べて生きていたという。○梁前　吉野の地に伝わった伝説で、美稲が設けた梁をいう。○柘吟　原本は「招吟」、柘に改めた。後掲の伝説で、柘姫が美稲に応え吟じたこと。○簧声　笙の音。簧は笙の管の中にある舌のこと。○琴樽　琴酒と同じ。音楽と酒宴の催し。

〈解説〉

韻は賓・仁・新・浜。よい詩である。本書中、山を仁とし水を智とする句は多々あった。9・14・19・20・21・32・36・39・45・46・48・73・83と懐風藻の表現・修辞の特色ともいえる。それは『論語』の雍也篇から出たもので、おおかたが観念的に、また常識的に用いたにすぎなかった。またその語によって一句を使いきってしまうのに対し、この句は一熟語としてよくまとめている。散文の用語を詩に用いる、詩語にするにはこうすべきだともいいたい。この詩の場合、智も仁も抵抗を感じさせないばかりか、むしろ五言の詩の中に融和した感じである。

　山水仁智について、論語の雍也第六から掲げておく。

子曰《い》はく、知者は水を楽《この》み、仁者は山を楽《この》む。知者は動き、仁者は静かなり。知者は楽《たの》しみ、仁者は寿《いのちなが》し（宇野哲人『論語新釈』による）。

五五　従三位中納言丹墀《たぢひ》真人広成《ひろなり》　三首

丹墀広成　～七三九（天平十一年）
多治比とも書く。左大臣正二位島の子。和銅元年、従五位下、下野守、越前守を経、天平四年、遣唐人使となり翌年出発、天平七年に帰朝。参議、中納言、天平十年には式部卿をも兼任した。天平十一年、従三位にて没した。

99　吉野山に遊ぶ

山水　臨むに随つて賞す
巌谿《がんけい》　望みを逐つて新たなり
朝《あした》に看る　峯《みね》を度《わた》る翼《つばさ》
夕に翫《もてあそ》ぶ　潭《ふち》に躍る鱗《うろこ》
放曠《はうくわう》として　幽趣《いうしゆ》多く

五言　遊㆓吉野山㆒　一首

山水随㆑臨賞
巌谿逐㆑望新
朝看度㆑峯翼
夕翫躍㆑潭鱗
放曠多㆓幽趣㆒

超然《てうぜん》として　俗塵《ぞくぢん》少し　　　超然少二俗塵一
心を佳野《よしの》の域に栖《す》ましめて　　　栖二心佳野域一
美稲《うましね》の津《しん》を尋ね問ふ　　　尋二問美稲津一

〈現代語訳〉

山水の風景を歩み行くままに賞し
岩のそそり立つ渓谷は一足ごとに趣きが変る
朝に峰を越えてゆく鳥をみ
夕には淵に遊ぶ魚と親しむ
のびのびと奥深い景を楽しみ
超然とした心には世の煩わしさがない
心をこの吉野の地におき
美稲が梁を仕掛けた場所を尋ねてみた

〈語釈〉

○臨むに随つて　行くにつれて、歩いて行くままに。○巌谿　巌の聳え立つ谿谷の景色。○望みを逐つて　見て行くにつれて、見て歩くままに。○峯を度る翼　山を越えていく鳥。○

放曠　とらわれることなく自由なこと。○幽趣　奥深く静かな情趣。○超然　この世から抜きん出ているさま。世俗から離れていること。○佳野の域　吉野の地をいう。○美稲の津　吉野に伝わる伝説の主、美稲が梁の仕掛けをした場所。津は渡し場にいうが、ここでは仕掛けた場所をさす。

〈解説〉

韻は新・鱗・塵・津。重量感のある詩とはいえないが、佳作である。気負いのないところがいい。

100　吉野の作

高嶺嵯峨《かうれいさが》として奇勢《きせい》多く
長河渺漫《ちやうがべうまん》として廻流《くわいりう》を作《な》す
鍾池超潭《しようちてうたん》　凡類《ぼんるい》に異り
美稲《うましね》仙に逢ふ洛洲に同じ

七言　吉野之作　一首

高嶺嵯峨多二奇勢一
長河渺漫作二廻流一
鍾池超潭異二凡類一
美稲逢レ仙同二洛洲一

〈現代語訳〉

高い山がそそり立って奇勝の景が多く
長い河がはるかにつづき曲折し流れる

鍾池や越潭この地はただの景ではない
美稲と仙女そう曹植と神女と同じ趣きだ

〈語釈〉
○嵯峨　けわしく聳える。○渺漫　遥かに遠いさま。○鍾池　呉の鍾山にある池か。諸説あるがいずれも確たるものでなく未詳。○超潭　越の越水のこと。鍾池も越潭も風景のすぐれたところとされた。ともに岩石露出し、急流の景を想起すべきであろう。○異　底本は「豈」とあり、これでも充分に読めるが、次の句の「同」と対応する語として、天和本の「異」に従った。○美稲　昔、吉野川に梁をうって柘枝の仙女にあったと伝えられる男性。○洛洲　洛水の中洲。曹植が洛水の洲で神女にあったという「洛神賦」によったもの。

〈解説〉

韻は流・洲。第三句の転句の意味が安定しにくい。A「鍾池超潭のごとく平凡な景と異って」と、B「鍾池超潭をどうして平凡な景といえようか、平凡な景ではないのだ。そのような……」となる。Aは超潭の下が「異」の字、Bは「豈」の字のときである。Aで読むと吉野を高めるために鍾池超潭を引き合いに出したといえようし、Bにとると鍾池超潭を理想とし、吉野をそれ以上に引き上げたことにもなる。Aの感情で解釈したが、いずれにしても見もせぬ鍾池や超潭を理想化してのことばである。この詩は72の紀男人の詩とよく似ている。

二首並記すると、

高嶺嵯峨多奇勢　長河渺漫作廻流　鍾池超潭異凡類　美稲逢仙同洛洲（100）
万丈崇巌削成秀　千尋素濤逆折流　欲訪鍾池越潭跡　留連美稲逢槎洲（72）

第一句は巌が険しく聳え立っているさま。第二句は川は曲りくねって流れているさま、第三句に鍾池超潭を持ち出し、第四句は伝説の美稲が柘姫にあった件で結んでいる。こうなると勝負どころは第一句、第二句になり、それは写実的に表現するか、より観念的に現実の景を誇張していくかになる。しかし時代の思潮は観念の世界に住むことを欲していた。

101　懐ひを述ぶ　　五言　述レ懐　一首

少《わか》くして蛍雪の志なく　　少無二蛍雪志一
ひととなりて錦綺《きんき》の工なし　　長無二錦綺工一
たまたま文酒の会に逢ひて　　適逢二文酒会一
つひに不才《ふさい》の風を恧《は》づ　　終恧二不才風一

〈現代語訳〉

幼少のころから学問に励むの気がなく

成人しても詩文を作る才能がない
はからずも風雅な酒宴に列席したものの
どうにも無骨なわが身が恥ずかしい

〈語釈〉
○蛍雪　読書・学問にはげむこと。晋の車胤の故事による。○錦綺の工　詩文をかざり美しくする才能。○たまたま　はからずも。原詩は「適」の字を置いている。○つひに　終わりにの意があり、ゆきつくところ、最後にはの意、どうにもと訳した。

〈解説〉

韻は工・風。よい作品である。だいたい五言絶句の出来はよい。語句が短いためにてらいもなく、あえて技巧を加える余地がなく、さらりと歌うためであろう。大言壮語の詩よりも、おのれの不甲斐なさを詠った句の方が、わたしには同感を覚える。

五六　従五位下鋳銭長官高向《たかむこ》朝臣諸足《もろたり》　一首

高向諸足　生没年未詳
天平五年、正六位上より外従五位下に叙せらる。本書の

「従五位下鋳銭長官」についての任用年月は不明。天平七年閏十一月に任命があったが、その時か。

102　駕に吉野宮に従ふ

在昔《ざいせき》　魚を釣りし士
方今《はうこん》　鳳《ほう》を留むる公
琴を弾じて仙と戯れ
江に投じて神と通ず
柘歌《しやか》　寒渚《かんしよ》に泛《うか》び
霞景《かけい》　秋風に飄《ひるがへ》る
たれかいふ姑射《こや》の嶺《みね》
蹕《ひつ》を駐《とど》む　望仙の宮

五言　従ニ駕吉野宮一　一首

在昔釣レ魚士
方今留レ鳳公
弾レ琴与レ仙戯
投レ江将レ神通
柘歌泛ニ寒渚一
霞景飄ニ秋風一
誰謂姑射嶺
駐レ蹕望仙宮

〈現代語訳〉

昔は魚釣る男の子がいたが
今は天子に従って百官の士がいる

臣下たちは琴をひいて仙人の境に遊び
江を臨みみて神通の境に入っている
柘姫の詠み交した歌は寂しく川辺に響き
霞は秋風に流されてはまた流れ来る
たれが藐姑射の山をよしという
ご来遊のこの地こそ望仙宮と申すもの

〈語釈〉

○魚を釣りし士　吉野の地に伝わっている伝説の美稲のこと。○鳳を留むる公　天子の乗り物をこの地に留めたことと、それにつき従ってきた公卿たち。原文「風」を「鳳」に改めた。○江に投じ　江に臨んで。○柘歌　柘姫が美稲に与えた歌。○寒渚　ものさびしい水辺。○姑射の嶺　藐姑射の山をいう。仙人が住んでいるという。○蹕を駐む　御車をとどめる。足をとめる、たちどまるの意。○望仙の宮　望仙宮は漢の武帝の建てた宮殿の名、これを吉野離宮にたとえた。

〈解説〉

韻は公・通・風・宮。林古渓氏の評は手きびしい。「吉野の詩には一つも佳詩がないが、この篇は随分劣等に属する。ただの詩としてもこんな猥劣のものがあってはならぬ。まして従駕の詩は、こんな褻漫であるべきでない。もっと厳粛清高にあるべきものである」と。尊厳を示すために形式を重んじた時代であるが、それにしても型にだけ追われているのでは個性的な詩は生まれにくい。この詩はだいぶ砕けた感情になっているが、それがよいのではないか。

五七　釈道慈《しゃくだうじ》　二首

釈道慈　～七四四（天平十六年）

大和国添下郡の人。俗姓額田氏。若くして出家し、大宝二年に入唐。三論宗に精通し、遊学十七年に及び、養老二年に帰朝、天平元年に律師に任ぜられた。当時、僧の俊秀は少僧都神叡と律師道慈と並称された。天平九年、大極殿で金光明最勝王経を講師として講じた。天平十四年、十代の天皇のために厳導七処九会図像を造って、人安寺に施入した。天平十六年に没した。時に歳七十有余。

釈《しゃく》の道慈《だうじ》は俗姓は額田《ぬかだ》氏、添下《そふのしも》の人、少《わか》くして出家、聡敏《そうびん》にして、学を好む。英材明悟《めいご》、衆の喜ぶところとなる。太宝《たいほう》元年、唐国に遣学《けんがく》す。明哲《めいてつ》を歴訪し、講肆《かうし》に留連す。妙に三蔵の玄宗《げんしゆう》に通じ、広く五明《ごみやう》の微旨《びし》を談ず。

時に唐、国中の義学《ぎがく》の高僧一百人を簡《えら》んで、請じて宮中に入れて、仁王般若《にんわうはんにや》を講ぜしむ。法師学業穎秀《えいしう》、選中に預《あづか》り入る。唐王その遠学《ゑんがく》を憐《あはれ》んで、特《とく》に優賞を加ふ。

西土に遊学すること、十有六歳。養老二年、本国に帰り来る。帝これを嘉《よみ》し僧綱《そうかう》律師《りつし》に拝す。性甚《はなは》だ骨鯁《こつかう》にして、時のために容《い》れられず。任を解《と》いて帰りて山野に遊ぶ。時に京師《けいし》に出でて、大安寺を造《つく》る。時に年七十餘なり。

〈現代語訳〉

道慈師は出家する前の姓を額田氏といい、奈良県生駒郡の人である。年若いころに出家し、聡明で学問を好んだ。すぐれた能力の持ち主で、また悟りが早く人びとの推賞をうけていた。大宝元年に中国に留学した。中国の智者賢者を尋ね訪い、講義の席に留り、長いこと勉強した。仏教の経・律・論の玄妙な宗旨を理解し、声明《しょうみょう》など五つの微妙な宗旨をも論談することができた。

当時、中国中の学識ある高僧百人を選び、宮中に招き入れて仁王般若を講じさせた。道慈は学業にすぐれていたので、選び出されてその数に入った。中国の皇帝は海を渡って来た道慈をあわれみいつくしみ、手厚くもてなして加えたものである。

中国に遊学すること十六年、養老二年に日本に帰ってきた。聖武天皇は道慈の行蹟を讃えられ、僧官の律師を与えられた。性格に剛直なところがあり、当時の人に受け入れられなかった面もあった。任ぜられた職を退いて故郷に帰り、山野に遊んだ。時に奈良の都に出、大安寺を建造された。年は七十余歳であった。

〈語釈〉

○釈　釈門。僧、釈迦の門弟。○俗姓　僧となる前の世俗で用いていた姓。○添下の人　奈良県生駒郡の一部。○聡敏　賢くさとることが早い。○英材明悟　すぐれた能力をもち、さとりが早い。○遣学　留学。○明哲　明哲な人。唐国人の中で物事に明らかで賢い僧。○講肆　講義の席。○留連　とどまりつらなる。その場につなぎとめられる。○妙に　くわしく。「妙に……通ず」は後の「広く……談ず」と対になるので切って読んだが「妙通」と熟語で読んだ方がわかりやすいか。○三蔵　仏教における経義・律義・論義の三つをいう。また経律論の三つを修めた人をもいう。○五明　古代印度の五つの学科目。○微旨　微妙で奥深い宗旨。

○義学　学問として仏教を研究すること。○請じて　招いて。○仁王般若　大般若経六百巻あるその一部の経。○穎秀　すぐれ秀でている。○唐王　中国唐時代の王で、道慈の留学した期間からみると、中宗・睿宗・玄宗のいずれかである。○優賞　あつくほめる。

○西土　中国。○嘉し　おほめになる。○僧綱律師　僧官の中の律師の官をいう。律師は僧正・僧都につぐ官で、太政官でいうと従五位相当である。○骨鯁　剛直、信念が強く、筋を曲げないこと。○時のために容れられず　当時の人に受け入れられない。○任を解いて　職を退いて。○京師　都、奈良の都。○大安寺　もとは大官大寺といった。ここでの「造る」は移建したことをいう。

103　唐に在つて本国の皇太子に奉る　　五言　在レ唐奉ニ本国皇太子一　一首

三宝《さんぼう》聖徳を持し　　三宝持ニ聖徳一
百霊《ひゃくれい》仙寿《せんじゅ》を扶《たす》く　　百霊扶ニ仙寿一
寿は日月とともに長く　　寿共ニ日月一長
徳は天地とともに久し　　徳与ニ天地一久

〈現代語訳〉
仏のみ教えは皇太子のすぐれた徳行をお守りし
百神のみ霊《たま》は皇太子の不老長寿にお尽しする
ご寿命は日月と同じように長く
御徳は天地と同じように久しくあられますよう

〈語釈〉

○三宝　仏教のこと。仏陀と、その教えと、教えを守る僧、つまり、仏・法・僧の三つをさす。○百霊　多くの物の霊、諸物に神が宿っており、神のもつ不思議な力。○仙寿　仙人としての寿命で、不老長寿であるとされる。ここでは皇太子の寿命の長久であるようにとの比喩で用いた。

〈解説〉

韻は寿・久。林古渓氏は、「これは立太子祝賀の歌かと思はれる。尊い立派な作品である。語はありふれてゐて、意味は厳重である。模範になるべき詩である。譚公曰く、集中の諸家に勝ること数等、云々」と述べている。頌、偈文としても立派な作品である。

初春竹渓山寺に在り　長王の宅において宴す　追って辞を致す　序を幷せたり

沙門道慈啓す。今月二十四日を以《もつ》て、濫《みだ》りに抽引《ちういん》を蒙り、追って嘉会《かくわい》に預る。旨を奉じて驚惶《きやうくわう》し、措《お》く攸《ところ》を知らず。但し道慈少年にして落飾《らくしよく》して、常に釈門に住す。属詞吐談《ぞくしとだん》に至っては、元来いまだ達せず。況《いは》んや道機俗情《だうきぞくじやう》まったく異ることあり、香盞酒盃《かうさんしゆはい》また同じからず。この庸才《ようさい》かの高会に赴く。理、事に乖《そむ》き、事、心に迫る。
もしそれ魚麻《ぎよま》処を易《か》へ、方円《はうゑん》質を改めば、恐らくは養性《やうせい》の宜きを失ひ、任物《にんぶつ》の用に乖《そむ》かん。躬を撫して驚惕《きやうてき》し、啓処《けいしよ》するに遑《いとま》あらず。謹んで裁《さい》するに韵を以《もつ》てし、以《もつ》て高席《かうせき》を辞《じ》す。謹んで至すに左を以《もつ》てす。羞《は》づらくは耳目を穢《けが》さんことを。

〈現代語訳〉

僧道慈が申しあげます。今月の二十四日、かしこくもお引き立てをたまわり、またおめでたい御宴にもお招きをいただきました。ご趣旨をうけたまわり、かしこさに驚き恐れ身の置き所もございません。わたくし道慈、年若くして僧になり、いつも仏寺に住んでおります。詩文を作り論談するようなことはもとより未熟でございます。ましてや仏道の機でうごくわたくしには、世俗の情とは異なるものです。香の盞と酒の盞にしましても寺院と俗人用では違っております。わたくしごとき拙き才で長屋王殿下の盛んな宴会に参列いたすことは、道理にそむいて心苦しいばかりです。
もし魚と麻とが処をかえ、方と円とが形をかえたならば、自分の本性を養うことができずに、物事を行う用にそむくでしょう。わが身をすくめて驚き、家におりましても安き思いはいたしません。謹しんで詩歌を作り、ご宴席を辞退いたします。謹しんで次の詩を呈上いたします。ご覧いただける代物でない拙い物でありますこと、恥ずかしい次第です。

〈語釈〉

○啓す　申しあげる。啓は言うの表敬動詞で、天皇に対しては「奏」、皇后、皇太子に対しては「啓」の語を用いる。○濫りに　柄にもなく。謙譲の意をあらわすことば。○拙引　お引き立て、引き立てられること。○嘉会　めでたい会合。○旨　思し召し。○措く攸を知らず　どう振るまっていいのかわからない。○落飾　髪をそり出家、仏門に入ること。○属詞吐談　文章を綴り、談論したりすること。○いまだ達せず　まだ未熟である。○道機俗情　仏道での悟りへの境地と、世俗の生活感情。○香盞酒盃　寺院用の盃と俗人用の盃。○庸才　平凡な才能。○高会　高雅な士の会合。○理、事に乖き、事、心に迫る　道理が俗事にそむき、俗事がわたしの心にせまって苦しい。僧である身は本来宴会などに出るべきでないのに、出ることは心苦しいということ。○魚麻　魚は俗人が食べるもの。麻、胡麻は僧の食べ物、性格の異るところへ居場所を変えること。○質を改め　形状を改める。本来のものでないものにする。○養性の宜さを失ひ　本性を養うの正当性を失ってしまう。○任物の用　本来の任とする仕事。○躬を撫して驚愓し　驚き恐れて身体をなでさするさま。○啓処　安心していること。○韵　韻のこと。詩文を作る。○高席　高会と同じ。○謹んで至す　恐れながら差しあげる。慎んでは謙譲の語。○羞づらくは　恥ずかしく思うことは、謙譲のことば。

104　初春竹渓山寺に在り　長王の宅に
おいて宴す　追つて辞を致す

緇素《しそ》　杳然《えうぜん》として別る
金漆《きんしつ》　諒《まこと》に同じうしがたし
納衣《なふえ》　寒体《かんたい》を蔽《おほ》ひ
綴鉢《てつぱつ》　飢嚨《きろう》に足れり
蘿《ら》を結んで垂幕《すゐばく》となし
石に枕して巌中に臥す
身を抽《ぬき》んでて俗累《ぞくるゐ》を離れ
心を滌《すす》いで真空《しんくう》を守る
杖を策《つ》いて峻嶺《しゆんれい》に登り
襟を披《ひら》いて和風を稟《う》く
桃花《たうくわ》　雪冷々《れいれい》たり
竹渓《ちくけい》　山沖々《ちゆうちゆう》たり
春に驚いて柳変ずといへども
餘寒　単躬《たんきゆう》にあり

五言　初春在二竹渓山寺一於二長王宅一
宴、追致レ辞　一首　并序

緇素杳然別
金漆諒難レ同
納衣蔽二寒体一
綴鉢足二飢嚨一
結レ蘿為二垂幕一
枕レ石臥二巌中一
抽レ身離二俗累一
滌レ心守二真空一
策レ杖登二峻嶺一
披レ襟稟二和風一
桃花雪冷々
竹渓山沖々
驚レ春柳雖レ変
餘寒在二単躬一

僧はすでに方外《はうぐわい》の士
何ぞ煩《わづら》はしく宴宮に入らん

〈現代語訳〉

僧と俗とははるかな距りがあり
金と漆のように本性は違うもの
僧衣はやせた寒むざむしい体を蔽い
鉄鉢に施しを受けて飢えをしのぐ
まさきのかずらを編んで簾《すだれ》とし
石を枕にして巌の中に臥している
すすんで世俗の係累をはなれ
心を洗い澄ませて空《くう》の空を守る
杖を手にして険しい峰に登り
胸元をひろげて和らぎの風を迎える
桃は咲いたものの残雪は冷たく
竹は水辺に茂り遠山は霞に淡い
春に呼びさまされて柳は芽吹いたが

僧既方外士
何煩入㆓宴宮㆒

餘寒は一人ぼっちの私の身にしみる
僧は申すまでもなく世俗の外の者
何で宴席などに参加いたしましょう

〈語釈〉

○緇素　僧と世俗の人。緇は黒色で僧の着る衣、素は白色で俗人をいう。○杳然　はるかなさま。○納衣　僧衣、僧の着物。○綴鉢　鉄の椀。綴は鉄製の椀のひびわれたのを綴ったもの。○飢嚨　飢えたのど。嚨はのど。○真空　一切の色相を超越したもの、空の空と訳した。○沖　深いこと。沖々は和融淡白などとも。○竹渓　竹渓は地名の「つげ」の音訳とし、地名と竹の渓川とみたり、竹の林の奥行きの深いことと解するむきもあるが、水辺の竹林、そのむこうに淡くみえる山の峯のように訳した。○方外の士　浮世外の士。世俗を離れて生活するもの。

〈解説〉

韻は同・嚨・中・空・風・沖・躬・宮。林古渓氏はいう。「前の啓と共に堂々たるものであり、清浄な生活を求めてをるものに、俗情を強ひむとした非を鳴らして、読者をして慙愧に堪へざらしめる」と。十六句、四節。一節は四句によって構成されている。第一節は俗と異なる僧は身を支えられればよしとし、第二節で空以外に守るもののないことを説く。さらに第三節はここに僧の楽しみがあり、結句の第四節で俗界での招きを堅く退けている。まことに筋が通り清涼な感じがする。用語が適切で引きしまった内容、これは単に学問を積んだ、知識を搔き集めただけの者にできる技ではない。精神を修習した者にはじめてできるものである。奈良時代、僧侶が国政の中で重んぜられるが、その反面にはこのような気骨のある僧のいたことは快い。托鉢の僧の鉄鉢には、種田山頭火の「鉄鉢にもあられ」の名句がある。

五八　外従五位下石見守麻田《あさだ》連陽春《やす》　一首　年五十六

麻田陽春　生没年未詳　享年五十六歳

帰化人系の人。はじめ答本陽春と称したが、神亀元年に麻田の姓を賜わる。天平二年、大宰大弐、天平十一年に外従五位下。石見守に任じられた年月は不明。万葉集中に短歌四首を残し、また巻五の撰者ではないかとも擬せられている。

105　藤江守《とうがうのかみ》禆叡山《ひえいざん》先考《せんかう》の旧禅処《きうぜんしょ》の柳樹《りうじゅ》を詠ずるの作に和す

近江はこれ帝里
禆叡《ひえい》はまことに神山なり
山静かにして俗塵寂《ぞくぢんせき》とし
谷間《かん》にして真理専《もっぱ》らなり
ああ穆《ぼく》たるわが先考
ひとり悟《さと》つて芳縁《はうえん》を闢《ひら》く
宝殿《ほうでん》　空に臨んで構《かま》へ
梵鐘《ぼんしょう》　風に入つて伝ふ
烟雲《えんうん》　万古《ばんこ》の色
松柏《しょうはく》　九冬堅《きうとうかた》し
日月　荏苒《じんぜん》として去り
慈範《じはん》　独り依々《いい》たり
寂莫《せきばく》たる　精禅《せいぜん》の処
俄かに積草《せきさう》の墀《ち》となる

五言　和下藤江守詠二禆叡山先考之旧禅処柳樹一之作上　一首

近江惟帝里
禆叡寔神山
山静俗塵寂
谷間真理専
於穆我先考
独悟闢二芳縁一
宝殿臨レ空構
梵鐘入レ風伝
烟雲万古色
松柏九冬堅
日月荏苒去
慈範独依々
寂莫精禅処
俄為二積草墀一

古樹　三秋落ち
寒花　九月《きうげつ》衰ふ
ただ餘す　両楊樹《りやうやうじゆ》
孝鳥《かうてう》　朝夕《てうせき》悲しむ

〈現代語訳〉

近江は帝都であり
比叡は神の住む山
山は静かで俗界から離れ
谷は閑《のど》かで仏の道理が漲っている
ああ、わたしの亡父は
ここで悟って仏縁を開かれた
仏殿は空高く聳え
大鐘は風のまにまに響いてくる
もやや霞は太古の色そのまま
松や柏は三月《みつき》の冬にも色あせない

古樹三秋落
寒花九月衰
唯餘両楊樹
孝鳥朝夕悲

月日はむなしく過ぎ去っていくが
亡父のあたたかき教えは昔のままだ
寂しく静かな禅の道場も
俄かに雑草の茂る庭となった
古木は秋にあって落葉し
後れ咲きの花はしおれてわびしい
ただ二本の楊の樹だけが空しく立ち
烏が朝に夕に悲しく鳴くばかりである

〈語釈〉

○藤江守　藤原近江守。近江守は藤原仲麻呂。恵美押勝のこと。○先考　亡父藤原武智麻呂。不比等の長子。○旧禅処　武智麻呂が比叡山で修禅し、そこへ寺が建ったものの、二十年後にはさびれて柳の樹だけになってしまった跡地。○近江　天智天皇が都とした地で、大津は帝都となった。○裨叡　比叡山のこと。○寂　「しづか」と読むのが一般であるが、すぐ上に「静かに」と用いられているので、それを避けて「しづみ」とか「せき」と音読されている。ここでは「せき」と読んだ。○間　しずか。のどかの意。○真理　仏の説く教え、道理。○ああ　感嘆のことば。○九冬　冬三ヵ月九十日をいう。○堅し　底本専とあるも大系本によって堅と改めた。
○荏苒　月日の早く過ぎていくさま。○依々　思いを寄せてはなれないこと。そのものに依るさま。○精禅　禅に精進する。○墀　石を敷きつらねた庭。石畳みの庭。○寒花　ひっそりと咲く花。わびしく咲いている花。寒々しいとか素寒貧など、精力、活気の乏しい状態。底本の寒草を改めた。○孝鳥　烏のこと。

〈解説〉

韻は山・専・縁・伝・堅。換韻というか次の句は依・墀・衰・悲。藤原仲麻呂の詩に和したものである。先考は仲麻呂の父の武智麻呂。武智麻呂は不比等の長子であり、仲麻呂は武智麻呂の第二子。武智麻呂が比叡山で修禅し、そこに寺を建てたが、二十年も過ぎると、すっかり荒れはて、さびれてしまった。それに仲麻呂が感ずるところがあって詩を作り、その詩に麻田陽春が和したのである。伝教大師が入山する七十年ほど前のことである。

題名によれば、この詩は藤原仲麻呂が父の武智麻呂の比叡の先業を詠った詩に和したものであるが、これが一篇なのか二篇なのか説がわかれている。「一首」とあることから一首と見たいのであるが、換韻されているところから、詠風情緒が著しく異っているからである。二篇として二人の応答のように見えるが、麻田陽春一人の作で、先半、後半立場を変えて詠じたものともする。

この篇のうち前半は寺の建立について、後半は荒れ果てた現状を歌っている。そうしてそれぞれの部にこれという盛り上がり、構成の山場が見えないとなると、前後を合体したくもなる。しかし合体して四句ずつの四節（ただし第一節は六句目まで）としても、句切れが悪く詩想の展開も緩慢である。十句を境に二つに切って見るが、尻切れの感は免れない。後半の詩の終りに結句らしいものを見るだけなのである。

また「柳樹を詠ずるの作に和す」の題をみると、前篇には楊柳に触れるところがなにもない。後篇にわずかに見るだけである。そうなると、この詩はやはり一篇と見る方がよいのかも知れない。詩の冗漫さが引き起こしている問題ともいえる。作者目録に藤原仲麻呂名が見えないのであるから、あえて仲麻呂の作とすべきではないだろう。

前半の「山静俗塵寂」は、俗塵がたたないの意と思うので、少々雑になるかも知れないが、「俗界から離れ」と訳しておいた。

五九　外従五位下大学頭塩屋連古麻呂　一首

塩屋古麻呂　生没年未詳

吉麻呂とも書く。養老律令の編集に預り、養老五年には東宮（聖武）に侍した。神亀のころは宿儒といわれ、天平十一年に外従五位下に叙せられた。翌天平十二年には藤原広嗣の叛に連坐して流される一面もあった。大学頭就任の年月は不明。

106　春日左僕射長王の宅において宴す

居を卜《ぼく》して　城闕《じやうけつ》に傍《そ》ひ
興に乗じて　朝冠《てうくわん》を引く
繁絃《はんげん》　山水を弁じ
妙舞《めうぶ》　斉紈《せいぐわん》を舒《の》ぶ
柳条《りうでう》　風いまだ煖《あたた》かならず
梅花　雪なほ寒し
放情《はうじやう》　まことに所をえたり
願はくは金蘭《きんらん》のごとくならむことを

五言　春日於㆓左僕射長王宅㆒宴　一首

卜㆑居傍㆓城闕㆒
乗㆑興引㆓朝冠㆒
繁絃弁㆓山水㆒
妙舞舒㆓斉紈㆒
柳条風未㆑煖
梅花雪猶寒
放情良得㆑所
願言若㆓金蘭㆒

〈現代語訳〉
宮城門の傍らに邸宅を構え

興のわくままに朝臣を招いて宴を開かれる
絃の調べは山水の趣きを演じわけ
巧みな舞はねり絹の衣をひるがえす
柳に吹く風はまだ温かとはいえず
梅は咲いたが雪はなお冷たい
気儘に思いを馳せるに格好なお所
いつまでも金蘭の交りでありたいものだ

〈語釈〉

○城闕　宮城の門、城門。○朝冠　朝臣、公卿役人。○繁絃　急調子の弦の音。○斉紈　斉の国で産出した白いねり絹。○放情　気のおもむくままに心をやる。心を拘束されることなく気儘にしておくこと。○金蘭　親しい交り。断金の交り。蘭交などともいう。

〈解説〉

韻は冠・紈・寒・蘭。よい詩である。漢詩一般の措辞であったら「城闕傍」と置きたいところ。結句となる七句目は不作法、無礼講として評判がよくない。感懐を思う存分に書いて屈托のないところであるが、主君に対する礼という点からみたら、やはり考えなければならないか。

六〇　従五位上上総守伊支《いき》連古麻呂　一首

伊支古麻呂　生没年未詳
帰化人系の人。伊吉とも雪とも書く。大宝二年に第七次の遣唐使に従って渡唐。五年後の慶雲四年帰朝。和銅六年に従五位下に叙せられ、天平四年、下野守になったが、上総守の就任年月は不明。

107　五八の年を賀する宴

万秋《ばんしう》　貴戚《きせき》に長じ
五八《ごはち》　遐年《かねん》を表す
真率《しんそつ》　前後なく
鳴求　愚賢《ぐけん》を一にす
令節　黄地《くわうち》を調《ととの》へ
寒風　碧天《へきてん》に変ず

五言　賀二五八年一宴　一首

万秋長二貴戚一
五八表二遐年一
真率無二前後一
鳴求一二愚賢一
令節調二黄地一
寒風変二碧天一

すでに螽斯《しうし》の徴《ちょう》に応ず　　已応㆓螽斯徴㆒
なんぞ須《もち》ゐん太玄《たいげん》を顧みるを　　何須顧㆓太玄㆒

〈現代語訳〉

万世までも栄える高貴な家に成長され
ここに四十の長寿のお祝いを申上げる
貴賤を問わず、ひとしく迎え入れられ
賢愚ともども、慕い集まって群をなす
今日のよき日に大地は気候をととのえ
寒風も青空のもと和やかな風に収った
家内も平穏であり子孫は繁栄している
なんで太玄経など振り返る要があろう

〈語釈〉

○五八の年を賀する　四十歳の長寿の賀。四十歳から十年ごとに行い四十賀、五十賀、六十賀などといった。ちなみに平安朝歴代天皇の平均寿命は四十四歳であった。○遐年　遐は遠いの意。長寿のこと。○真率　ありのままで飾らないこと。○鳴求　鳥が鳴きあって友を求めること。○黄地　地、大地のこと。黄は地の色。○螽斯の徴　子孫繁栄の兆しのみえること。螽斯はいなご、またはきりぎりすにいう。いなごは一度に九十九匹の子を生むと伝えられ、子孫繁栄の兆しとした。○太玄　西漢の揚雄の撰した太玄経。易に擬して作ったもので、宇宙より人事に至るまで万般に亘っていい及んでいる。

〈解説〉

韻は年・賢・天・玄。64と同じ韻である。観念ばかりが先走って措辞に難があるといえそうである。第四句、第六句がそれである。一句・二句で長屋王が皇族として生まれ、四十の賀を祝うことをのべ、三・四句で王の人柄、五・六句は祝宴に天候も和して寿ぎ、最後に一族の繁栄をうたっている。こうなると五・六句にもう少し盛りあがりがあってもよいと思う。64よりはまとまったよい詩である。64 107とも太玄経を否定しているが、太玄経がどういう読まれ方をしてき、今はそれが不用だという根拠を具体的に注した本はいまだみない。

六一　隠士民黒人《たみのくろひと》　二首

民黒人　生没年未詳

帰化人系の人。本書の目録には「隠士民忌寸黒人」とある。民が姓で黒人が名。民忌寸ならば後漢の霊帝の曾孫、阿智王の後裔と見られる。隠士は官途から離れ隠遁していたことによる。

108　幽棲

五言　幽棲　一首

試出㆓囂塵処㆒
追㆓尋仙桂叢㆒
巌谿無㆓俗事㆒
山路有㆓樵童㆒
泉石行々異
風烟処々同
欲㆑知㆓山人楽㆒
松下有㆓清風㆒

試みに囂塵《がうぢん》の処を出でて
仙桂《せんけい》の叢《くさむら》を追尋《つゐじん》す
巌谿《がんけい》俗事なく
山路樵童《せうどう》あり
泉石《せんせき》行々《かうかう》異り
風烟《ふうえん》処々同じ
山人の楽しみを知らんと欲せば
松下　清風あり

〈現代語訳〉

たまたまかしましい俗世を脱れ出
桂の茂る幽棲の地を探し求めえた

深い谷間には世俗の煩らいはなく
山路では木樵《きこり》の子供にあうぐらい
泉や岩は一歩《ひとあし》ごとに景色が変るが
風や露はどこも変わらぬ趣がある
山に住む人の楽しみを問うのなら
松の下枝《しずえ》に吹く清風というだけだ

〈語釈〉
○囂塵　煩わしい塵俗、囂はうるさい、かしましい。○仙桂　世俗を離れた幽棲の地。○山人の楽しみ　世俗をさけて山に隠遁している人の楽しみ。

〈解説〉

韻は叢・童・同・風。林古渓氏の評に、「この詩、どうも清浄高潔な学人の作と思はれる。詩も清浄である。黒人が風藻の作者に擬せられる理由もある。潭公曰く、叶属自然にして毫も塗沢なし。幽棲の題目に背かざるなり。山人を山客と改め、有清風を只清風と改めば五律の上乗と」。自然に没入しきっている姿がよく表現されている。

109　山中に独坐す

烟霧《えんむ》　塵俗を辞し
山川　処居《しょきょ》を壮《さかん》にす
この時よく賦することなくんば
風月おのづから余を軽んぜん

五言　独坐㆓山中㆒　一首
烟霧辞㆓塵俗㆒
山川壮㆓処居㆒
此時能莫㆑賦
風月自軽㆑余

〈現代語訳〉
煩わしい世俗を離れて雲霧の靡《なび》く山に入れば
山は住居としていよいよ心を壮《さかん》にしてくれる
この自然の中にいてよい詩ができないならば
風月はわたしを無風流な者とあなどるだろう

〈語釈〉
○処居を壮にす　居処に満ち足りて十分な思いにしてくれる。○なくんば　底本は「草」、天和本によって改む。○風月　清風明月。自然の風物。

〈解説〉

韻は居・余。この詩も清浄な詩である。ただ字が定まっていない。「壮処居」「壮我居」また壮を在として「在我居」（寛政本）となっている本もある。「在我居」は平凡。「壮我居」ならば「壮処居」の方がすぐれている。しかし壮の字に勇みが感じられないでもない。また「能莫賦」（天和本）は「能草賦」（宝永本）となっている本もあり、こうなると、第四句の結句は逆に解釈しなければならない。つまり、「うっかり歌でもよんだら、風月山川に軽んぜられるだろう」の意になる。しかしそこまで神経質にならなくてもよいだろう。

六二　釈道融《しゃくだうゆう》　五首

釈道融　生没年未詳

俗姓は波多氏。若い時母の死にあって山寺に寄住。法華経をみて出家し、以降精進苦行、宣律師の『六巻抄』は道融が読んでから広まった。皇后よりの恩賞の話があると、法施を修するのみといってさらに隠遁してしまった。

釈《しやく》の道融《だうゆう》は俗姓は波多氏、少《わか》くして槐市《くわいし》に遊び、博学多才、とくに属文《しよくぶん》によし。

性ことに端直《たんちよく》なり。昔、母の憂ひに丁《あた》りて、山寺に寄住す。たまたま法華経《ほけきやう》を見て、慨然《がいぜん》として歎じて曰く、「われ久しく貧苦、いまだ宝珠《ほうじゆ》の衣中《えちゆう》に在ることをみず。周《しう》孔《こう》の糟粕《さうはく》いづくんぞもつて意を留むるにたらん」と。つひに俗累《ぞくるゐ》を脱して、落飾《らくしよく》して出家す。精進苦行《しやうじんくぎやう》し、心を戒律《かいりつ》に留む。

時に宣律師《せんりつし》の六帖鈔《ろくでふせう》あり。辞義隠密《じぎおんみつ》にして、当時の徒絶えて披覧《ひらん》するものなし。法師周観《しうくわん》し、いまだ浹辰《せふしん》を踰《こ》えざるに、敷講洞達《ふかうどうたつ》せずといふことなし。世この書を読むことは、融より始まれり。時に皇后これを嘉《よみ》して、糸帛《しはく》三百匹を施す。法師の曰く、「われは菩提《ぼだい》のために法施《ほふせ》を修《しゆ》するのみ。これに因つて報を望むは市井《しせい》の事のみ」と。つひに杖を策《つ》いて遁《のが》る。これより以下、五首の詩あるべしといふことしかり。疑ひあり。

〈現代語訳〉

道融師は出家する前の姓を波多氏といった。年若いころ学校で学び、学問はひろく、多才であり、とくに詩文を作るのにすぐれていた。性格は根っからの正直であった。

昔、母の死にあって山寺に籠り住んだ。ちょうどその時、法華経を知り、心中憂え嘆いていった。

「わたしは長いこと貧苦の生活をしており、自己を顧みるいとまがなく、わたしの衣の中に立派な宝珠があることに気がつかなかった。周公・孔子の食べかすは、なんでわたしの心を繫ぐのに十分だろうか」

そこでついに世俗の煩わしさから離れ、髪を剃って仏門に入り、ひたすら仏道を修め、心に仏の戒と律とを守りつづけた。

時に中国の高僧宣律師の『六帖鈔』があった。語の意味が深く、当時の僧たちはだれも開き読む者がいなかった。道融師は広くこの書に目を通し、十二日も経ていないのに、十分に敷衍し講義するのに、精通しないところはなかった。世間でこの書を読むようになったのは、道融師から始まったのである。時の光明皇后はこのことを讃えられ、糸や絹帛を三百匹ほど与えられた。道融はこれに対し、

「わたしは仏道の悟りのために仏法を説いたのだ。このことによって報酬を望むのは、世俗の人のやり方と変りはないではないか」

そういって杖をついて、この世から遁れ去ってしまった。


〈語釈〉
○釈　釈門、釈下の門下、僧をいう。○俗姓　僧になる前に用いていた姓。○槐市　漢代長安城の東にあった市場の名。この市場で論議がかわされたので、やがて学校、大学を意味するようになった。○属文　文章を綴ること。○端直　正しくまっすぐ。正直である。○母の憂ひ　母の死、母の喪。○丁り　あう、遭遇する。○慨然　ひどく憂え嘆くさま。○宝珠の

衣中に在る　身体内に仏性を持っていること。仏性を宝珠にたとえた。○周孔の糟粕　周公旦や孔子の教えの教えかす。儒教のかす。○俗累　俗人としての係累。○落飾　髪を剃って出家する。○精進苦行　一途に仏道を修めて苦行すること。○戒律　戒と律で、僧侶の守るべき規律。

○宣律師　唐代の高僧。終南山の道宣律師のこと。四分律の開祖であり、その著に六帖鈔がある。○辞義隠密　語句の意味が奥深く、内容が隠微であること。○周観　あまねく見る。広くみて。○浹辰　十二支の一巡り。十二日間。○敷講洞達　内容をわかりやすくおしひろげて講義をするのに、精通しないところがないこと。○皇后　聖武天皇の皇后、光明皇后のこと。○糸帛　糸や絹帛。○三百匹　匹は反物をはかる単位。○市井の事　町の俗人のすること。

110　わが思ふところは無漏《むろ》にあり　　我所㆑思兮在㆓無漏㆒

わが思ふところは無漏にあり
往いて従はんとほつして貪瞋《たんじん》かたし
路の険易《けんい》は己《おのれ》に由るにあり
壮士《さうし》去つてまた還《かへ》らず

我　所㆑思　兮　在㆓無　漏㆒
欲㆓往　従㆒兮　貪　瞋　難
路　険　易　兮　在㆑由㆑己
壮　士　去　兮　不㆓復　還㆒

〈現代語訳〉

わたしの志は煩悩を解脱するところにある
修行に努めたいと思うが欲望は絶ちがたい
路の難易はただ自分の志如何《いかん》によるもので
決心し踏み入った以上中途でやめやしない

〈語釈〉

○無漏　煩悩を捨て去ること。解脱すること。漏は煩悩の異名。○貪瞋　欲深く愚かなこと。貪は欲、漢音タン、呉音トン、瞋はいかり。

〈解説〉

韻は難・還。林古渓氏は、「この詩は後漢の張衡の『四愁詩』の影響を受けてをる事、或る意味において、前賢の説の通りと思ふ。但、彼は七言七句、四十九字、此は四句二十八字である。前半のことばは、四愁の形を用ゐてをるが、詩の形、詩の神、迥然として別なものである。特に兮字を句ごとに挿入して、楚辞の法を学んだり、荊軻の成語をそのまま用ゐる如き、一種の辣腕を有つてをる。この一首によつても道融の学問、信仰、求道の剛強さがわかる」という。

新興貴族のアクセサリーとしての漢詩の文化圏と、求道のために漢学を学んでいる僧との立場や態度の違い、また学の深浅の度合いなど、僧の詩は概してすぐれている。精神の高い境地を求めるもの、生活の裏づけされたもの、そういう者からよい詩がうまれる見本ともいえよう。表題には五首とあるが、一首しか記されていない。

荆軻の詩は「風蕭々として易水寒し、壮士一たび去つてまた還らず」（文選）であり、この詩を踏まえて与謝蕪村は、「易水に葱流《ねぶか》るる寒さかな」の句をものしている。

六三　従三位中納言兼中務卿石上朝臣乙麻呂《いそのかみあそみおとまろ》　四首

石上乙麻呂　～七五〇（天平勝宝二年）

左大臣石上麻呂の第三子。神亀元年に従五位下に叙せられ、以降、丹波守、左大弁を歴任。天平十一年、久米若売を奸した罪によって土佐に配流。のち赦され、西海道巡察使、治部卿、常陸守、右大弁。天平勝宝元年に中務卿、中納言に任ぜられた。翌二年に没した。

石上中納言は左大臣の第三子なり。地望清華《ちばうせいくわ》にして、人才《じんざい》は穎秀《えいしう》、雍容間雅《ようようかんが》にして、甚だ風儀よし。志を典墳《てんふん》に勗《つと》むといへども、また頗《すこぶ》る篇翰《へんかん》を愛す。かつて朝譴《てうけん》ありて、南荒《なんくわう》に飄寓《へうぐう》す。淵に臨み沢《たく》に吟じ、心を文藻《ぶんさう》に写す。遂に銜悲《かんぴ》藻《さう》両巻あり。今世に伝はる。

天平《てんぴやう》年中、詔《みことのり》して入唐使《につたうし》を簡《えら》ぶ。元来この挙《きよ》その人を得がたし。時に朝堂《こうだう》に選ぶに、公の右に出づるものなし。遂《つひ》に大使に拝せらる。衆みな悦び服《したが》ふ。時の推すところとなる。みなこの類なり。然《しか》れども遂に往かず。その後、従三位中納言を授けらる。台位《たいゐ》に登つてより、風采《ふうさい》日に新たなり。芳猷《はういう》遠しといへども、〔遺《ゐ》〕列蕩然《れつたうぜん》たり。時に年〔脱字〕

〈現代語訳〉

石上乙麻呂中納言は左大臣石上麻呂の第三子である。家柄・名声ともにすぐれた華族で、才能は人並み以上にすぐれ、温和な容貌であり、振舞いは静かで優雅であった。心を書物に向けて読みふけったものの、また詩文を作ることをも好まれた。以前、朝廷よりのおとがめがあり、南の果て土佐にさすらったことがあった。淵や沢をさまよい歩いては詩を吟じ、心の中で文章を書きあげていた。そして銜悲藻一巻を作りあげた。これは現代に伝わっている。

聖武天皇の天平年中に勅命をうけて遣唐使に選び出された。いうまでもなく遣唐使のための人選は容易なことではない。ところが朝廷で人を選び出すのに、乙麻呂の右に出る者がいない。そのために大使に任命された。人びとはみな乙麻呂が選ばれたことに異存はなかった。時の人に推賞されることといったらみなこのような次第であった。それでいて唐に行かれなかった。

その後、従三位中納言の官職を授けられた。大臣の位にのぼってからは、風貌はいよいよ冴えてきた。すぐれたはかりごとは遠大で、全容に接しえなかったけれども、死後に残した立派な仕事は、なかなか盛んなものである。時に年は。〔欠字〕

〈語釈〉

○左大臣　左大臣石上麻呂のこと。○地望清華　地位と名声のよい家柄。清華は華族、貴い家柄。○人才は穎秀　才能がすぐれて秀でている。○雍容間雅　温和な容貌で、物静かであり優雅なこと。○風儀　容姿、風采。身のこなし、振舞い。訳文では風儀の下に間雅をつづけた。○典墳　古の書物。典は三皇の書、墳は五帝の書。○篇翰　詩篇文章。○朝譴　朝廷よりのおとがめ。○南荒　土佐のこと。荒は都から遠く距ったところ。○飄寓　さすらい住むこと。○淵に臨み沢に吟じ　淵や水辺を苦しみうめきながら行く。○文藻　文章。○銜悲藻　乙麻呂の作ったという詩集。二巻あったが現存していない。懐風藻の書物はこの詩集の題名におうところが大きい。

○入唐使　遣唐使。○簡ぶ　選出。○この挙　このくわだて。○朝堂　朝廷、政治を行うところ。○公　乙麻呂をさす。○大使　入唐大使。○台位　三公の位。大臣の位。○風采　風貌、風儀。○芳猷　立派な事蹟、立派なはかりごと。○遺列蕩然　死後にのこった仕事は広大である。遺列は死後に遺った忠烈功績。列は烈と同じ。

111　南荒《なんくわう》に飄寓《へうぐう》して京に在る故友に贈る

遼夐《れうけい》千里に遊び
徘徊《はいくわい》寸心を惜しむ
風前蘭馥《か》を送り
月後桂陰《かげ》を舒《の》ぶ
斜雁《しやがん》雲を凌いで響き
軽蟬《けいぜん》樹を抱いて吟ず
相思《さうし》別れの慟《かな》しみを知る
徒《ただ》に弄す　白雲の琴

五言　飄-寓南荒一、贈二在レ京故友一　一首

遼夐遊二千里一
徘徊惜二寸心一
風前蘭送レ馥
月後桂舒レ陰
斜雁凌レ雲響
軽蟬抱レ樹吟
相思知二別慟一
徒弄白雲琴

〈現代語訳〉

遥か離れた南方の辺土に住み
さまよい歩いてはわが心をいとおしむ
蘭は芳香を風のまにまにくゆらせ
桂は月に照らされて地に蔭を曳く
雲間を雁が鳴きかわし
緑樹に蟬はかしましい
相思の情は別離の涯《はたて》に耐えきれない
ただ白雲に向って琴をひくばかりだ

〈語釈〉

○遼敻　遠くはるかなこと。○寸心を惜しむ　心の中を嘆きいとおしむ。寸心は心。一寸四方の大きさのもの。○相思　男同士の思い。男子の友情。○別れの慟み　離別の悲しみ。○白雲の琴　遠く白雲を見つめながら琴をひく。遥かな思いを抱いて琴をひくさま。漢詩的な措辞である。

〈解説〉

韻は心・陰・吟・琴。「五律の正調、整つてゐて綺麗である。が、情熱はあつて、力強さが足りない。これは当時一般の事らしい。この篇はまづ上の部であらう」と。また、「この詩をみると、土佐に配流せられたことは罪ではなかつたかも知れぬ。讒といふことになるのかも知れぬ。いかにも平気で、いかにも潔白である。遷客らしくない」と。ともに林古渓氏の評である。

しかし謫地にあっても恋々と京を恋うのではなく、逸早く新しい地に精神の安らぎを求め、見出している姿は、詩人たちのポーズ、教養人としてのポーズとして見るべきであろう。謫地にあって悠々と生活していることを知らせうるのが、友の心を安心させるものなのである。相思は唐詩に「一片の氷心玉壺にあり」（王昌齢）と詠ったものと同様で男女の慕情ではない。

112　掾公《えんこう》の任に遷り京に入るに贈る　　五言　贈二掾公之遷レ任入一レ京　一首

余は含む　南裔《なんえい》の怨み　　余含南裔怨
君は詠ず　北征の詩　　君詠北征詩
詩興　秋節《しうせつ》を哀しむ　　詩興哀二秋節一
傷ましいかな槐樹《くわいじゆ》の衰へたること　　傷哉槐樹衰
琴を弾じて落景《らくけい》を顧み　　弾レ琴顧二落景一
月に歩んでたれか逢ふことまれなる　　歩レ月誰逢稀

相望んで天垂《てんすゐ》に別れ
分れて後、長く違ふことなかれ

相望天垂別
分後莫二長違一

〈現代語訳〉

わたしは南方の辺地をさすらう不運をかこち
君は帰京の詩を口ずさんで都に帰っていく
秋の季節の哀感は詩情を催させるが
傷ましいことに、槐はすっかり衰えてしまった
琴をかなでて夕日の景に見入り
月光にぬれての散策には人に会うのもまれである
お互いに友を思いながら遠く離れているが
友情を損なうことのないようにありたいものだ

〈語釈〉

○南裔　南方の辺地、土佐をいう。○北征の詩　都に帰って行く途上、心をはずませて歌う歌。北征の詩は杜甫の詩をはじめ、多くの詩があるが、それらに出典を求める要はない。○槐樹　えんじゅ、落葉喬木。周代に朝廷に植えられ、三公がそれに面して坐ったことによ

り、三公の位階の意にも用いる。〇落景　夕日、落日、落陽。〇天垂　天涯と同じ。天のはたて。

〈解説〉

韻は詩・衰・稀・違。一・二句はよく整っており、三・四句はよくこれを受けている。五・六句のうち六句は対が不整のためか、意味を難解にしている。第八句の結句の「分後」もどうであろう。「分」に「別」の意味で用いられないものではないが、それにしても現代の感覚からは「別」「分」の用法に異和感があろう。

113　旧識に贈る

万里　風塵《ふうぢん》別なり
三冬　蘭蕙《らんけい》衰ふ
霜花《さうくわ》　いよいよ鬢《ひん》に入り
寒気　ますます眉を顰《しか》む
夕鴛《せきゑん》　霧裏《むり》に迷ひ
暁雁《げうがん》　雲の垂《た》るることを苦しむ
衿《きん》を開いて期すれども識らず
恨を呑んでひとり傷悲《しやうひ》す

五言　贈㆓旧識㆒　一首

万里風塵別
三冬蘭蕙衰
霜花逾入㆑鬢
寒気益顰㆑眉
夕鴛迷㆓霧裏㆒
暁雁苦㆓雲垂㆒
開㆑衿期不㆑識
呑㆑恨独傷悲

〈現代語訳〉

都を遠くはなれてそれぞれの生活
季冬香草もしぼんでさびしい
鬢には白毛がふえ
寒気は凌ぎにくくなっている
夕もやの池に鴛鴦は行き迷い
明け方の雲に雁金は飛びなずむ
胸を開いて語ろうにも心中を知る友はいない
恨みをのんでひとり傷み悲しむばかりである

〈語釈〉

○風塵　人世をいう。俗吏のつとめ、ここでは京官に対しての地方官にあたる。物外（115）に対する語。○三冬　冬三ヵ月。九十日間。季冬と訳した。○蘭蕙　蘭・蕙ともに香草。○霜花　鬢・髪に白髪が生えて白くなったのをいう。○雲の垂るる　雲のはたて。垂は陲に同じ。112の詩には「天垂」の語が用いられている。○衿を開いて　心をうちあける。胸を開くなどともいう。

〈解説〉

韻は衰・眉・垂・悲。概してよい詩である。「三冬蘭蕙衰ふ」に枯れ枯れとした冬の季をみるし、「霜花いよいよ」「寒気ますます」も実感がこもっていてよい。「夕鴛」「暁雁」も月並みといえば月並みであるが、平易な語句でよく利いている。いったい侍宴などと形式ばった詩でないところが、実感がこもっていいのである。

114　秋夜の閨情

他郷しきりに夜夢む
談ずること麗人《れいじん》と同《とも》にす
寝裏《しんり》歓び実のごとく
驚前《きやうぜん》恨《うら》んで空に泣く
空しく思ひて桂影《けいえい》に向ひ
ひとり坐して松風を聴く
山川　嶮易《けんい》の路
展転《てんてん》して閨中《けいちゆう》を憶《おも》ふ

五言　秋夜閨情　一首

他郷頻夜夢
談与ニ麗人一同
寝裏歓如レ実
驚前恨泣レ空
空思向ニ桂影一
独坐聴ニ松風一
山川嶮易路
展転憶ニ閨中一

〈現代語訳〉

異郷にいてしきりに夢をみる
美人と楽しそうに語っているさまを
睦みあい歓びにひたっていたものの
ふと目醒めははかない夢と恨み泣く
空しく物さびしく月影を仰ぎ
ひとり坐して松風に耳をすます
遠く離れた山間の住居で
愛人を思って寝返りをうつばかり

〈語釈〉

○桂影　月かげ、月の光。○展転　ねがえりをうつさま。愛人を思慕して苦しみもだえて眠れないさま。

〈解説〉

韻は同・空・風・中。「この詩は神経衰弱になつてをる人の詩である」と、林古渓氏の評は手きびしい。しかしそれほどのこともないだろう。和歌でよむ相思の歌と同じように涙や泣くの語が気になったのであろう。閨怨詩の紹介されることの少ない中国の詩に対し、万葉の世界はもっぱら相聞の世界である。和歌の感覚、和歌に托す性情が漢詩の世界に入るのも当然である。だから逆に異った題材として評価を換えてみるべきである。「空思杜影に向ひ、独坐松風を聴く」など、孤独な境遇がよく出た句である。しかし青年の若々しい恋愛感情ではなく、中年初老の閉ざされた性（情痴というべきほどではないが）の嘆きが聞かれる。今まで歌われてきた詩情と大きく違い、明るさもなく、人間性欲のあわれさを感じてしまう。配偶者でなく麗人としたところに浪漫がただようものの、現実性を遠ざけるものになっていやしないか。同時代の万葉集から二、三首あげる。

夢《いめ》の逢ひは苦しかりけり覚《おどろ》きて　かき探れども手にも触れねば
（大伴家持　万葉集巻四—七四一）
現《うつつ》にも今も見てしか夢のみに　袂まき寝《ぬ》と見るは苦しも
（万葉集巻十二—二八八〇）
現にはあふ縁もなし夢にだに　間なく見え君恋に死ぬべし
（万葉集巻十　—二五四四）

心中を卒直に詠うのと、まずことばを探す、そのような違いのあるのが感じられる。

六四　正五位下中宮少輔葛井《ふぢゐ》連広成《ひろなり》　二首

葛井広成　生没年未詳

帰化人系の人。はじめの姓は白猪史《しらゐのふひと》。養老三年に遣新羅使、翌四年に葛井の姓を賜わる。天平三年、外従五位下、備後守に任ぜられ、天平勝宝元年に中務少輔に任じられた。万葉集中に短歌三首が収められている。

115　藤太政の佳野の作に和し奉る

物外《ぶつぐわい》囂塵《がうぢん》遠く
山中幽隠《いういん》親し
笛浦《てきほ》丹鳳《たんぽう》を棲《す》ましめ
琴淵《きんえん》錦鱗《きんりん》を躍らしむ
月後楓声落ち

五言　奉レ和ニ藤太政佳野之作一　一首　仍用前韻四字

物外囂塵遠
山中幽隠親
笛浦棲ニ丹鳳一
琴淵躍ニ錦鱗一
月後楓声落

風前　松響《しようきやうの》陳ぶ
仁を開いて山路に対し
智を猟して河津《かしん》を賞す

風前松響陳
開レ仁対二山路一
猟レ智賞二河津一

〈現代語訳〉

世事を忘れんと俗塵から遠く離れきて
吉野の山あいにひそかに生活している
ここ吉野川の水辺には鳳凰が棲みなれ
淵の群魚は時折り金鱗魚紋を描き出す
月は山の端にかくれ楓には風音もなく
時おり松吹く音をかすかに聞くばかり
山のふところに入ろうと山路をたどり
川の妙趣にひたろうと岸辺を逍遥する

〈語釈〉

○物外　世事の外、世務の外。○囂塵　やかましい俗世界、煩わしい俗社会。○笛浦・琴淵　浦と淵のことで、笛・琴ともに修辞として用いた。○仁を開いて　山を仁とし、水を智とする論語の影響による語で、開いては尋ね入る、深く探し求めての意に解した。「智を猟して」もまた同じ。

〈解説〉

韻は親・鱗・陳・津。詩題の下の前韻四字は32にある藤原史の吉野に遊ぶ詩をさす。32の詩の韻は新・賓・逡・仁。この詩の前半は佶屈。後半は平易。詩を作ろうとむりに語句を選んで飾り立てた前半に対し、後半は故事によるとはいうものの、さほど気にならない。なお吉野を歌った詩は、31・32・45・46・47・48・72・73・80・83・92・98・99・102・115と数多い。それらのおおかたが優れたものではないと林古渓氏はいう。

116　月夜河浜に坐す　　　五言　月夜坐㆓河浜㆒　一絶

雲飛んで玉柯《ぎよくか》に低《た》れ　　雲飛低㆓玉柯㆒
月上つて金波を動かす　　月上動㆓金波㆒
落照《らくせう》　曹王《さうわう》の苑《その》　　落照曹王苑
流光　織女《しよくぢよ》の河《かは》　　流光織女河

〈現代語訳〉

雲は浮き流れて木の枝に低くかかり

月は上って水の面にきらめいている
夕日のかげりに曹植の西園をしのび
かがやく月光に織女の慕情をえがく

〈語釈〉
○玉柯　美しい枝。柯は枝。○落照　夕日。○曹王　魏の曹植のこと。風雅を好み詩文をよくした。曹植は西園で文士たちと清夜よく遊んだという。○流光　移りゆく月の光。流れるような月光。○織女の河　天の川のこと。

〈解説〉

韻は柯・波・河。短く気のきいたスマートな詩である。一句二句が対、三句と四句が対になっている。そういう中にあって一篇がよくまとまっている。詩の技法としては李白の「静夜思」の第三句、第四句の、「頭《かうべ》を挙げて山月を望み、頭を低れて故郷を思ふ」が思い出される。句意の自然さによるのであろう。訳文の西園は天子の御苑のことで、後には工侯貴紳の庭園にもいった。本詩集では52の序や66の詩に、魏の西園として登場している。

類題索引

（林古渓氏の新釈を骨子とする）

解題

書名　懐風藻　先輩の遺風を懐い残す文藻。石上《いそのかみの》乙麻呂《おとまろ》の銜悲藻《がんひそう》に倣ったともいう。

著者　不明　淡海《おうみのみ》三船《ふね》・石上《いそのかみの》宅嗣《やかつぐ》等、数名あげているがいずれも推定の域にとどまる。

成立年代　七五一年　日本最初の漢詩集。文学意識によって書かれた書物として日本最古のもの。

詩人　六十四名　天皇・皇族以下官吏僧侶等。

題材　宴飲　43　従駕遊宴　26　宮宅園池　23
歳時　36　天象動植　8　述志　16
応詔　18　贈答　10

詩型

	四句	八句	十句	十二句	十六句	十八句	計
五言	18	72	6	10	2	1	109

（杉本行夫氏による）

七言　4　1　—　1　—　1　7

享受　七五一年　成立。

一〇四一年　文章生惟宗孝言《これむねのたかとき》書写する。

一三四一年　蓮華王院蔵本紹介される。

一六八四年　天和四年刊本、藤原惺窩ら。

一七〇五年　宝永二年刊。

一七九三年　寛政五年刊。

詩人の六十四名はいずれも高位高官、知識人です。古代の豪族を征服し、天皇家を中心とした律令国家を作りあげた後の、その周辺の人たちです。現在の栄華は天皇の下にあってですから、天皇は神のごとく、ひたすら讃仰しています。讃仰のかげに見えるわが身の得意満面、これが若々しくも創業への思いをにじみ出させているのです。

題材に宴飲・従駕遊宴、また宮宅園池・応詔の詩が多いのも、勝者の奢りと振る舞い、新時代の謳歌の声です。遊宴・応詔の型にはまった詩になりやすいのは、儀式的だからでしょう。詩は情ではなく、知識で作る、受容の当初はやむをえないのですが、とにかく知的に挨拶することが必要です。このような目的で作った句ではあるにしても、当然よい季節での遊宴であったりもしますから、歳時面から捉えられる詩も多いようです。しかし、肝心な詩の情・志を述べるとなると、数の少ないのが残念です。懐風藻は大津皇子の臨終の詩で印象づけられていますが、圧倒的に多い侍宴、従駕遊覧の詩、それにつづく私的感情を詠った個性的な詩になっていくところにも、この詩集の進歩展開が見られるのです。全詩通読といきたいものです。

享受の面から見ますと、詩集は三百年ごとに発見、見直されています。師弟の伝承など複数の関係になりますと、原詩の誤・脱も検討しやすいのですが、三百年おきではどうにも不如意になります。何しろ筆写ですから詩集が流行しない限り、伝承は一部か二部とごく僅かです。江戸時代に版本になり刊行されて、はじめて何十何百の目に触れられるわけです。ここでようやく一般化するわけですが九百年から千年後の復活ですから、理解への手掛かりの乏しかったことは否めません。

漢詩の特性

漢詩の中でも唐詩になりますと、構成も押韻もりっぱにルールが作られています。

それは唐代になって無理に作ったものではなく、今まで作られていた詩から法則となるものを発見、規範化したものですから、唐詩以前にも当然それに近いところで用いられていたわけです。ところが日本語で訓読してしまいますと、漢詩の平仄《ひょうそく》や脚韻の効果は消えてしまいます。漢詩の音調美は捨て去られてしまうのですが、それでも押韻の方は、詩の構成を理解する上に大きな目安を与えてくれます。

五言詩、七言詩など詩の読み方は、上二字、下三字、また上四字、下三字に切れます。上四字は二字ずつに切れることが多いので、これは訓読の場合にはよい目安になります。懐風藻の1「宴に侍す」大友皇子の詩を見ますと、上二字は、「皇明・帝徳・三才・万国」と、われわれに聞き馴れた熟語になっております。7の「臨終」、大津皇子の作も上二字は「金烏・鼓声・泉路・此夕」です。「この夕」は音読みの熟語ではありませんが、それでも下三の「誰家向」の措辞を見ますと、上二字に切った方がよいことが容易にわかります。19の「春日　詔に応ず」の詩も同じです。66の「晩秋長王の宅において宴す」を見ますと、「苒苒・飄飄・西園・東閣・水底・巌前・君侯・霞色」と、八句すべてが二字の熟語で、音読みで通せます。七言詩の場合も上は二・二、下が三字ですから、だいたい同じ要領ですみます。

次に対句も漢詩の大きな特色です。著しいものをあげてみますと、91「不遇を悲しむ」、藤原宇合《うまかい》の詩です。「賢者・明君」「周占・殷夢」「博挙・相忘」「南冠・北節」「学類・年余」「二毛・万巻」です。このうち「学類・年余」は馴染みにくいでしょうが、下三字は「東方朔・朱買臣」と対応がはっきりしています。「博挙・相忘」もちょっと気になるかも知れませんが、これも三字の対「非同翼・不異鱗」を見ましたら、すぐにうなずけるものと思います。こうなってくるとルールに拠るというか、基本に則っているところからたいへん読みやすい詩といえるのです。

ただ、懐風藻を取りつきにくくしているのは故事の引用面にあります。故事が現代のわたしたちが用いているものとは程遠く、耳馴れないことばがあることです。当時の人たちの間での流行語や、新しがり屋の気性もあり、また、文字使用も浅いところからくる用法が、詩をわかりにくくしている一面もあります。よく宮廷・離宮の景勝ぶりを鍾池・越潭などといっております。これは一般人の知識からは程遠いものですから、とかく理解の妨げとなってしまいます。それではこのことばを用いている人はと申しますと、ここの詩人たちも空想化、想像している世界なのでして、これという実体がないのです。詩人たちがこういうものだと思っている、ことばが同じでも心の中に描いているイメージはそれぞれに違いがある。所詮文学はこういうものだと、その近隣で思い、想像を馳せればよいのです。

それにこの表現、見立てというか、言い換え語のようなものなのです。川柳で小倉山というと百人一首をさし、花の色というと小野小町をさすのと類を同じくしています。鍾池・越潭だとか洛浜(17)瑶池(24)と出てくると、文脈上からは表現の混乱、分裂のようで戸惑わされるのですが、何てことはない、宮廷の池、離宮の苑池を最高の讃辞を贈って言い換えたに過ぎないのです。18・38・75の漢の楚園、上林苑がそのまま御所の宮苑となり、智と仁は山と川、あるいは山と水。孫と許の二人の文筆家も、吉野での宴遊の「文芸の士」の代替語として用いられているのです。もっともあまり軽々に処理してしまってはいけないでしょうが、まず理解のためにそう大仰に構えなくてもいいといいたいのです。

中国の景勝の地を瀟湘図、瀟湘八景とかいって描かれますが、日本人は型によって真似て描いている、それと同じです。実景を知らない者の描いた物という以上に、神仙の世界はなお想像の世界ですから、読む人は自分の想像力を第一に働かせて読んで差し支えないのです。熟成しきった大家の作品というよりは、小学生の物学び、感受性、初歩者の学び方、受け止め方の感覚そのままで対処する、それでよいと思います。いやそれが文学書を読むにあたっての根幹です。

「はじめに」で万葉集と古今和歌集の難易について一言しましたが、もう一つ比喩傍々お話しします。万葉集の作歌技法として枕詞と序詞があります。ともにある語を引き出すための修辞ですから、意味はさほど複雑ではありません。述べたいことは下の句の七七の方にあります。古今和歌集では縁語・掛詞が用いられています。縁語は同類事物によりますからまあ手易いのですが、掛詞となると同音異義のことば、ことばの二重性、複合使用を考えなければなりません。その点では一読一過ではなく、再吟味の要もあります。作者と同じ興味や視点がないとわからない、ついていけない技巧がかくされております。このような技巧の細かさ、複雑性は懐風藻にはまずないといっていいでしょう。

懐風藻と万葉集

万葉集と古今和歌集を引き合いにしましたが、今度は万葉集と懐風藻を並べて漢詩の世界と和歌の世界を覗くことにします。万葉集は和歌の歴史千三百年の中で、もっとも古く、もっともすぐれた作品の集まった歌集。懐風藻は同じく千二百年の源にありますが、もっとも漢詩のうぶな、原初的な詩集といえます。ここでは古野について歌ったものを取りあげてみます。

1 山幽《かす》かにして仁趣遠く　川浄《きよ》うして智懐深し　神仙の迹を訪ねんと欲して
追従す吉野の潯《ほとり》　(48)

2 万丈の崇巌削《すうがんけづ》り成して秀で　千尋《せんじん》の素《そ》濤逆折《たうぎやくせつ》して流る　鍾地越潭《しようちゑつたん》の跡を訪は
んとほつし　美稲槎《うましねいかだ》に逢ふ洲《しま》に留連す　(72)

3 やすみししわご大君の　高知らす吉野の宮は　畳《たた》づく青垣隠り　川次《なみ》の清き
河内ぞ　春べは花咲きををり　秋されば霧立ち渡る　その山のいやますます
に　この川の絶ゆることなく　ももしきの大宮人は常に通はむ
(万葉集巻六―九二三)

み吉野の象《きさ》山の際《ま》の木末《こぬれ》には　ここだもさわぐ鳥の声かも
(万葉集巻六―九二四)

ぬばたまの夜の更けゆけば久木生ふる　清き川原に千鳥しばなく
(万葉集巻六―九二五)

1の仁趣、智懐は山水の景の形容ですが、このような観念的なことば、ぴんとこないでしょう。出典は論語雍也第六によるものです。山水を仁智の語で形容したものは、「仁山鳳閣に狎れ　智水竜楼に啓く」(46)、「縦《ほしいまま》に歌つて水智に臨み　長く嘯《うそぶ》いて山仁を楽しむ」(98)、「鳳蓋南岳に停まり　追尋す智と仁と」(73)、「ただ仁智の賞をなす」(39)などあります。見立てどころかもっと観念化されています。このような詩人たちのへんな思い入れ、気取り、これでは生活に実感の湧く歌など、思いも及びません。それに今一つ、吉野川の潯に神仙の境を探し求めております。

2の一・二句は吉野の山と川の表現、三・四句は1と同じく景に神仙境を思い描き、つづいて柘枝《つみのえ》の伝説の世界にひたろうとしております。吉野の山水に神仙境を見出しているのは31・72・73・100など少なくありませんし、柘枝の伝説にふれたものも31・72・99・100・102とこれも少なくありません。

3の山辺赤人の歌、穏やかに小綺麗に、すっきりと歌っております。反歌としての二首は、さすがに万葉集を代表する名歌だけあって、写実の妙に叙情味も加わって申しぶんありません。しかし長歌はどうでしょう。破綻なく均斉のとれた歌ですが、印象に残るところ、インパクトはいかがなものでしょう。春の景も秋の景も嘱目の景ではありません。一般化された表現上の景でしょう。

その点では2も3の長歌も、ともに自然主義とか写実主義などといわれるものではありません。長歌の穏やかさは日本画的な平明さにあるでしょう。しかしこの漢詩の方は構成的です。重なり合う山を遠くへ遠くへと重ねるのではなく、上へ上へと積み上げて立体的です。水の流れも深く深くと掘りさげている感じです。実際吉野を訪れても詩人ならぬわたしには、こういう感じは抱きにくいのですが、漢詩では表現の限りをつくして、理想の美を詠っています。理想主義の詩といえそうです。そう「箱根八里」の歌「箱根の山は天下の嶮　函谷関も物ならず　万丈の山千仞の谷　前に聳え後《しりへ》に支ふ」と大言壮語にも似た浪漫性さえ感じさせられます。このような芽をはらんでいることを指摘しておきます。

それに思想性、中国神仙思想の模倣・移植ですが、これも明瞭です。ここでも、同じく論じたく思っていた「七夕」についてですが、万葉集では恋のロマン、それも著しく地上のことに引き寄せられての思いに対し、懐風藻の世界では、天上界、神仙の世界での恋、あこがれで、一段と幻視・幻影として見る感が強いのです。外来文化の受け入れに未熟な面、一人よがりの面があったにしても、その世界にひたりきっている、これは外来文化摂取には欠かせない受け止め方でしょう。

もう一つ、伝説、神婚説話の柘枝伝説を伝えています。万葉集では、

この夕柘《つみ》のさ枝の流れ来《こ》ば　梁《やな》は打たずて取らずかもあらむ（万葉集巻三—三八六）
古に梁打つ人のなかりせば　此処もあらまし柘の枝はも（万葉集巻三—三八七）

今一首ありますが、柘枝との関わり方が薄いので省略します。二首ともに柘枝を歌っていますが、昔聞く真間の手児奈と同じような関わり方です。これが漢詩の方では神仙の境、仙人の世界と色こく結びつけています。日本の古来の伝説に中国から得た知識で新しく塗り替えるというか、新しく息吹かせているのです。伝説を保持、保存してくれたと同時に、受容の姿勢の一端をかいま見せております。

吉野の詩をあげた序でですから、ことばで軽く遊んだものも紹介しておきます。

夏身夏色古り　秋津秋気新たなり（32）
よき人のよしとよく見てよしと言ひし　芳野よく見よよき人よく見（万葉集巻一—二七）

万葉集はさすがに馴れた日本語の駆使ですから、うまいものですが、漢詩はちょっしょう。

と無理があり佶屈。もう一つ27の「唐に在りて本郷を憶ふ」の、「日辺日本を瞻《み》 雲裏雲端を望む」もあります。これではちょっとした洒落にもならないというところでしょう。

その後の日本の漢文学

同じ時代でも漢詩と和歌の世界では、このような違いがあったと論ずるのも一つの方法でしょうが、馴れた日常言語での完成された和歌の世界と、馴れない漢語での模倣、習得の努力の跡を尋ねるのも、外来文化摂取によって展開してきた日本文化を考える上では、やはり重要なことだと思います。

歴史の開拓者、文学への意欲としての懐風藻の作者たちの営みは、やがて平安初期の『勅撰三漢詩集』へと展開し、さらには菅原道真、藤原明衡による『本朝文粋』、漢学者大江匡房たちへの作品とつづきます。異国情緒の模倣の域に止まっていたものが、漢字をより自由に使っての作品になっていくのです。和風といえば私臭も感じないわけではありませんが、中国の漢詩文にも比肩しうるような名文も書かれています。

何よりも重要なのは、論理的な文章による論理的な記述の習得です。王朝女流文学の感情本位の「あはれ・をかし」など、どうにでも解釈される、曖昧模糊の表現をよしとした世界とは全く違う世界を樹立したのです。

論理的な記述につづき、次の中世期には、漢文・漢詩の強さ厳しさは、女性的な柔らかさに対し、男性のよりとぎすまされた精神の世界の表出に用いられました。五山文学の世界です。この時代には仮名法語集としての市民教化の本もありますが、悟道の境地とか、修道の峻烈さを示すのに漢詩は格好な文体となっております。しかし、これは禅僧の世界のことでしたので、一般に紹介されることも少なく、普及はそれほどでもなかったようです。

漢詩文がより一般化し、普及したのは江戸時代です。幕府が儒学、朱子学を薦めましたので、儒教道徳が広まり、近世の人たちの思想の根幹になりました。当然のこと漢詩も写実的・現実的なものになり、より生活に密着した詩になります。

一般の文学では芭蕉・西鶴・近松に代表される人たちで、これらの人は僧衣、着流しの市井の人たちです。それに対し漢詩文作者たちは武士、有識者というところですが、それでも鹿爪らしい公人ではなく、市井の庶民としての印象の方が強く映ります。詩材、詩題がよりわれわれに理解しやすく、近いところにあるのは、庶民の人間性に限りなき魅力を覚えたから、いや人間性そのままを表現したからなのです。

四角四面の漢字の謹厳さを逆手にとった表現、これは諷刺・皮肉の面では高度の笑いとして、その感覚は高くかわれています。

知識人たちの教養、遊びだった中国の詩文が、さまざまな相を展開させましたが、日本文化の中での硬軟両極での硬の部分の主軸となっているのです。

このこわもての部分が近代になり、政府の報ずる文体や、明治憲法にも利用されたわけです。

さて、話しことば中心の第二次大戦後では、漢文は文語とともに居所を失ったことは、ご存知だと思います。しかしここまで馴染んできた文化の一角、これは見捨てようとしても捨てきれない民族の血のようなもの、下意識としての痕跡を残していることもうなずけると思います。それらの濫觴を見せてくれるのが懐風藻だと思います。

参考文献

懐風藻には手頃な参考書がないといってもいいでしょう。明治以降、活字化されたものはそれでも馴染めるのですが、それにしても一般に向くとはいえません。注釈書ならまあまあというところですが、それでも判らないところだらけです。

釈　清潭　懐風藻新釈　昭和二年　丙午出版社刊行
沢田総清　懐風藻注釈　昭和八年　大岡山書店刊行
世良亮一　懐風藻詳釈　昭和十三年　教育出版社刊行
杉本行夫　懐風藻　昭和十八年　弘文堂書房刊行
林　古渓　懐風藻新註　昭和三十三年　明治書院刊行
小島憲之　懐風藻（日本古典文学大系69）　昭和三十九年　岩波書店刊行

出版年を見ればお判りでしょうが、大半が戦前のもの、新註ももう古本屋でしか手に入りません。大系本も現在刊行されていますかどうですか。

大系本は実証的な注で、学問の厳密・厳格さを教えてくれる現時点の最高の書ですが、一篇の詩、詩意・鑑賞の面ではどうでしょう。緻密な注釈が並べられていても、漢詩入門者、一般読者にはなじみにくいでしょう。

もう一冊、これは全詩注釈ではないのではずしたのですが、注釈研究としての労作ですので紹介します。

大野保『懐風藻の研究』昭和三十二年、三省堂刊行

これも今は古本屋でしか手に入りません。

以上のような流れの中で、懐風藻に詩を感じ、詩を見出せるように努めたのが拙著ですが、期待にそえましたやらどうやら、筆者のひそかに畏れるところでもあります。

江口孝夫（えぐち　たかお）

1928年，千葉県生まれ。東京教育大学文学部卒業。国文学者。東京成徳大学日本語日本文化学科教授を務め，2016年没。著書に『説話世界の英雄たち』『夢と日本古典文学』『古都研修提要』『日本古典文学夢についての研究』『奥の細道の踏査研究』『俳諧と川柳狂句』など多数。

講談社学術文庫

定価はカバーに表示してあります。

懐風藻《かいふうそう》

江口孝夫《えぐちたかお》

2000年10月10日　第1刷発行
2024年4月3日　第12刷発行

発行者　森田浩章
発行所　株式会社講談社
東京都文京区音羽 2-12-21 〒112-8001
電話　編集（03）5395-3512
販売（03）5395-5817
業務（03）5395-3615
装　幀　蟹江征治
印　刷　株式会社広済堂ネクスト
製　本　株式会社国宝社

ISBN4-06-159452-4

「講談社学術文庫」の刊行に当たって

これは、学術をポケットに入れることをモットーとして生まれた文庫である。学術は少年の心を養い、成年の心を満たす。その学術がポケットにはいる形で、万人のものになることは、生涯教育をうたう現代の理想である。

こうした考え方は、学術を巨大な城のように見る世間の常識に反するかもしれない。また、一部の人たちからは、学術の権威をおとすものと非難されるかもしれない。しかし、それはいずれも学術の新しい在り方を解しないものといわざるをえない。

学術は、まず魔術への挑戦から始まった。やがて、いわゆる常識をつぎつぎに改めていった。学術の権威は、幾百年、幾千年にわたる、苦しい戦いの成果である。こうしてきずきあげられた城が、一見して近づきがたいものにうつるのは、そのためである。しかし、学術の権威を、その形の上だけで判断してはならない。その生成のあとをかえりみれば、その根は常に人々の生活の中にあった。学術が大きな力たりうるのはそのためであって、生活をはなれた学術は、どこにもない。

開かれた社会といわれる現代にとって、これはまったく自明である。生活と学術との間に、もし距離があるとすれば、何をおいてもこれを埋めねばならない。もしこの距離が形の上の迷信からきているとすれば、その迷信をうち破らねばならぬ。

学術文庫は、内外の迷信を打破し、学術のために新しい天地をひらく意図をもって生まれた。文庫という小さい形と、学術という壮大な城とが、完全に両立するためには、なおいくらかの時を必要とするであろう。しかし、学術をポケットにした社会が、人間の生活にとってより豊かな社会であることは、たしかである。そうした社会の実現のために、文庫の世界に新しいジャンルを加えることができれば幸いである。

一九七六年六月

野間省一

次田香澄全訳注
とはずがたり（上）（下）
後深草院の異常な寵愛をうけた作者は十四歳にして男女の道を体験。以来複数の男性との愛欲遍歴を中心に、宮廷内男女の異様な関係を生々しく綴る個性的な手記。鎌倉時代の宮廷内の愛欲を描いた異彩な古典。

795・796

宇治谷《うじたに》 孟《つとむ》訳
日本書紀（上）（下）全現代語訳
厖大な量と難解さの故に、これまで全訳が見送られてきた日本書紀。二十年の歳月を傾けた訳者の努力により全現代語訳が文庫版で登場。歴史への興味を倍加させる、現代文で読む古代史ファン待望の力作。

833・834

宇治谷 孟訳
続日本紀《しょくにほんぎ》（上）（中）（下）全現代語訳
日本書紀に次ぐ勅撰史書の待望の全現代語訳。上巻は全四十巻のうち文武元年から天平十四年までの十四巻を収録。中巻は聖武・孝謙・淳仁天皇の時代を、巻三一からの下巻は称徳・光仁・桓武天皇の時代を収録した。

1030〜1032

三木紀人全訳注
今物語
埋もれた中世説話物語の傑作。全訳注を付す。和歌・連歌を話の主軸に据え、簡潔な和文で綴る。風流譚・遁世譚・恋愛譚・滑稽譚など豊かで魅力的な逸話を五十三編収載し、鳥羽院政期以降の貴族社会を活写する。

1348

荻原千鶴全訳注
出雲国風土記
現存する風土記のうち、唯一の完本。全訳注。古代出雲の土地の状況や人々の生活の様子はもとより、出雲の神の国引きや支佐加比売命の暗黒の岩窟での出産などの神話も詳細に語られる。興趣あふれる貴重な書。

1382

上坂信男・神作光一全訳注
枕草子（上）（中）（下）
「春は曙」に始まる名作古典『枕草子』。自然と人生に対する鋭い観察眼、そして愛着と批判。筆者・清少納言の独自の感性と文才とが結実した王朝文学を代表する名随筆に、詳細な語釈と丁寧な余説、現代語を施す。

1402〜1404

日本の古典

次田真幸全訳注

古事記（上）（中）（下）

本書の原典は、奈良時代初めに史書として成立した日本最古の古典である。これに現代語訳・解説等をつけ、素朴で明るい古代人の姿を平易に説き明かし、神話・伝説・文学・歴史への道案内をする。（全三巻）

207〜209

上坂《うえさか》信男全訳注

竹取物語

日本の物語文学の始祖として古来万人から深く愛された「かぐや姫」の物語。五人の貴公子の妻争いは風刺を盛った民俗調が豊かで、後世の説話・童話にも発展する。永遠に愛される素朴な小品である。

269

佐藤一斎著／川上正光全訳注

言志《げんし》四録《しろく》（一）〜（四）

江戸時代後期の林家の儒者、佐藤一斎の語録集。変革期における人間の生き方に関する問題意識で貫かれた本書は、今日なお、精神修養の糧として、また処世の心得として得難き書と言えよう。（全四巻）

274〜277

川口久雄全訳注

和漢朗詠集《わかんろうえいしゅう》

王朝貴族の間に広く愛唱された、白楽天・菅原道真の詩、紀貫之の和歌など、珠玉の歌謡集。詩歌管絃に秀でた藤原公任の感覚で選びぬかれた佳句秀歌は、自然の美をあまねく歌い、男女の愛怨の情をつづる。

325

中田祝夫《のりお》全訳注

日本霊異記《りょういき》（上）（中）（下）

日本霊異記は、南都薬師寺僧景戒の著で、日本最初の仏教説話集。雄略天皇（五世紀）から奈良末期までの説話百二十篇ほどを収めて延暦六年（七八七）に成立。奇怪譚・霊異譚に満ちている。（全三巻）

335〜337

阿部俊子全訳注

伊勢物語（上）（下）

平安朝女流文学の花開く以前、貴公子が誇り高く、颯爽と行動してひたむきな愛の遍歴をした。その人間悲哀の相を、華麗な歌の調べと絢い合わせ纏め上げた珠玉の歌物語のたまゆらの命を読み取ってほしい。

414・415

日本の古典

徒然草 (一)~(四)
三木紀人《すみと》全訳注

美と無常を、人間の生き方を透徹した目でながめ、価値あるものを求め続けた兼好の随想録。全二百四十四段を四冊に分け、詳細な注釈を施して、行間に秘められた作者の思索の跡をさぐる。(全四巻)

428~431

講孟劄記《こうもうさつき》 (上)(下)
吉田松陰《しょういん》著/近藤啓吾全訳注

本書は、下田渡海の挙に失敗した松陰が、幽囚の生活の中にあって同囚らに講義した『孟子』各章に対する彼自身の批判感想の筆録で、その片言隻句のうちに、変革者松陰の激烈な熱情が畳み込まれている。

442・443

おくのほそ道
久富哲雄《ひさとみてつお》全訳注

芭蕉が到達した俳諧紀行文の典型が『おくのほそ道』である。全体的構想のもとに句文の照応を考え、現実の景観と故事・古歌の世界を二重写し的に把握する叙述法などに、その独創性の一端がうかがえる。

452

方丈記
安良岡康作《やすらおかこうさく》全訳注

「ゆく河の流れは絶えずして」の有名な序章に始まる鴨長明の随筆。鎌倉時代、人生のはかなさを詠嘆し、大火・大地震・飢饉・疫病流行・人事の転変にもまれる世を遁れて出家し、方丈の庵を結ぶ経緯を記す。

459

大鏡 全現代語訳
保坂弘司訳

藤原氏一門の栄華に活躍する男の生きざまを、表では讃美し裏では批判の視線を利かして人物の心理や性格を描写する。陰謀的事件を叙するにも核心を衝くなど、「鏡物」の祖たるに充分な歴史物語中の白眉。

491

西行物語
桑原博史全訳注

歌人西行の生涯を記した伝記物語。友人の急死を機に、妻娘との恩愛を断ち二十五歳で敢然出家した武士藤原義清の後半生は数奇と道心一途である。「願はくは花の下にて春死なむ」ほかの秀歌群が行間を彩る。

497

古典訳注

白石良夫全訳注
本居宣長「うひ山ぶみ」
「漢意《からごころ》」を排し「やまとたましい」を堅持して、真実の「いにしえの道」へと至る。古学の扱う範囲や目的と研究方法、学ぶ者の心構え、近世古学の歴史的意味等、国学の偉人が弟子に教えた学問の要諦とは？

1943

倉本一宏訳
藤原道長「御堂関白記」（上）（中）（下）全現代語訳
摂関政治の最盛期を築いた道長。豪放磊落な筆致と独自の文体で描かれる宮廷政治と日常生活。平安貴族が活動した世界とはどのようなものだったのか。自筆本・古写本・新写本などからの初めての現代語訳。

1947〜1949

糸賀きみ江全訳注
建礼門院右京大夫集
建礼門院徳子の女房として平家一門の栄華と崩壊を目の当たりにした女性・右京大夫が歌に託した涙の追憶。『平家物語』の叙事詩的世界を叙情詩で描き出した日記的家集の名品を情趣豊かな訳と注解で味わう。

1967

馬場光子全訳注
梁塵秘抄口伝集 全訳注
今様とは何か。歌詞集十巻・『口伝集』十巻、現存すれば『万葉集』にも匹敵した中世一大歌謡集の編纂に、後白河院は何を託したのか。今様の「正統」を語りつつ心情を吐露した希代の書。「今様辞典」など付録も充実。

1996

森田　悌訳
続日本後紀（上）（下）全現代語訳
『日本後紀』に続く正史「六国史」第四。仁明天皇の即位（八三三年）から崩御（八五〇年）まで、平安初期王朝社会における華やかな国風文化や摂関政治の発達を解明するための重要史料、初の現代語訳。原文も付載。

2014・2015

倉本一宏訳
藤原行成「権記」（上）（中）（下）全現代語訳
一条天皇や東三条院、藤原道長の信任を得、能吏として順調に累進し公務に精励する日々を綴った日記。宮廷の政治・儀式・秘事が細かく記され、平安中期の貴族の多忙な日常が見える第一級史料、初の現代語訳。

2084〜2086

懐風藻
江口孝夫全訳注

国家草創の情熱に溢れる日本最古の漢詩集。近江朝から奈良朝まで、大友皇子、大津皇子、遣唐留学生などの佳品百二十編を読み解く。新時代の賛美や気負に燃えた心、清新溌剌とした若き気漲る漢詩集の全訳注。

1452

常陸国風土記
秋本吉徳全訳注

古代東国の生活と習俗を活写する第一級資料。筑波山での歌垣、夜刀神をめぐる人と神との戦い、巨人伝説・白鳥伝説など、豊かな文学的世界が展開する。華麗な漢文で描く、古代東国の人々の生活とこころ。

1518

吉田松陰　留魂録
古川　薫全訳注

大文字版

死を覚悟して執筆した松陰の遺書を読み解く。志高く維新を先駆した思想家、吉田松陰。安政の大獄に連座し、牢獄で執筆された『留魂録』。松陰の愛弟子に対する最後の訓戒で、格調高い遺書文学の傑作の全訳注。

1565

古典落語
興津《おきつ》　要《かなめ》編（解説・青山忠一）

名人芸と伝統――至高の話芸を文庫で再現！　人情の機微、人生の種々相を笑いの中にとらえ、庶民の姿を描き出す言葉の文化遺産・古典落語。「目黒のさんま」「時そば」「寿限無」など、厳選した二十一編を収録。

1577

古典落語（続）
興津　要編（解説・青山忠一）

日本人の笑いの源泉を文庫で完全再現する！　大衆に支えられ、名人たちによって磨きぬかれた伝統話芸、古典落語。「まんじゅうこわい」「代脈」「妾馬」「酢豆腐」など代表的な十九編を厳選した、好評第二弾。

1643

日本後紀（上）（中）（下）全現代語訳
森田　悌《てい》訳

『日本書紀』『続日本紀』に続く六国史の三番目。延暦十一年から天長十年の四十年余、平安時代初期の律令体制再編成の過程が描かれていく貴重な歴史書。漢文編年体で書かれた勅撰の正史の初の現代語訳。

1787〜1789

安楽庵策伝著／宮尾與男訳注
醒睡笑 全訳注
うつけ・文字知顔・堕落僧・上戸・うそつきなど、庶民がつくる豊かな笑いの世界。のちの落語、近世笑話集や小咄集に大きな影響を与えた。慶安元年版三百十一話に、現代語訳、語注、鑑賞等を付した初めての書。

2217

佚斎樗山著／石井邦夫訳注（解説・内田　樹）
天狗芸術論・猫の妙術 全訳注
剣と人生の奥義を天狗と猫が指南する！　のろまな古猫は、いかにして大鼠を銜え取ったか。滑稽さの中に風刺をまじえて流行した江戸談義本の傑作。宮本武蔵の『五輪書』と並ぶ剣術の秘伝書にして「人生の書」。

2218

興津　要編
古典落語（選）
語り継がれてきた伝統の話芸、落語。日本の「笑いの文化遺産」ともいえる古典作品から珠玉の二十編を、明治～昭和期の速記本をもとに再現収録。学術文庫のロングセラー『古典落語』正編、続編に続く第三弾！

2292

関根慶子訳注
新版 更級日記 全訳注
「あづまぢの道のはてよりも、なほ奥つかた」に生まれた少女＝菅原孝標女はどう生きたか。物語への憧憬、宮仕え、参詣の旅、そして夫の急逝。仏への帰依を願う境地に至るまでを綴る中流貴族女性の自伝的回想記。

2332

武石彰夫訳
今昔物語集 本朝世俗篇（上）（下） 全現代語訳
全三十一巻、千話以上を集めた日本最大の説話集。そのうち本朝（日本）の世俗説話（巻二十二～三十一）の読みやすい現代語訳を上下巻に収める。中世への転換期に新しい価値観で激動を生き抜いた人びとの姿。

2372・2373

上田秋成著／青木正次訳注
新版 雨月物語 全訳注
崇徳院や殺生関白の無念あれば朋友の信義のために命を捨てる武士あり。不実な男への女の思い、現世への執着と愛欲を捨てきれぬ苦しみ。抑えがたい情念は幽冥を越える。鬼才・上田秋成による怪異譚。（全九篇）
2419